무정형의 삶

une vie libérée　　**무정형의 삶**　　김민철 파리 산문집

　다른 모양의 삶을 살고 싶었다. 바람은 간절했으나 다른 모양이 어떤 모양인지 알 길이 없었다. 바람은 자꾸 뾰족해져만 가는데, 현실은 나를 두텁게 가로막고 있었다. 살던 대로 살아서는 다른 답을 찾을 수 없다는 건 명확했다. 다른 답을 찾기 위해서는 다른 삶이 필요했다. 지금껏 하지 못한 결단이 필요했다. 마침내 나는 나의 간절한 바람을 창으로 삼아 두터운 현실을 뚫어버리기로 했다. 그렇게 20년간 잘 다니던 회사를 떠나, 내가 도착한 곳은 20년 넘게 간직한 내 오랜 꿈이었다.

　사람들은 그곳을 '파리'라 불렀지만, 그 두 글자에 꾹꾹 눌러 담을 수 없는 이야기가 내겐 많았다. 일상의 때를 살살 벗겨내자, 시간의 먼지를 슬쩍 털어내자, 파리라는 꿈은 여전히 젊게

펄떡이고 있었다. 덕분에 두 달 동안 파리에서 한 권의 책으로도 압축될 리 없는 시간을 보내고 돌아왔다. 그토록 간단할 리 없다. 나의 여행 가방 안에는 두 달 동안의 짐뿐만이 아니라 수십 년의 시간이 함께 담겼으니까. 비행기 티켓에 적힌 '파리'라는 지명은 특정한 장소가 아니라 내 꿈의 이름이었으니까. 나는 회사원이 아니라 마침내 자유인의 신분으로 그곳에 도착했으니까.

'한 여자가 20년 동안 다니던 회사를 그만두고 파리로 두 달 여행을 떠났다.' 이 문장 뒤에 이어질 문장은 무엇일까? 나는 오래도록 궁금했다. 두 달의 여행이 끝나고 집에 돌아와 이 글을 쓰는 지금에서야 나는, '그토록 원하던 무정형의 삶에 도착했다'라고 쓸 수 있게 되었다. 이 문장을 쓰기까지 참으로 오래 걸렸다. 간절히 쓰고 싶었던 그 문장을 이제야 쓴다.

우선은, 떠나보자.
나의 오래된 꿈속으로.

contents

일러두기

• 책은 《 》, 영화, 음악, 미술 작품 등은 〈 〉로 표기했습니다.

• 프랑스어 고유 명사와 외래어는 외래어 표기법을 따르지 않고 소리 나는 대로 표기
했고, 국내에 용례가 굳어진 경우 그대로 적용했습니다.

• 작가의 말 습관을 살려 글맛이 전달되도록 했습니다.

"아…… 좀 오래 걸리네요, 고객님. 파리 도착까지 총 스무 시간입니다."

공항에서 항공사 직원의 그 말을 듣는 순간 마음속엔 안도 감부터 지나갔다. 다행이었다. 오래 걸려야만 했다. 쉽게 도착 할 수 없어야만 했다. 쉽게 설명하긴 힘들지만, 파리는 내게 그 런 곳이었다. 쉽게라니. 짧은 시간에 쉽게 도착할 수 있는 곳이 었다면, 파리에 가지 못해 그토록 오래 방황했던 시간들은 무 엇이란 말인가. 22년을 그리워하다 가는 곳이라면, 그에 합당 한 시간을 써야만 했다. 티켓에는 'PARIS'라는 지명이 무심하 게 적혀 있었다. 이 무심한 도시를 나는 실향민처럼 오래도록 그리워하고, 방금 실연당한 사람처럼 애틋하게 기억했다.

"왜 파리야?"

사랑에 빠진 사람에게 사랑의 이유를 묻는 건 어리석다. 아무리 촘촘히 대답해도 말과 말이 만드는 성근 망 사이로 사랑은 빠져나갈 수밖에 없으니. 나 역시 마찬가지다. 오래도록 말과 말 사이를 헤매며 파리에 대한 나의 사랑을 설명해보려 애썼지만, 그 어떤 말에도 이 사랑은 담기지 않았다. 어디부터 말하면 좋을까. 무엇을 말해야 내 사랑이 남들의 사랑과는 다르다는 걸 설명할 수 있을까. 이것은 분명 사랑에 빠진 연인의 마음이다. 이 사랑이 얼마나 운명적인지, 다시 없을 감정인지 설명하고 싶은 거다. 나만 알고 있는 그 사람의 사랑스러움은 하아…… 그걸 어떻게 말로 해. 그러니까 글을 쓰고 있는 지금 이 시점에도 나는 실패할 수밖에 없는 운명을 직감하고 있다. 파리와의 사랑을 하아…… 그걸 어떻게 말로 해.

나는 이 사랑에 대한 설명을 포기한다. 다만 이 사랑의 역사를 말하는 건 가능하지 않을까?

스무 살.

파리에게 첫눈에 반했다. 우연히 퐁피두 센터 2층의 도서관에 발을 들여놓는 순간, 갑자기 그곳에서 공부하는 직업을 갖는 것이 일생의 꿈이 되었다. 그냥 그곳이어야만 했다.

스물세 살.

대부분의 사람들처럼 나의 스무 살 꿈도 이뤄지지 않았다. 취직을 했다.

스물여섯 살.

스무 살의 꿈을 잊지 못해 회사 책상 앞에 파리 지도를 붙였다. 퇴사를 공표했다. 당연히 목적지는 파리.

스물여덟 살.

대부분의 사람들처럼 나의 퇴사 꿈도 이뤄지지 않았다. 휴가를 내서 파리에 다녀왔다.

서른한 살.

처음으로 남편과 함께 파리에 갔다. 남편은 '여기가 왜 좋아?'라고 물었다. 그는 파리에 반하지 않았다. 그럴 수도 있다니. 그럴 수도 있다니!!

서른세 살.

첫 에세이 책이 나왔다. 가장 오래 공들여 쓴 글은 파리에 관한 글이었다. 사랑에 대해 쓰는 건 그때나 지금이나 어렵긴 마찬가지다.

마흔두 살.

마침내 퇴사를 했다. 마침내 파리행 티켓을 끊었다.

아직도 생생하게 기억하는 출근길 아침이 있다. 그즈음의 내 마음은 산산조각 나서 대부분 폐허의 모습을 하고 있었다.

아침마다 폐허를 뒤져서 생존 마음을 찾아내는 것이 내 일이었다. 살아 있는 그 마음 조각을 앞세워 겨우 출근을 하고 있노라면, 깊은 곳에서는 항의하는 마음들이 거세게 일어났다. 마음들이 이 꼴인데 왜 출근을 하냐고. 지금은 멀쩡한 애들도 저녁이면 전부 또 폐허로 변할 텐데 출근이 무슨 의미냐고. 나의 강인한 책임감이 앞장서서 매일의 출근을 해내고는 있었지만, 책임감도 점점 기력을 다해가고 있었다. '결단'을 내려야만 하는 시점이 가까워졌다는 걸 나는 직감하고 있었다. 늘 마음속에 품고 다니던 퇴사 카드가 구체적으로 손끝에 만져졌다.

19년을 다닌 회사였다. 이 퇴사의 이유를 뭐라고 말해야 할까. 팀원들에게는 뭐라 말해야 할까. 나의 오랜 팀장님에게는 또 뭐라 말해야 하나. 어떤 말을 해야 19년 만의 퇴사가 설명될까. 지금의 내 일을 모욕하지 않으면서 답을 하는 게 가능할까. 퇴사 후에 무얼 할 거냐 물으면 또 뭐라 대답해야 할까. 뭘하고 싶은지 찾기 위해 그만둔다는 말은 마흔두 살에겐 무리일까. 더 늦었다가는 계속 이 자리에 머물 것 같다는 그 불안감을 이해할 사람이 있을까. 간단하게 대답할 수 없는 질문들이 지하철 위로 붕붕 떠다녔다. 갑자기 지하철 안으로 햇빛이 들어왔다. 지하철이 이제 한강을 건넌다는 신호였다. 한 정거장후면 회사. 그때였다. 야속할 만큼 푸른 하늘 위로 갑작스럽게 '파리'라는 단어가 둥실 떠올랐다. 말릴 새도 없이 순식간에 그단어는 문장으로 부풀어 올랐다.

'퇴사하고 파리에서 살아볼까?'

그 순간이었다. 갈라졌던 모든 마음의 조각이, 죽었다고 생각한 마음의 조각까지 순식간에 엉겨 붙었다. 모두가 하나 되어 거세게 뛰기 시작했다. 지하철 밖으로 뛰어나갈 기세로 심장이 걷잡을 수 없이 쿵쾅거렸다. 이렇게 좋다고? 파리 생각만으로도, 아직, 여전히, 이렇게나, 22년 전의 그날처럼 심장이 뛴다고? 십수 년을 오가는 출근길이 이토록 두근거리는 길로 변한다고? 매일의 지하철이 갑자기 찬란한 미래로 향하는 기적의 열차가 된다고? 파리 생각만으로도?

퇴사의 이유를 한 문장으로 설명하긴 어려웠지만, 퇴사하고 가야만 하는 곳은 한 단어로 말할 수 있었다. 파리. 22년째 한 번도 변한 적 없는 사랑이었다.

　나는 수시로 파리로 도망쳤다. 그건 아주 쉬웠다. 휴대폰만 켜면 되는 일이었다. 광고주 미팅을 마치고 나와 속상한 마음이 몰려오면, 언제 결단을 해야 하나 고민이 골똘해지면, 나는 휴대폰을 켜서 파리 숙소를 검색하고, 그 안에 몸을 숨겼다. 파리의 지붕들이 내려다보이는 부엌에서 치즈를 썰기도 했고, 침대 위의 햇빛을 물끄러미 바라보기도 했다. 샤워 커튼이 몸에 달라붙어서 기겁을 하기도 하고, 널찍한 소파에 축 늘어져서 누워 있기도 했다. 오래된 나무 바닥을 삐거덕대며 걸어보기도 했다가, 기울어진 창문 너머의 풍경을 오래도록 바라보며 거기에 있는 나를 상상했다. 어떤 집에서든 책상이 있으면 무조건 앉아보았다. 두 달 동안 이 책상에 앉아서 글을 쓰며 살면 어떨까, 새벽에 일어나 어슴푸레한 빛으로 캄캄한 기분을 밀어내며 글을 쓰는 건 어떤 기분일까. 출근 시간이 다 되어 억지로 끝낼 필요가 없다면 나는 어떤 글을 쓰게 될까. 누구와도 말하지 않고 하루를 보낸 후 집에 돌아와 쓰는 글은 어떤 모양일까. 상상의 끝엔 언제나 사진 속 책상에 앉아 글을 썼다. 나는 내가 살고 싶은 삶을 미리 살아보고 있었다. 그 속에서 나는 고요했고, 또렷했고, 그건 내가 바라는 나의 모습이기도 했다. 더 지체할 시간이 없었다. 나는 결단했다.

언제나처럼 집으로 돌아갈 기운 한 톨까지 탈탈 털어서 일을 한 저녁이었다. 딱 맥주 한 잔만 하고 헤어지자며 회사 동기와 근처 맥줏집에 자리를 잡았다. 서로 오늘 치 괴로움을 털어놓다가 언제나처럼 내가, 또 퇴사 이야기를 회사 동기에게 했다. 십수 년 반복되는 나의 퇴사 이야기를 동기는 평소처럼 흘려듣다가 문득 내 눈을 가만히 바라보았다.

"……이번엔 진짜구나."

"응."

동기의 눈에서 곧바로 눈물이 터져 나왔다. 눈물은 곧장 나에게 전염되었다. 목소리가 떨렸다가 괜히 헛기침을 했다가 맥주를 마셨다가, 또 눈을 마주치면 웃었다가 우리는 곧바로 또 울었다. '퇴사'라는 단어만으로 이렇게 눈물이 나오는데, 정말 내가 퇴사를 하고 싶은 걸까 생각이 스쳐 갔지만 곧바로 정신을 차렸다. 이 눈물의 의미를 그렇게 해석해선 곤란했다. 이 눈물이 판단 기준이 되어선 안 된다.

"파리에 갈 거야."

눈물을 닦고 휴대폰을 꺼내 그녀에게 내가 찾은 집들을 보여줬다. 비싼 파리에서 어렵게 찾은 작고도 담백하고도 싼 집들이었다. 동기는 단호한 어조로 내게 말했다.

"언니, 이 집은 안 돼. 김민철은 우리의 로망을 실현하러 가는 거야. 우리의 로망에 걸맞은 집에 살아줘."

어떤 말은 머리가 아니라 가슴으로 이해된다. 이것은 휴가가 아니라 여행. 여행이 아니라 삶. 한 시기의 삶. 기어이 내가 마련한 삶. 20년간의 회사 생활을 저축해 얻어낸 이자 같은 삶. 거기에 합당한 삶의 모양을 취하는 것. 그것이 내가 할 일이었다. 그곳에서의 모든 순간을 잘게 잘게 쪼개서 내가 얼마나 오랫동안 야금야금 뜯어 먹을지 너무 잘 알고 있으니까. 완벽한 여행이 아니라 나를 위한 여행이 되어야 한다. 단순히 파리 살기가 아니라, 조금 더 적극적으로 로망 살기의 모양을 만들어야 한다.

나의 결단은 곧바로 다른 친구도 울려버렸다. 오랫동안 같이 일하며 오랫동안 같이 퇴사 후 삶을 이야기한 친구였다. 그 친구도 나의 계획을 듣자마자 순식간에 눈이 부풀어 오르더니 울면서 또 웃었다.

"민철, 너 드디어 너의 로망을 실현하는구나. 정말 잘한 거야. 내가 다 행복해."

눈물이 슬픔의 모양으로만 흐르는 것이 아니라 로망을 따라

날듯이 흐를 수도 있다는 걸 그때 알았다. 가둬놨던 로망이 높은 둑을 무너뜨리고 흐르기 시작했다. 한번 흐르기 시작하자 걷잡을 수 없는 기세로 마음 전체를 잡아먹기 시작했다. 이 마음 상태로 회사를 더 다니는 건 같이 일하는 사람들에 대한 기만이라는 생각까지 들었다. 작은 용기를 한 톨 한 톨 모아 마침내 모두에게 이야기를 했다. 나의 퇴사는 공식화되었다.

다른 삶을 살고 싶다는 사람을 말릴 수 있는 방도는 아무에게도 없다. 모두가 다른 삶의 모양을 궁금해했지만 나는 파리에 간다는 계획만 겨우 말할 수 있었다. 실제로 내 계획이 딱 거기까지였기 때문이다. 파리만 다녀오면 근사한 삶을 살 수 있을 거라는 기대 같은 건 없었다. 뚜렷한 미래가 거기에서 나를 얌전히 기다리고 있을 리도 없었다. 그런 순진무구한 공상은 20년 전쯤에만 겨우 가능했다.

대단한 무엇이 변하는 일은 없을 것이다. 나는 여기에서도 나인 것처럼 거기에서도 나일 것이다. 갑자기 파리에 어울리는 근사한 나로 변모하는 일도 없을 것이고, 42년간 몰랐던 자아를 거기에서 갑자기 찾을 일도 없을 것이다. 하지만 다 알면서도 떠나야만 하는 때가 있다. 공간의 형상을 한 시간이 필요한 것이다. 그곳에 혼자 아무 말 없이 있는 인생의 한 조각이 필요한 것이다. 그 인생의 조각이 나의 남은 시간에 어떤 빛을 비춰줄지는 나만 알겠지. 오랜 후에 나만 살짝 알게 되겠지.

마침내 파리행 비행기가 떠올랐다. 영화 〈센과 치히로의 행방불명〉에서의 한 장면이 스쳐 지나갔다. 마법에 걸려 용이 된 하쿠가 자신의 진짜 이름을 찾는 순간, 마법이 풀린다. 용의 비늘이 후두두두 벗꽃잎처럼 떨어진다. 그는 마침내 오롯한 하쿠로 돌아와 자유롭게 하늘을 날게 된다. 이름을 붙일 수 있는 시간부터 이름조차 붙일 수 없었던 감정까지, 그 모든 것들이 후두두두 나에게서 떨어져 나가고 있었다.

Printemps. 쁘렝떵. 봄을 뜻하는 프랑스어다. 프랑스어로 Printemps을 발음할 때는 유난한 쾌감이 있다. 쁘렝떵. '렝'을 발음할 때는 목을 긁으며 거의 '헹'에 가깝게 소리를 내며 공기를 들이마신 후, 마지막 음절인 '떵'을 발음하며 입을 탁 벌리면 그 소리와 동시에 꽃이 피어나는 느낌이 든다. 무채색의 세상이 깨어난다. 흙이 꿈틀하고, 초록이 빼꼼하고, 겨우내 닫아놓은 창문이 활짝 열린다. 햇살이 눈을 찌르고, 초록과 분홍과 노랑이 회색 도시를, 장바구니를, 사람들을 뒤덮는 그런 장면들이 연이어 떵떵떵떵 폭발한다. 물론 이건 초급 프랑스어도 제대로 못 끝낸 나의 제멋대로 상상이다. 하지만 무슨 상관인가. 나에게 그 단어는 폭발하는 봄을 담은 의성어가 되어버린걸. 어차피 여행자는 오해로 단단히 무장한 사람. 자신이 본 한 장면으로 도시 전체를 오해하고, 자신이 겪은 한 사람으로 온 나라 사람들을 단정 지어버리길 주저하지 않는 사람이다. 하물며 단어 하나를 내 마음대로 상상하는 일쯤이야. 나는 '쁘렝떵'의 기운이 온 도시를 휘감은 바로 그날, 파리에 도착했다.

봄의 파리는 처음이었다. 내가 알던 회색빛 파리는 그곳에 없었다. 공항 지하철에서 나와 지상으로 올라오는 순간 쁘렝떵이란 단어가 머릿속에 땅 울렸다. 주저함이 없는 햇빛이었다. 그 햇빛 아래에서 사람들도 주저함이 없었다. 오늘 이 도시의 본업은 쁘렝떵이었으며, 이 햇빛을 받는 것만이 모두의 의무였다. 공원 잔디밭에 사람들이 꽃처럼 피어 있었다. 색색의 천을 바닥에 깔고서. 웃통을 훌러덩 벗고서. 몸의 마지막 긴장한 톨까지 다 풀어버리고서. 햇빛이 드는 노천카페에는 빈자리라곤 없었다. 테이블 위에선 와인 잔들이 쨍그랑쨍그랑 봄빛을 튕겨냈고, 분수의 물줄기도 봄빛으로 샤워하며 차르르차르르 시끄러웠다. 봄볕에 말린 이불 같은 공기가 바스락바스락 세상을 채우고 있었고, 높다란 마로니에 나무엔 분홍 꽃, 하얀 꽃이 포도송이처럼 주렁주렁 매달려 있었다. 오늘, 이 봄을 따 먹지 않는 자, 유죄였다.

덕분에 숙소에 도착하기 전부터 정신이 하나도 없었다. 마침내 파리에 도착했다는 사실도 소화하지 못했는데, 기막힌 날씨 요정과 함께 도착했다는 사실은 또 어떻게 소화를 해야 한단 말인가. 하지만 넋 놓고 있을 때가 아니었다. 봄보다 더 시급한 나의 의무는 집주인을 만나는 일이었다. 지구 반대편에서 로드뷰로 몇 번이나 확인하며 상상 속에서 걸어본 바로 그 길, 바로 그 대문 앞에 서 있으니 헐렁하게 생긴 청년이 헐렁한 걸음으로 다가와 인사를 했다. 마침내 그가 열쇠로 육중한 대문을 열었다. 철컹. 한 달간의 나의 운명이 열렸다.

파리의 집들은 폐쇄적이다. 밖에서 봐서는 도저히 안을 짐작할 수 없다. 밖에서는 근엄하고 육중해 보이는 문 하나지만, 그 문을 열고 들어가면 거대한 규모가, 아기자기한 속내가, 관리된 일상이 그제야 보인다. 한 건물처럼 보이지만 여러 개의 입구, 여러 개의 계단이 있기도 하여 이 대문을 공유하고 사는 집이 도대체 몇 세대인지 궁금하게 만든다. 오래전 파리의 유학생 집을 빌려 여행할 때였다. 파리의 이런 집 구조를 상상조차 못한 나는, 커다란 문을 열고 커다란 화분들이 양옆으로 도열한 비밀의 통로로 들어갈 때 너무나도 감격하여 그냥 이 정원에서 살아도 좋겠다고 생각했었다. 과연 한 달 동안 내가 머무를 이번 집은 어떨까.

주인이 열쇠로(이보시오, 열쇠라니!) 문을 열었다. 어둡고 서늘한 복도를 지나자 작은 중정이 나왔다. 그곳엔 식물과 테이블과 의자와 재떨이가 있었다(누가 흡연에 관대한 나라 아니랄까봐). 복도는 이어졌고, 다음 문을 열자 또 하나의 중정이 나왔다. 식물이 멋스럽게 가득한 그곳을 통과하자 마침내 건물 입구였다. 20킬로그램이 넘는 가방을 들고 건물로 들어갔지만 바로 엘리베이터를 탈 수는 없었다. 엘리베이터 문을 열기 위해선 엘리베이터 열쇠를 꽂고 돌려야 했기 때문이다(2023년에!). 물론 엘리베이터가 있는 숙소라는 것에 우선 감사해야만 하는 상황이라는 걸 나는 알고 있었다(파리에서 엘리베이터는 너무나도 최신 문물이다). 엘리베이터는 세상에서 가장 느린 속도로 나를 6층에 데려다주었고(걸어서 올라가도 내가 이길 것 같은 속도였다), 다시 삐걱대는 나무 계단을 올라 또 다른 열쇠로 문을 열자 마침내 우리 집이었다(눈치챘겠지만, 집에 들어오는 데 네 개의 열쇠가 필요하다. 다시 말하지만, 2023년에!).

  이 시대 역행적인 행위를 다 완수하고 난 사람에게 파리는 대단한 시간 여행을 선물한다. 겨우 문 몇 개를 통과했을 뿐인데, 겨우 열쇠 네 개를 썼을 뿐인데, 겨우 6층으로 올라왔을 뿐인데, 창밖으로는 19세기 오스만 양식의 건물들이 펼쳐지고, 그 시선 끝에는 1600년대에 지어진 성당이 서 있었다. 1분 만에 100년이 훨씬 넘는 시간을 단숨에 거슬러 올라갈 수 있으니, 20대의 나에게로 거슬러 올라가는 일쯤이야 어렵지도 않았다. 얘야, 드디어 너의 로망에 도착했단다. 여덟 명이 한 방을 써야 했던 파리 민박집을 건너, 흔들리는 이케아 테이블 위에 짝짝이 젓가락을 올려야 했던 유학생의 방을 건너, 다 꺼진 매트리스 탓에 어쩔 수 없이 바닥에 얇은 이불을 펴고 남편과 자야 했던 또 다른 유학생의 방을 건너, 마침내 버젓한 너의 집에 도착했단다. 부엌과 거실과 침실이 분리되어 있었고, 거실엔 소파와 테이블이 있는 한 달짜리 나의 집. 작은 창문 딱 하나만 있던 방에서도 나는 그토록 행복했었는데, 이번엔 창이 여러 개였다. 그럼 나는 몇 배로 행복해지는 걸까. 그 어떤 집이라도 나는 행복할 이유를 찾아냈을 텐데, 행복하려고 크게 노력할 필요도 없는 집이라니. 얘야, 마침내 여기까지 왔단다.

아무리 감격에 겨워도 첫날부터 집순이 모드일 수는 없었다. 이 도시에 도착한 이상 나도 이 도시의 의무에 복종해야 했다. 떵떵거리며 오늘의 쁘렝땅을 내 것처럼 누릴 것. 나는 집을 나섰다. 아까 짐을 끌고 오며 봤던 뤽상부르 공원 쪽으로 자연스럽게 걸음을 옮겼다. 목적지는 없었다. 나는 이미 목적지에 도착했으므로. 계획도 없었다. 이곳에 도착하는 것이 나의 유일한 계획이었으므로. 마침내 파리에 도착했다. 나는 발이 닿는 대로 나의 파리를 걷기 시작했다. 60일이라는 시간이 내 앞으로 길게 뻗어 있었다.

눈을 뜨자마자 시간을 확인했다. 새벽 4시 30분. 밖은 아직 깜깜했다. 더 자야 하지 않을까 생각하며 침대에 누워 있다가 억지로 더 잘 이유가 없다는 걸 깨달았다. 가야 할 회사가 있는 것도 아니고, 압박해오는 일이 있는 것도 아니다. 의무도 책임도 없는 새하얗고 새까만 새벽. 그 새벽을 선물처럼 찬찬히 풀어보고 싶어졌다.

몸을 일으켰다. 작은 거실의 작은 테이블 위 조명을 켜고, 물을 끓였다. 커피를 내리고, 노트북을 켜고, 음악을 찾아 조용히 틀고, 빈 페이지 앞에 앉았다. 어제를 너무 다 잊어버리기 전에 글로 고정해둬야 했다. 이 일기의 독자는 영원히 나 혼자일 것이다. 하지만 평생 누구보다 열렬히 읽어댈 독자 한 명을 위해 어제의 햇빛과 거리와 치즈와 와인과 성당과 나뭇잎과 꽃과 공원과 반짝인 사람들과, 그들보다 반짝였던 나를 기록한다. 점점 밝은 기운이 창가에 스민다. 아직 해가 뜨지는 않았다. 창문을 활짝 연다. 사람 소리도 차 소리도 없이 새 소리만 가까이 또렷하다. 이런 아침이 되면 나는 뭘 하고 싶었더라? 나는 되고 싶었던 나를 기억해낸다.

이 도시의 주인공이 되어보고 싶었다. 아무도 없는 공원을 크게 한 바퀴 뛰고, 낮엔 붐비는 그 잔디밭을 독차지하고 싶었다. 돌아오는 길엔 이제 막 문을 여는 카페의 첫 손님이 되어서 커피 한 잔을 마시고, 갓 나온 바게트를 사서 집으로 돌아와 여유롭게 나만의 샌드위치를 만들고 싶었다. 상상 속에서 나는 이미 근사한 파리지앵이었다. 잠든 파리를 내가 깨워야지. 옷만 갈아입고 모자를 쓰고 밖으로 나갔다. 살금살금. 내 상상 속의 파리로 한 걸음 또 한 걸음.

와장창. 상상은 몇 걸음 못 가 보란 듯이 깨졌다. 새벽 공원은 굳게 닫혀 있었으며, 그러거나 말거나 수많은 러너들은 이미 뛰고 있었다. 1등인 줄 알고 학교에 갔지만, 나 혼자 지각한 기분이랄까. 닫힌 공원 주변으로 러너들이 끝없이 나타났다가 빠르게 멀어져갔다. 그 속도와 기세에 놀라 나는 뛰는 것도 아니고 걷는 것도 아닌 채로 몇 걸음 옮기다 문득 맞은편에서 달려오던 러너와 눈이 마주친다. 그녀가 싱긋 웃으며 인사를 하고 빠르게 멀어졌다. 봉주흐. 나도 얼떨결에 봉주흐.

봉주흐. 봉=좋은. 주흐=날. 그야말로 좋은 날, 좋은 시간, 좋은 지금, 좋은 나. 한 도시의 새벽에 녹아든다는 건 도시의 일상에 저항 없이 편입하는 것이다. 새벽에 집을 나섰을 뿐인데, 이토록 낯선 일상에 사르르 녹아들었으므로 이미 좋은 날, 이미 좋은 나. 벌써 문을 연 카페들이 있고, 벌써 테라스 자리에 앉아 신문을 보는 어르신이 있었다. 강아지를 데리고 산책하던 사람이 커피를 주문하기 위해 카페로 들어선다. 익숙하게 인사를 한다. 내일은 나도 여기 와서 새벽 커피를 마셔볼까 생각만 하고 멈추진 않는다. 아직 궁금한 풍경이 거리에 널려 있고, 나에겐 무수히 많은 내일이 남아 있다.

걸으며 동네를 익힌다. 새 동네에서의 낯가림을 내 발로 걸으며 깨부순다. 나중에 저기 와봐야겠다. 오, 저기도 분위기가 괜찮을 것 같네. 여기에도 카페가 있네? 그러다 빵집을 발견한다. 빵집 이름을 보는 순간 갑자기 잊고 있던 기억의 퍼즐이 맞춰졌다. 14년 전 파리에서도 저 집 바게트였다. 체인점이 여럿인 빵집이다. 14년 전 저 바게트에 노르망디 카망베르 치즈와 루콜라를 넣어 먹으며 '이 순간을 살면서 얼마나 그리워하게 될까' 애틋하게 여겼다. 다시 오지 않을 순간이라고 생각했다.

하지만 이게 무슨 일인가. 그 아침을 다시 내게 선물할 수 있게 되다니. 마침 어제 도착하자마자 사둔 노르망디 카망베르 치즈와 루콜라도 냉장고에서 나를 기다리고 있다. 내가 제일 좋아하는 치즈가, 한국에서 목놓아 부르던 그 치즈가 따뜻한 바게트를 기다리고 있다. 이 순간 나의 유일한 의무는 그들 사이에 오작교를 놓아주는 것. 그리고 친히 내 배 속으로 넣어주는 것. 시급한 임무가 생겼으므로 오늘 아침 운동은 여기까지.

한동안 시차 적응에 완벽하게 실패했다. 덕분에 원하던 아침에는 완벽하게 도착했고. 깜깜한 새벽에 일어나 일기를 쓰며 캄캄한 기분을 몰아내다가 밖이 조금 밝아오면 주저하지 않고 집을 나섰다. 매일 그날의 기분이 가리키는 방향으로 주저 없이 방향을 틀었다.

어떤 날은 맨얼굴로 나를 맞이하는 팡테옹을 본다. 빅토르 위고와 에밀 졸라와 마담 퀴리가 묻혀 있는 곳. 지구의 자전을 증명하기 위해 푸코가 그 유명한 진자 실험을 한 곳. 그리하여 매 순간 관광객들로 북적이는 곳. 하지만 지금은 팡테옹이나 나나 이 아침의 귀한 정적을 혼자서 만끽하고 싶은 존재일 뿐이다. 그는 고요히 내버려두고 다시 방향을 휙 틀어서 팡테옹의 오른쪽 길을 택한다.

탁탁탁. 좁은 골목길 사이로 내 발걸음 소리가 크게 울려 퍼진다. 팡테옹 바로 옆 골목으로 들어섰을 뿐인데 갑자기 먼 과거의 파리에 도착한 기분이다. 유난히 더 진하고 더 반들반들한 돌길. 속도를 늦추고 찬찬히 거리를 살피니 계속 같은 단어가 보인다. Vieux(오래된). 아, 각자 얼마나 자신의 나이가 많은지 자랑하는 동네로구나. 감격하며 거리명을 확인하니, 아니나 다를까 무프타르 거리다. 파리에서 가장 오래된 길. 헤밍웨이가 이곳에 머물던 때를 추억하며 《파리는 날마다 축제》라는 책을 썼다는 시장 길. 아직은 조용하지만 조금만 있으면 과일 가게와 채소 가게, 빵 가게와 치즈 가게가 문을 열 것이다. 그 모두가 싱그럽게 알록달록 이 거리에 생기를 불어넣을 것이다. 텅 빈 거리를 걸으면서도 나는 신이 난다. 이 가게, 느낌 있는데? 이 동네에서 놀면 재미있겠다. 저녁에 여기서 술 한 잔 마시고 집에 가면 좋겠네. 단골 동네로 삼아버릴까? 고개를 돌릴 때마다 기대감이 나비처럼 팔랑거린다.

그러다 문득, 한 가게 앞에서 오래전의 나를 만난다. 그때도 이 길에 왔었다. 이곳에 오면 노르망디 카망베르 치즈를 살 수 있을 것 같아서(모든 곳에서 파는 치즈인 줄 그땐 몰랐다) 일부러 찾아온 치즈 가게가 아직도 있었다. 그때에도 아주 오래된 시장 길이라는 건 알았다. 하지만 마음이 바빴다. 가야 할 곳이, 보고 싶은 것이 너무 많아서. 그래서 어디부터 가야 할지, 뭐부터 봐야 할지 몰라서. 파리를 너무 좋아했던 나는 파리에서 늘 그 마음에 걸려 넘어졌다. 시간이 없는데 어쩌지. 다 보고 싶은데 어쩌지. 이 도시 곳곳에 그때의 내가 너무나도 또렷하게 서 있다. 초조하고 조금은 울 것 같은 표정으로. 할 수만 있다면 그때의 나를 데려와서 괜찮다고 등을 토닥여주고 싶다. 그렇게 애쓰지 않아도 된다고. 이번이 마지막 파리가 아니라고. 지금의 너는 믿지 못하겠지만 미래의 너는 파리에 와서 두 달의 시간을 보내게 된단다. 그러니 그렇게 애달프지 않아도 된단다. 그 이야기를 들었다면 나는 어떤 표정을 지었을까. 나는 다시 속도를 높인다. 과거의 나를 지나 지금의 나로 돌아온다. 지금 나는 내 발로 파리의 지면을 밀어내며 앞으로 나아가고 있다.

아침마다 파리 지도는 새롭게 계속 그려졌다. 아침마다 유명한 파리가 그냥 우리 동네로 편입되었다. 부자 동네 생제르맹이 우리 동네가 되고, 뤽상부르 공원이 우리 동네 큰 정원이 되었다. 영화 〈미드나잇 인 파리〉에서 과거로 데려가는 자동차가 달린 길을 걸었다가, 오웬 윌슨처럼 그 성당 계단에 앉아 조용한 우리 동네를 내려다보았다. 나는 주저 없이 그 새벽, 내 발이 닿는 곳 모두를 우리 동네라 불렀고, 기꺼이 그 안에서 길을 잃었다. 우리 동네는 점점 더 커져갔다. 길은 반듯하지 않아 늘 나를 낯선 곳에 데려다 놓았으니까. 그리고 나의 정처 없는 새벽 산책을 끝내는 건 언제나 바게트였다. 새벽부터 사람들이 줄을 서는 빵집을 발견하면, 혹시라도 그곳에 '1er prix meilleure baguette(바게트 대회 1등 수상)'라고 적혀 있으면, 나는 주저 없이 산책을 끝내고 지갑을 열었다.

"Une tradi, s'il vous plaît(원 트라디 실부플레)." 호기롭게 들어가서 말한다. 트라디 하나 주세요. 바게트가 아니라 트라디. 트라디를 알고 난 후부터는 언제나 트라디를 주문한다. 바게트는 첨가물이 들어갈 수도 있고, 공장에서 만들어 납품을 하는 경우도 있지만, 트라디는 다르다. 법으로 정해두었다. 당일, 그 빵집에서 전통 방식 그대로 만들어야 비로소 트라디시옹(Tradition), 줄여서 트라디라 부를 수 있다고. 쓸 수 있는 재료도 밀가루와 소금, 이스트, 물 단 네 가지로 제한되어 있다. 빵의 법이 보우하사, 어느 빵집에서든 '트라디'라고 말하면(보통 0.5유로 정도 더 비싸다) 어떤 빵집에서든 마법 같은 바게트를 받아 들 수 있다. 갓 구운 트라디 하나를 사서 나오자마자 푹 뜯어 먹는다. 이 아침의 선물을 끝까지 꼭꼭 씹는다. 따뜻하면서도 바삭하고 쫄깃하면서도 고소하고 씹을수록 달큰한 그 맛을 끝까지 다 즐기고야 만다.

이미 나는 알고 있다. 나는 점점 더 시차에 적응해갈 것이고, 이 선물 같은 시간은 점점 줄어들 것이라는 걸. 나의 밤은 점점 길어질 것이고, 밝은 아침은 눈 뜨기도 전에 이미 도착해 있을 것이다. 그러니 최대한 아껴 먹고 싶다. 끝까지 음미하고 싶다. 화장기 없는 파리의 새벽 시간을. 나만의 만찬 같은 이 시간을.

트라디를 뜯어 먹으며 하는 일은 늘 같았다. 오늘의 운명 찾기. 식탁 앞에 앉아 수년간 구글맵에 표시해놓은 별들을 헤매며 오늘 내 기분에 가장 잘 어울리는 운명의 장소를 찾는 것이다. 매일의 산책 길을 선택하는 이야기나, 끌리는 빵집이 나오는 순간 산책을 멈춘다는 이야기를 읽으며 눈치를 챘을지도 모르겠다. 그렇다. 어차피 파리 자체를 운명이라 여기며 온 이상, 이곳에서 나는 철저히 운명론자가 될 수밖에 없었다. 나의 마음이 이끄는 그곳이 바로 오늘 나의 운명. 평소 그토록 계획 짜는 걸 좋아하는 나지만, 파리에서는 아무 계획이 없다. 모두에게 말했다. "정말 아무 계획 없어." 물론 그 말을 들은 엄마는 말했다. "계획을 안 짜는 걸 계획했겠지." 엄마, 그렇게 나를 단숨에 간파하지 말라고.

사람들은 종종 나의 MBTI를 알아맞히려 애쓴다. I인지 E인지 헷갈려 하고(나로서는 가장 이해할 수 없는 지점이다. 이토록 명백한데!), F인지 T인지 헷갈려 하지만(글로 나를 만난 사람들이 특히 헷갈려 하는 지점이다. 충분히 그럴 수 있다) 그 모두가 정확하게 맞추는 건 J 성향이다. "작가님, J죠?"라고 묻는 그 말투에는 자신감이 가득하다. 그때마다 나는 힘껏 고개를 끄덕인다. 나는 대문자 J니까. 대문자 J답게 계획을 세우는 건 내 취미이자 특기다. 회사에선 커피 한 잔을 앞에 두고, 오늘의 나를 계획하는 아침 일기를 써야만 나는 비로소 작동하기 시작했다. 마디마디 분절된 하루의 시간이 내 앞에 가지런히 서 있고, 나는 오늘의 할 일들을 조각조각 나누어서 할 일 리스트를 만들며 그날의 모양을 계획했다. 계획이 끝나면? 정한 대로 착착 움직였다. 카피를 쓰고 리스트를 지우고, 회의를 하고 리스트를 지우고, 전화를 한 통 하고 또 리스트를 지우고, 광고주 미팅을 하고 돌아와 리스트를 지웠다. 그렇게 리스트의 모든 항목을 다 지우고 나면 그때가 나의 퇴근 시간이었다. 그게 나의 매일이었다.

　그런 나를, 나는 한국에 두고 왔다. 애써 버려두고 왔다. 계획할 수 있다는 건, 예측이 가능하다는 거니까. 예측이 가능하다는 건, 나의 상상이 들어맞는다는 거니까. 나의 좁은 상상 속에 여행을 가둔다는 거니까. 한국에서도 내 상상으로 다 계획할 수 있는 여행이라면, 굳이 떠나올 필요도 없었을 테니까. 그리하여 나는 아침마다 내 마음이 흘러가는 방향 읽기에 골몰

했다. 오늘은 미술관 기분이니? 아직 잘 모르겠다면 카페부터 가볼까? 아님 유명한 크레페 집이 있다는데 거길 가볼까? 마음의 네비게이션 성능이 좀 뛰어났다면 좋았을 텐데, 이놈의 마음이 매 순간 다른 목적지를 알려줘서 운전대를 잡은 내 몸뚱어리가 조금 고생스럽긴 했다. 하지만 첫 번째 목적지, 아니 첫 번째 운명이라면 오래전부터 이미 정해져 있었다. 운명의 도시를 묻는다면 파리. 운명의 장소를 묻는다면 그건 무조건 퐁피두 센터였으니까.

나는 책마다 퐁피두 센터에 대한 사랑을 숨겨두었다.《모든 요일의 기록》에서는 "여행이 일상이 되는 것을 꿈꾼다. 아침 바게트가 일상이 되고, 노천카페가 일상이 되고, 밤새워 쓰는 글이, 퐁피두 센터가 (중략) 일상이 되는 것을 꿈꾼다"라고 썼고,《모든 요일의 여행》에서는 "돌아가야 한다는 사실이 목구멍으로 넘어가지 않았다. 도대체 왜. 왜 이 땅을 떠나 그 땅에 도착해야만 하는가. (중략) 너무 보고 싶어 세 번이나 들러서 보고 또 봤던 미술관 한 귀퉁이의 조각상만 다시 보고 싶었다"라고 썼고,《우리는 우리를 잊지 못하고》에선 "여행자라면 누구나 이마에 박고 살아가는 자신만의 별. 겉으로 보기에는 너무나도 평범한 사람도 이마엔 자신만의 별이 박혀 있단다. (중략) 나의 별은 파리 퐁피두 센터에 있었는데, 너의 별은 밤의 베네치아에 있었구나"라고 썼다. 심지어 이 책의 시작 부분에도 명백히 기록되어 있다. "스무 살. 파리에게 첫눈에 반했다.

우연히 퐁피두 센터 2층의 도서관에 발을 들여놓는 순간, 갑자기 그곳에서 공부하는 직업을 갖는 것이 일생의 꿈이 되었다. 그냥 그곳이어야 했다"라고.

무엇이 그렇게 좋았을까. 또렷하게 말하긴 조금 어렵다. 하지만 확실한 것이 하나 있다. 나는 그곳에 있는 나를 좋아했다. 처음 보는 그림에 그토록 마음을 내주고, 처음 알게 된 화가의 전시실에 오래도록 앉아 있는 나를 좋아했다. 위로할 길 없는 슬픔을 가진 조각상이 마음 쓰여서 퐁피두 센터 앞을 지날 때마다 그냥 지나치지 못하고 매번 다시 들어가는 나를, 찬찬한 눈길로 그 조각상의 구석구석을 토닥이며 위로하는 나를 좋아했다. 모네의 그림도 좋아하고, 반 고흐의 그림에도 열광했지만 그 감정과 이 감정은 달랐다. 20대의 나는 유독 특정 슬픔에 예민하게 반응했다. 토해내는 슬픔이 아니라 속으로 삼키고 또 삼켜 내장이 너덜너덜해져 버린 슬픔을 잘 알아봤다. 그런 슬픔이 퐁피두 센터에 있어 나는 이해받고 있다고 느꼈다.

스무 살 때만 매일 이곳에 온 게 아니었다. 그다음 파리에 왔을 때도 아침이면 늘 퐁피두 센터에 들렀다가 어디론가 다시 떠나곤 했다. 곁에서 보기만 해도 좋았고, 좋아하는 장소에 그렇게 쉽게 도착할 수 있다는 사실도 좋았고, 하루가 좋아하는 마음에서 시작되는 것도 좋았다. 그러니 이번 여행을 퐁피두 센터에서 시작하는 것은 예정된 나의 운명이었다.

    나의 이런 개인적인 감정을 들으며 퐁피두 센터를 슬픔의 공간으로 오해하진 않길 바란다. 1970년대에 지어졌다고는 믿기지 않을 정도로 여전히 파격 그 자체인 이 건축물은 명백히 파리에서 가장 발랄한 존재다. 색색의 배관을 밖으로 다 빼서 지은 덕에—공기는 파란색, 수도관은 녹색, 전기는 노란색, 구조물은 하얀색, 사람이 다니는 에스컬레이터는 붉은색—무채색의 파리 안에서 퐁피두 센터는 영원히 청춘이다. 그뿐만이 아니다. 6층 미술관에 가기 위해서는 옆이 통창인 에스컬레이터를 타야 하는데, 에스컬레이터를 타고 밖을 내다보며 오르다 보면 어느새 파리 건물들은 모조리 발아래에 있고, 에펠탑과 정면으로 눈을 맞추는 호사를 누릴 수 있다(고도 제한이 있는 파리이기 때문에 가능한 이야기다). 심지어 미리 예약을 하고 줄을 오래 서야 들어갈 수 있는 루브르 박물관에 비해, 인기 많은 인상파 화가의 작품이 모여 있어 늘 붐비는 오르세 미술관에 비해, 인상파 이후의 작품이 모여 있는 퐁피두 센터는 어찌나 한적한지. 피카소와 샤갈과 호안 미로와 칸딘스키 등 수많은 전설들의 그 유명한 그림을 마음껏 독식할 수 있는 장소는 정말 귀하고 또 귀하다.

    그곳에서 내가 대책 없이 빠져든 작가는 조르주 루오였다. 굵고 거친 검정 선, 어두운 색조, 그림을 조각으로 만들어버릴 기세의 두터운 물감, 천대받는 이들에게서 신의 모습을 찾아 그린 덕에 너무나도 인간적으로 바뀐 종교화, 두터운 슬픔의 종교화. 아무것도 모르고 루오의 작품이 모인 방에 들어갔다가 스무 살의 나는 그만 울어버렸다. 검정 선과 가라앉은 색이 나를 다 이해해주고 있었으니까. 고요한 그 선 속에서, 어둡지만 포근한 그 색 속에서 어디에도 없던 안정감을 찾을 수 있었으니까. 속절없이 울기만 했다. 도저히 떠날 수가 없었다.

그 이후로 그는 나만의 화가가 되었다. 도쿄의 국립서양미술관에 갔다가 모네와 루오가 사이좋게 가득 있는 모습을 보며 좋아서 발을 동동 구르기도 했고(일본 사람들이 모네와 루오를 유난히 좋아한다고 한다) 대전시립미술관에서 대규모의 루오 전시회가 열렸을 때는 대전을 세 번이나 방문하기도 했다. 덕질을 모르는 내게 이건 기념비적인 사건이었다.

오늘의 목적지는 정해졌다. 우선은 퐁피두 센터로 가는 거다. 하지만 목적지로 돌진해버리는 건 또 여행의 소소한 즐거움을 놓치는 거니까, 버스를 타고 근처 어딘가에 내린다. 대략의 방향을 파악하기 위해 지도를 한 번 확인하고, 마음껏 걷는다. 10분만 직진하면 퐁피두 센터라고 구글맵이 알려주지만, 그건 구글맵이 여행을 몰라서 하는 소리다. 특히 고개를 한번 돌릴 때마다 궁금한 곳이 눈에 턱턱 걸리는 파리를 몰라서 하는 소리다. 10분은 순식간에 한 시간으로 늘어난다. 파리가 사람들에게 불친절한 도시라는 건 아주 널리 알려진 사실이지만, 걷다 보면 파리는 자기 방식으로 사람들에게 친절하다는 것을 알게 된다. 무료 박물관, 예쁜 가게, 느긋한 카페, 발랄한 공원이 누구에게나 열려 있다. 그 부유한 친절에 홀려 나는 결국 여기까지 온 걸까. 한참을 방랑하다 마침내 나는 퐁피두 센터에 도착한다.

많은 것들이 거기 그대로 있었다. 특히 루오의 전시실이 여전히 거기 있었다. 가장 내 마음을 많이 가져간 작품, ⟨Acrobate⟩(곡예사)도 여전히 그 자세 그대로 있었다. 여전히 자신의 팔을 과하게 구부린 채 두 다리로 서 있다. 마침내 퐁피두 센터에 다시 왔다는 사실에 취해, 미술관에 들어오면서부터 이미 감정 과잉 상태였던 나는 어느 정도 울 준비까지 마쳤던 것 같다. 하지만 그림 앞에 선 내게 밀려오는 감정은 슬픔이 아니었다. 뭐라고? 루오가 슬픔이 아니라고?

이상한 일이었다. 루오 특유의 검정 선이 어둠으로 읽히지 않고, 그의 단단함으로 보이기 시작했다. 특유의 그 두께는 슬픔의 두께가 아니라, 자신의 것을 쌓아 올린 시간의 두께로 보이기 시작했다. 그 모든 어려움에도 불구하고 작가는 뚜벅뚜벅 자신의 길을 걸어간 거다. 의심과 싸우며 자신의 색깔과 선을 밀고 나간 거다. 슬픔이라니. 그건 섣부른 동정이었다. 그림 속 인물들도 각자 삶의 비루함을 견디며 우뚝 서 있는데, 내가 뭐라고 그들을 위로하는가. 그 위로가 가당키나 한가. 눈이 선명해졌다. 다리에 힘이 들어갔다. 찬물을 맞은 것처럼 정신이 또렷해졌다. 마음이 단단해졌다. 분명 같은 그림이었지만 그날 그 그림이 내게 준 새로운 감정은 바로 용기였다. 수없이 루오의 작품 앞에 섰지만, 용기를 얻은 건 처음이었다. 도대체 내게 무슨 일이 일어나고 있는 걸까.

그날 나는 미술관 곳곳에서 자꾸만 용기를 찾아냈다. 처음 듣는 'Germaine Richier(제흐맹 리쉬이, 라고 읽는다고 미술관 직원이 알려주었다. 내가 정확하게 발음할 수 있을 때까지 그녀는 무려 여덟 번이나 그 이름을 반복해주었다)'라는 1920년대부터 활동한 여자 조각가 특별전에서도 마찬가지였다. 강단이 있는 사람이 실력과 상상력까지 갖추면 이런 작품들이 튀어나오는구나, 자신만의 독특한 세계를 기어이 구축하는구나, 라는 걸 깨닫는 순간, 또 한 번 기이한 용기가 튀어나왔다. 전시회장 끝에, 온통 남자들만 가득한 당시 조각가들 사이에 당당하게 선 그녀를 한참이나 쳐다보았다. 그 단단한 눈빛을 오래 들여다보았다. 그녀가 내게 건네는 용기를 양손 가득 받아 들고서.

그날 알았다. 똑같은 그림을 나에게 넣고 섞었는데, 슬픔이 나왔던 시절이 있었고, 용기가 나오는 시절이 있다는 걸. 내가 바뀐 것이다. 내게 필요한 것이 바뀐 것이다. 지금 내게 필요한 건 나의 색깔대로 살아버려도 된다는 용기였다. 좋은 롤모델이 없더라도, 좀 이상해 보이더라도, 내 마음의 방향대로 살아버리는 것. 스스로가 나의 롤모델이 되어버리는 것. 내가 긋고 싶은 선을 긋고, 내 마음이 가는 대로 색을 칠하는 거다. 불안과 싸우며, 의심을 떨쳐내며, 계속 나아가는 거다. 마침내 그토록 바라던 나만의 그림을 그리는 시간이 시작된 거니까.

밤 9시, 미술관이 문을 닫는다는 방송이 나올 때가 되어서야 나는 간신히 퐁피두 센터를 빠져나왔다. 저 멀리 에펠탑 옆으로 지는 해를 멍하니 바라보며. 이러니 계속 올 수밖에 없지, 라고 중얼거리며. 이러니 오래도록 그림 앞에 서 있을 수밖에 없다는 사실을 깨달으며. 나도 몰랐던, 내게 필요한 것을 그때그때 작품들이 다 챙겨서 오롯이 내게 안겨주고 있으니 말이다.

구글맵을 켜서 집까지 가는 길을 검색했다. 퐁피두 센터에서 집까지 바로 가는 버스가 있었다. 이 사실이 어찌나 어이가 없는지, 퐁피두 센터 앞에 서서 혼자 바보처럼 웃었다. 피식피식 웃음이 새어 나오는데 눈에는 어쩐지 눈물이 고였다. 이곳에 오고 싶어 그 오랜 시간을 헤맸는데, 이제는 버스 한 번이면 올 수 있다. 버스 한 번이면 내 몫의 용기를 챙길 수 있다. 언제든. 그야말로 언제든. 믿기지 않지만, 이것이 내가 도착한 곳이었다.

　이 도시는 나의 오랜 꿈. 꿈에는 뽀얗게 먼지가 내려앉았다. 한 걸음 내디딜 때마다 발은 과거로 푹푹 빠진다. 먼지 위로 또렷이 찍힌 발자국. 그 아래로 어떤 과거가 빼꼼히 고개를 내미는지 가만히 들여다본다. 나는 이곳에서 미래형으로 존재하지 않는다. 미래는 나의 의지와 관계없이 당도할 것이다. 나는 미래를 찾아 나서는 대신, 내게 자꾸 도착하는 과거 옆에 앉는다. 조금은 상냥하게 조금은 달래며 조금은 현재로 돌아오려고 애쓰며 조금의 거리를 두고 그 옆에 앉는다. 이 도시가 오랜 꿈이었으니, 당분간은 과거형으로 존재할 수 없다는 사실을 받아들인다. 과거의 나를 위해 얼마간의 시간을 기꺼이 양보하겠다고 마음을 먹는다.

이 도시 곳곳에 과거의 내가 서 있다. 세느강 다리 위에서는 그날의 유일한 식사였던 값싼 치즈 파니니를 먹으면서도 행복에 겨워 날듯이 걷는 오래전의 나를 마주치고, 동네 공원 구석에서는 풀밭에 앉아 만 원도 안 하는 와인을 마시면서도 다 가진 사람처럼 굴던 나와 남편을 본다. 과거의 나라고 행복하기만 할 리가 없다. 유명하다는 식당 앞에서 당혹스러워하는 나와 관광지 앞에서 초조한 얼굴로 선 나도 마주친다. 에너지가 바닥나 길에 있는 아무 벤치에 누워 취한 듯 잠으로 빠져들던 나도 또렷이 남아 있다. 많은 기억들이 소실되었는데, 왜 이 도시의 기억들은 이토록이나 생생하게 남아 있을까. 그렇게 속절없이 걷다가 문득 시계를 봐버렸다.

그 시계였다. 카페의 한쪽 벽면을 가득 메우고 있는 커다란 시계. 2009년의 나는 여행책의 사진 한 장을 보고, 이 시계를 찾아 아침 일찍 여기까지 왔었다. 오전을 이 카페에서 다 보내겠다는 생각을 품고. 그런데 지금은 집에 가려고 방향을 틀었을 뿐인데, 갑자기 내 눈앞에 그 시계가 나타난 것이었다. 피곤해서 집에 가려던 생각도 잊고, 홀린 듯이 그 카페로 들어섰다. 창가 소파에 앉아서 와인 한 잔을 주문하고 보니, 오래전 그때와 같은 자리에 앉아 있다. 또다시 지금의 나에게 과거의 내가 포개진다.

그때나 지금이나 똑같다. 그때의 나도 글이 쓰고 싶었다. 아니, 다르다. 그때 나는 글을 쓰는 사람이 되고 싶다는 열망만 가득했다. 그 짧은 여행 중에도 오전 시간을 글에 다 내어줄 만큼. 이 자리에 앉아서 노트북을 켜고 글을 쓰며 이 글을 세상에 보여줄 일이 있을까, 내내 의심했다. 하지만 미래를 알 방법이 없으니 계속 썼다. 무엇을 그렇게나 오래 써 내려갔을까. 오전 한 토막을 다 써서라도 쓰고 싶었던 글이라면 분명 머릿속에 어떤 단서라도 남아 있어야 할 텐데, 머릿속엔 백지만 펄럭인다. 하지만 15년 동안 무슨 일이 일어난 것인가. 지금 나는 작가가 되어 같은 자리에 앉아 있다. 심지어 지금 내 손엔 곧 작가로 데뷔할 후배가 보낸 원고가 들려 있다. 도대체 몇 겹의 우연이 한자리에 겹쳐진 거지.

감상에 빠지기 딱 좋은 환경이 다 갖춰졌다. 오래전 그 카페, 오래전 그 자리, 화이트 와인 한 잔, 카페 앞 광장을 다 메우고 있는 오동나무의 연보라색 꽃들. 작가를 위한 천혜의 조건이란 바로 이런 것 아닌가. 위대한 작가에게 이 정도의 조건이라면 십수 년의 시간을 거슬러 오가며 아름다운 글이 한 편 나올 법하다. 하지만 나는 위대한 작가의 문턱에는 닿지도 못하고 식욕에 걸려 넘어진다. 앞 테이블에서도, 뒤 테이블에서도 김을 모락모락 내고 있는 그 음식에서 도무지 시선을, 생각을 떼어낼 수가 없다. '2009년 그때…… 왜 다들 저걸 시키지? 그때도 이 자리였는데…… 아니, 이 집이 저게 유명한가? 그때 쓴 글이 지금 어디에 남아 있어…… 시킬까 나도?'

그 음식이 어니언 수프만 아니었어도, 라고 변명을 해본다.

여기가 프랑스만 아니었어도, 라고 변명을 더해본다. 외국 음식이라고 치부해버리기엔, 한식만큼 뜨끈뜨끈한 국물 위로, 치즈가 보란 듯이 두껍게 쌓여 있다. 수프 한 숟가락에 치즈가 엿가락처럼 늘어진다. 저놈의 어니언 수프만 아니었어도 위대한 작가가 되는 건데. 결국 위대한 작가는 다음 생으로 미뤄야 하는건가.

매니저와 눈을 슬쩍 마주친다. 매니저가 재빨리 내 앞으로 와서 서길래, 나는 얼른 어니언 수프를 주문했다. 순간 매니저의 표정이 바뀐다. 아주 귀엽고 거만한 표정으로.

"내가 확신하는데, 파리에서 우리 어니언 수프가 최고야."

"오, 그럼 나는 운이 너무 좋은 거네?"

매니저는 윙크로 대답을 하더니 미끄러지듯 사라졌다. 잠시 후에 도착한 어니언 수프는 매니저 말 그대로였다. 그야말로 최고의 어니언 수프. 뜨끈하고, 풍성하고, 너무 프랑스고, 프랑스답게 치즈 인심이 아주 넘쳐흘렀다. 맛이 없을 수가 없었다. 여행만 떠나면 내가 선택한 게 무조건 최고라고 생각해버리는 나의 대책 없는 긍정에 매니저의 확신까지 더해졌으니, 이 어니언 수프는 무조건 파리 최고여야만 했다. 조금 쌀쌀한 날씨에 얼었던 몸이 확 풀렸다. 정신없이 먹고 있는데 매니저가 슬쩍 와서 물었다.

"그래서, 어니언 수프는 좀 어때?"

"네 말이 맞네. 이건 너무너무너무너무 맛있잖아."

매니저의 얼굴이 다시 순식간에 변한다. 미소가 온 얼굴로 번지며, 고개까지 보란 듯이 뒤로 젖혀진다.

"내가 뭐랬어~~~~~(I told you~~~~~)."

우쭐대는 말투로 저렇게나 말꼬리를 길게 늘이며 매니저는 무슨 피겨 선수처럼 테이블 사이로 미끄러지듯 멀어진다. 나도 괜히 그 말꼬리에 올라타 살랑살랑거리는 기분으로 식사를 마무리한다. 역시나 위대한 작가 되기를 미루길 잘했지 뭐야. 일어서기 전에 다시 오동나무꽃과 실내를 둘러보며 감성을 한 스푼 챙기고, 계산서와 레스토랑 명함을 챙긴다. 무심코 레스토랑의 이름을 확인하는 순간, 나는 머릿속이 복잡해진다. 뭐라고? 이름이 'Les Éditeurs'라고? 그러니까, 레스토랑 이름이 '에디터들'이라고?

운명이라 믿길 좋아한다. 나쁜 일이 들이닥칠 때 운명이라 생각해버리면, 금방 체념이 되면서 툭툭 털어버리게 된다. 운명인 걸 어떡하나. 나는 한낱 작은 인간일 뿐인데. 받아들여야지. 나아가야지. 이겨내야지. 반면, 잠깐 지나가는 기쁨을 운명이라 믿어버리면, 별거 아닌 일에도 의미를 부여하게 되고, 대단한 무언가가 내게 일어난 것 같은 착각이 든다. 나같이 하찮은 인간에게 왜 이런 선물을 주시나요. 나의 꿈에 왜 이렇게 적극적으로 대답해주시나요. 내가 뭘 그렇게 잘했나요.

그날 나의 운명은 그 레스토랑이었다. 글을 쓰고 싶다는 열망으로만 가득 차 있던 내게, 작가라는 단어는 너무나도 먼 꿈이었던 내게, 유능한 에디터들이 찾아와서 그 꿈을 현실로 만

들어주었다. 그 고마운 에디터들의 이름들 사이에 나는 슬쩍이 레스토랑도 끼워 넣는다. 꿈꾸던 시간이 여기까지 나를 데려왔다. 과거의 꿈 위에 살포시 지금의 내가 앉는다. 이 만남을 나는 운명이라 믿기로 한다. 거기에 맛있는 어니언 수프의 축복까지 더해졌으니, 이 운명을 거부할 힘은 내게 없다. 결국 이도시에서 나는 영원토록 행복할 운명이다.

[파리에서 하고 싶은 일]

- 한꺼번에 여러 개의 치즈 사기

- 루콜라 큰 봉지로 사기

- 각종 허브들 사기

- 궁금한 식재료 다 사보기

- 샴푸, 린스 사기

- 꽃 사기

- 아침에 마실 차 사기

- 어제 먹다 남은 와인 마시기

- 각종 공연 보기

- 매일 다른 미술관 가기

- 같은 미술관 여러 번 가기
- 단골집 만들기

　적어놓고 보니 참 소박하다. 원하는 게 이게 전부라니. 긴 여행으로도 해소되지 않는 욕구가 있다며, 마흔이 넘도록 외국에서 한번 살아보지도 못한 게 말이 되냐며 오래 억울해하고선, 원하는 건 겨우 저거다. 아무리 골똘히 생각해봐도 답은 같다. 다음 날 다른 도시로 이동하지 않아도 되니까 할 수 있는 자잘한 것들이 나는 늘 고팠다.

　그 배고픔이 나를 '오래 여행 가는 사람'으로 만들었다. 회사를 다니면서도, 그 바쁜 광고 회사를 다니면서도 나는 늘 '오래 여행 가는 사람'이었다. 그건 참 눈치가 보이는 일이었고, 나는 참 눈치가 빠른 사람이었지만, 여행 앞에서는 두 눈을 질끈 감아버렸다. 후배일 때는 '나 하나 빠진다고 무슨 큰일이 나겠어?'라는 정신으로 임했고, 선배가 된 이후에는 '너네들도 꼭 나처럼 휴가를 가렴'이라는 태도로 일관했다. 나는 어느새 선배들에게도 후배들에게도 '오래 여행 가는 사람'이 되어 있었다. 하지만 아무리 여행이 길어져도 갈증은 해소되지 않았다. '산다'라는 동사가 허락하는 세상에 나는 목말라 있었다.

　도착 첫날, 집 근처 마트에 가서 물과 루콜라 한 봉지를 샀다. 작은 봉지와 큰 봉지를 사이에 두고 고민 없이 큰 봉지를 골랐다. 그날 저녁, 집에 돌아오는 길에 치즈 가게를 발견하고는 바로 들어가서 치즈를 샀다. 어김없이 "What's your favorite?"을 물어서 점원이 가장 좋아한다는 치즈(아주 폭삭 삭은 낙엽 빛깔의 외피를 가진 생넥테르 치즈였다)와 내가 가장 좋아하는 치즈(당연히 노르망디 카망베르)를 샀다. 집 옆의 작은 와인 가게에 들어가서는 '레드 와인 / 안 달고 / 안 무겁고 / 과일 향이 나는' 와인을 추천해달라고 했더니, 11유로짜리 와인 한 병을 골라줬다. 이 와인이 얼마나 맛있느냐에 따라서 이 집은 앞으로 나의 단골집이 될지도 모른다. 혼자서 이 집을 심판대에 올려놓고 까다롭게 구는 척했지만, 까다롭지 않은 내 입맛은 바로 이 집을 단골집으로 임명했다. 며칠에 걸쳐 맛있게 나눠 먹고 또 한 번 그 집에 들러서 와인을 샀다. 아침엔 집 앞 시장에서 오랫동안 그리워한 타불레 샐러드(파슬리 잎을 잔뜩 다져 넣은 중동식 쿠스쿠스 샐러드)를 한 통 샀고, 산딸기도 두 통 사고, 시장 옆 약국에서 두 달 동안 쓸 샴푸와 린스도 샀다.

차는 마트에서 사지 않았다. 차 전문점을 발견했기 때문이다. 가게 앞에서 한참 말을 연습했다. 매일 듀오링고 앱으로 불어를 10분씩, 500일이나 공부한 사람이다, 내가. 드디어 하루 10분의 불어를 뽐낼 때가 된 것이다. 가게 앞에서 한참이나 연습해보고 들어가서 말했다.

"Bonjour. Vous avez un thé pour le matin?(안녕하세요. 아침에 마시기 좋은 차가 있나요?)"

점원이 살짝 갸우뚱하더니 대답을 쏟아냈다. 그 순간 두 가지 깨달음이 동시에 나를 찾아왔다.

1. 아! 질문은 겨우 한다 해도, 불어로 하는 대답은 내가 하나도 못 알아듣는구나.
2. 바보야, 모든 차는 아침에 마시기 좋단다.

그 순간 나는 빠르게 결심했다. 앞으로 두 달간 영어로만 이야기하기로. 언젠가는 파리에서 쓸 수 있을 거라는 희망 하나로 그토록 성실하게 500일 동안 불어 공부를 했지만, 그 희망부터 빠르게 폐기했다. 20대에도 몇 달간 불어 학원까지 열심히 다닌 후에 파리에 도착했지만, 공항을 빠져나오기도 전에 나는 말하고야 말았다. 저는 불어를 못합니다, 라고. 내가 이렇게나 사리 분별이 빠르고 결단력이 있는 사람이다.

불어로 말하진 못해도, 불어로 적힌 많은 것들을 오래 들여다봤다. 혹시나 내가 아는 단어가 있나 해서. 지나가다 들른 성당 게시판에서 토요일에 열리는 핸드팬 콘서트 정보를 알게 되었다. 심지어 'Gratuit'라고 적혀 있었다. 공짜란 뜻이다. 꼭 가야 한다는 뜻이다. 토요일 낮, 공연 시간에 맞춰 커다란 성당에 찾아갔지만 콘서트가 열릴 기미조차 보이지 않았다. 내가 잘못 본 건가 싶어 지나가는 수사님에게 물었더니 성당 밖으로 나를 데리고 나가 성당 옆구리의 비밀 계단으로 안내했다.

성당 아래 밝은 동굴 같은 예배당이 있고, 거기에 사람들이 모여 있었다. 작은 소리도 크게 공명하는 곳이었다. 하물며 핸드팬의 소리야. 연주자의 손가락이 핸드팬의 금속을 울리면, 그 소리를 다시 예배당의 단단한 석벽들이 둥둥 울려댔다. 두 번의 공명을 거치는 구조다. 아니 세 번. 그 단순한 팬 하나를 손으로 두드리며 여린 음부터 센 음까지, 타악기부터 금관악기 같은 소리까지 자유자재로 내는데, 연주 내내 내 영혼까지 공명하였으니까. 여기, 내가, 있다. 이런 우연의 축제에, 내가, 초대받았다. 낯선 감각이 서걱거리면서 동시에 이 낯선 것이 나의 일상이라는 사실에 나는 기쁨의 몸서리를 쳤다.

 미술관은 또 어떻고. 아침 산책 길에 붙어 있는 광고판을 들여다보다가 우연히 부르델 미술관의 재개관 소식을 알게 되었다. 그날 오후에 바로 달려갔다. 우연에 복종하는 것이 이곳에서의 나의 의무. 비가 아주 많이 오는 날이었다. 부르델이 로댕의 오랜 조수였다는 사실만 겨우 알고 간 부르델 미술관은 들어서자마자 나를 압도했다. 규모도 힘도 예상을 빗나간다. 고요함 속에서 저토록 뿜어 나오는 힘의 정체는 무엇일까. 가장 유명한 〈활 쏘는 헤라클레스〉 작품 옆에서 손가락 하나, 종아리 근육 하나까지 오래 유심히 보았다. 제목에도 '활 쏘는'이라고 표기돼 있지만, 이 작품에는 화살이 없다. 어떤 사람은 활 쏘기 전의 포즈라 해석하고, 어떤 사람은 활 쏜 직후의 포즈라 해석한다. 나는 후자의 해석에 마음을 둔다. 그 표정으로 보건대, 이미 화살은 떠난 직후니까. 안간힘을 쓰는 표정이 아니라, 내가 할 수 있는 만큼을 다 쏟아부은 표정. 고요하고 강인하다. 손가락 하나 발가락 하나까지도 운명의 멱살을 틀어쥐고 있다. 날아간 화살은 이미 상대의 심장을 뚫었다는 걸 알 수 있었다. 거센 빗소리가 미술관 앞 정원을 가득 메우고 있었지만 나는 작품과 충만하게 함께였다.

나는 내가 좋아할 거라고는 예상하지 못한 작가의 세계에 기꺼이 빠져 허우적거렸다. 동네 산책을 하다가 자드킨 미술관을 발견하고 그의 아틀리에를 통째로 대여한 기분을 만끽하며(관람객이 나 혼자였다) 조각들을 마음껏 즐겼고, 퐁피두 센터 옆의 아틀리에 브랑쿠시도 나에겐 예상치 못한 선물이었다. 그리고 그 모든 미술관이 공짜였다(다시 말하지만, 파리는 자기 방식대로 친절하다).

하지만 이상한 일이었다. 아니, 예상치 못한 일이었다. 차, 치즈, 와인, 루콜라, 낯선 식재료, 공연, 미술관, 오래도록 원하던 걸 하나씩 이루는데 이상하게 기쁨이 지나간 자리엔 허무함이 자꾸 맴돌았다. 예상치 못한 방문객을 마주하고 앉았다.

무슨 일이신가요. / 저는 허무입니다. / 무슨 일이시냐고요. / 제가 왜 왔는지 모르시나요. / 난감하네요. 그쪽을 기대하지 않았거든요. / 하지만 제가 와버렸고, 그건 제 잘못이 아닙니다. / 허무가 찾아오다니, 무슨 의미일까요. / 저는 텅 비었고, 그래서 허무입니다. / 왜 텅 비어 있나요. / 저는 텅 비어 있으므로 어떤 답도 없습니다. / ……결국 스스로 답을 찾으란 이야기네요.

올 것이 왔다. 예상은 하고 있었다. 여행 초반에는, 특히 혼자 하는 여행의 초반에는, 늘 뭔가가 나를 찾아왔으니까. 하지만 허무라니. 너무 많은 욕심이 문제가 된 적은 있어도, 너무 잘하고 싶은 조바심이 내 발목을 잡은 적은 있어도, 허무라니. 텅 빈 것이라니. 겪어본 적이 없어 대처할 줄도 몰랐다. 모른 척했다. 지금 이 감정과 마주 앉는 건 위험하다. 우선은 여행을 계속할 수밖에 없었다. 계속 이곳에 살아보는 거다. 해보고 싶었던 것들을 해보는 거다. 이 감정의 정체를 알 때까지.

마침내 꽃도 샀다. 여행자의 신분으로는 엄두도 낼 수 없었던 그것. 노트르담 대성당 옆을 지나가다가 꽃시장을 발견하고, 그곳에 들어가서 작약 열 송이를 샀다. 아주 오래전의 일이다. 누군가의 파리 사진에서 작약을 보았다. 뭐지. 저렇게 크고, 저렇게 탐스럽고, 한 송이만으로도 저토록 풍성한 저 꽃은. 그땐 그 꽃이 작약인 줄도 몰랐다. 창밖의 파리 지붕들을 배경으로 오래된 나무 창틀 앞에 놓인 꽃병 사진이 이상하게 내 마음을 끌어당겼다. 그 사진을 부적처럼 컴퓨터 바탕화면에 걸어놓고 나는 오래도록 파리를 향한 마음을 키웠다. 그 꽃이 작약이라는 사실을 알게 된 이후로, 작약은 파리를 상징하는 나의 꽃이 되었다.

작약 열 송이를 꽃집 사장님에게 내미니, 사장님이 무어라고 말한다. 용케도 "Un cadeau?(선물?)"이라는 단어를 알아들었다. 나는 자신 있게 대답했다. "Non, pour moi(아니요. 제 꽃이에요)." 사장님은 꽃을 다시 골랐다. 보란 듯이 활짝 핀 작약 한 송이와 아직 피기 전인 작약 아홉 송이로. 분명 나를 위한 것이라고 말했는데도 아주 정성스럽게 포장을 해서 나에게 선물처럼 내밀었다. 사장님의 선택이 옳았다. 유난히 얼굴이 큰 작약 한 송이가 꽃다발 전체를 밝히는 중이다. 나머지는 차차 피어날 것이고, 그만큼 오래 나의 기쁨이 될 것이다. 사장님은 줄기가 짧게 잘렸지만 싱싱한 장미 한 송이도 선물로 주신다. 물에 띄워놓으면 오래갈 거라고 말하며. 덕분에 내 마음의 구김살이 다 펴졌다. 아주 솜씨 좋은 장인이 다려놓은 것처럼 판판해졌다. 밖에 나오니 비가 오고 있었다. 상관없다. 버스를 타려다 그냥 걷는다. 꽃다발을 들고 파리를 누빈다. 사람들이 나를 본다. 한 여자가 남자에게 저 꽃다발을 보라며 손짓을 한다. 알아요, 예쁘죠. 암요. 제 꽃이에요. 나는 파리에서 나의 작약과 긴 산책을 했다.

집 앞까지 거의 다 걸어와서야 비는 그쳤다. 비가 그치니 집에 들어갈 이유도 사라졌다. 덜 젖은 의자를 골라 앉았다. 작약 다발은 옆 의자에 두고, 나는 가방에서 책을 꺼내 천천히 읽기 시작했다. 평소라면 내가 절대 선택하지 않았을 프랑스 역사와 문화에 관한 책이었다. 내 멋대로 생각하고 내 멋대로 감동하는 걸 이제는 좀 그만할 때도 됐다 싶어 고른 책이었다. 그 책을 읽고 있자니 18세기 말의 파리 문화 지형이 21세기의 파리 위로 겹쳐졌다. 에펠탑을 지은 에펠이 얼마나 사업적 수완이 뛰어난 사람이었는지를 읽고, 에펠탑이 이제 겨우 130년 정도밖에 안 되었다는 사실에 새삼 놀란다. 파리코뮌의 상징과 같은 몽마르트르 언덕에 너무나도 종교적인 성당이 지어진 아이러니를 읽고, 그 성당도 겨우 100년 조금 넘었을 뿐이라는 사실에 파리가 갑자기 어려 보이기 시작한다. 실제 당시에도 화가 '마네'와 '모네'를 헷갈려 하던 사람이 있었다는 이야기나, '베르트 모리조'라는 처음 듣는 인상파 여성 화가의 이야기를 읽고 있자니 막연한 로망의 공간이었던 파리가 구체적인 도시로 다가오기 시작했다. 오늘도 길에서 몇 번이나 마주친 전시 포스터 속 인물은 '사라 베르나르'라는 1800년대의 전설적인 배우라는 것도 책을 읽다가 알게 되었다. 비 그친 공원에서 지식이 차곡차곡 쌓이고 있었다. 공원이 문 닫을 때가 되어서야 나는 책을 가방에 넣고 집으로 향했다.

어쩌면 허무는 텅 빈 상상력의 자리일지도 몰랐다. 버킷 리스트를 손쉽게 하나씩 이루고 있었지만, 뭔가 그것만으로는 부족하다는 것을 나는 슬슬 눈치채고 있었다. 완벽해 보이는 나의 버킷 리스트에 빠진 결정적인 무언가. 그건 바로 상상력이었다. 도대체 아는 것이 없어서 상상할 수 있는 것이 없었다. 이곳에 살면서 무엇을 욕심내도 되는 건지, 어떤 것 앞에서 용감해져도 되는 건지, 나는 전혀 알지 못했다.

책에 없는, 인터넷에서 검색되지 않는 지식을 내게 알려줄 선생님이 필요했다. 이곳에 오래 살면서 이곳의 삶이 익숙해진 사람, 동시에 한국에서의 삶 또한 너무 잘 알아서 차이점과 공통점을 명확히 알아볼 수 있는 사람, 그걸 재미있게 설명해줄 수 있는 사람, 무엇보다 그걸 한국어로 설명해줄 수 있는 사람. 나는 곧바로 '지은집밥'을 신청했다. 이지은 작가님을 만나야 했다.

20대의 나는 《장인의 아틀리에》라는 책에 홀딱 반했었다. 프랑스를 좋아하고, 장인이라면 무턱대고 존경하고, 누군가의 작업 과정을 들여다보는 일에 열성적이었던 나에게 이 책은 그야말로 취향저격이었다. 주변 사람들에게 선물도 하고, 작가님의 근황을 궁금해하기도 했지만 곧장 잊어버렸다. 산다는 게 그런 거니까. 하지만 15년이 훌쩍 지난 어느 날, SNS의 알고리즘이 작가님의 SNS를 내 피드에 선물해주었다. 파리에 사는 분의 멋있는 일상이라 생각하고 둘러보다가 바로 그 이지은 작가님인 걸 알아버린 것이다. 당연히 파리에 오면 이분을 만나야 했다. 심지어 작가님은 수요일마다 '지은집밥'이라는 프로그램을 하고 계셨다. 파리에서 가장 오래된 시장에서 함께 장을 보고, 작가님 집으로 돌아와 요리를 해 먹으며 프랑스 식문화에 대해 알아가는 프로그램. 그것이 무엇이건 간에 《장인의 아틀리에》를 쓴 작가님이 하시는 수업이니, 나는 무턱대고 신청을 했다.

비가 오는 아침, 작가님의 단골 카페에 세 명의 여자가 모였다. 나이도 다르고 하는 일도 다르지만 왕성한 호기심만은 같은 여자 세 명이 이지은 작가님과 마주 앉아 프랑스 식문화에 대한 설명을 듣고 시장 탐험에 나섰다. 설명을 들으니 보였다. 지금 먹어야만 하는 제철 식재료가 무엇인지. 지금은 무슨 치즈가 맛있는 계절인지. 왜 식육점의 닭들엔 머리가 온전히 달려 있는지, 왜 프랑스 음식은 짜다고 불평하기 쉬운지, 왜 프랑스 시장의 디스플레이가 그토록 아름다운지. 신기한 일이었다. 똑같아 보이는 후추였지만, 설명을 듣고 냄새를 맡으니 어떤 후추에서는 레몬 향기가 났다. 똑같아 보이는 화이트 아스파라거스였지만, 작가님이 상인과 대화하며 하나하나 꼼꼼하게 고른 건 더 통통해 보였다. 과일 가게에서는 세 가지 다른 품종의 딸기를 샀다. 와인 바에서는 빈 병을 내미니 로제 와인을 가득 채워줬다. 환경에 대한 관심이 높아지다 보니, 와인 병을 재활용해서 이렇게 술을 받아 올 수 있는 곳들이 생기기 시작했다는 설명도 함께 해주셨다.

마지막으로 치즈 가게에 들른 작가님은 꼭 먹어야 하는 버터를 소개해주었다. 이즈니, 라콩비에트, 에쉬레, 보르디에 등등. 한국에서 유명한 프랑스 버터들을 단숨에 누르고 그야말로 MUST EAT ITEM의 왕좌에 올려야 하는 버터는 따로 있었다. 바로, 그날 사면 그날 다 먹어야 하는, 냉장 보관도 안 되는, 주문하면 그 자리에서 바로 잘라서 무게를 달아 파는 시장 버터. 치즈 가게 점원은 버터와 함께 무심히 접시 하나도 내밀었다. 바로 작가님이 미리 주문해놓은 치즈 플레이트였다. 각종 치즈들이 조금씩 잘려서 거기 얌전히 누워 있었다. 그 순간 가장 반짝인 건 나의 눈이었다. 치즈 가게에서 치즈 플레이트를 만들어주다니. 이게 가능하다니. 이러니 내가 파리를 어떻게 안 사랑해. 이 사랑의 색깔은 명백히 노란색이었다.

처음은 끝도 없이 이어졌다. 프랑스 가정집에 가보는 것도 처음이었고, 그 집에서 요리를 해보는 것도 처음이었다. 누구보다 예민한 표정으로, 무슨 미각 테스트를 하는 것처럼 진지하게 세 가지 다른 종류의 딸기를 맛보는 것도 처음이었고, 냉장도 안 되는 버터가 얼마나 위험한지도 처음 알았다. 그 버터가 있으면 빵을 얼마나 먹어 치울 수 있는지도 처음 알았다(알고 싶지 않았다). 10년 전부터 궁금했지만, 구할 방법이 없었던 화이트 아스파라거스도 그날 처음 먹어보았고, 파리에 사는 사람들의 이야기를 가감 없이 듣는 것도 그날이 처음이었다. 그리고 또 처음이었다. 나의 두 달간의 파리행에 크게 놀라지 않는 사람들은. 한 분은 나보다 더 오래 회사 생활을 하다가, 몇 달간 안식월을 갖기로 하고 혼자 파리로 떠나온 분이었다. 또 한 분은 파리에서 공부를 하고 싶어서 무작정 파리로 떠나온 대학생이었다. 나의 두 달은 누구에게도 당연한 시간이 아니었지만, 신기하게 그날 그곳에서 나의 결정은 그다지 특별한 것이 아니었다. 이 나이에도 방황을 할 수 있는 것이고, 저 나이에도 자신의 감을 믿고 훌쩍 떠나올 수도 있는 거였다. 이 나이라서 정착해야 하고, 그 나이니까 이제는 가정을 꾸려야 하고, 저 나이엔 방황을 끝내야 하고 등등. 숫자에 결부된 수많은 목록들을 나는 얼마나 착실히 수행하며 살았는가. 단 한 번도 모범생이 아닌 적이 없었다. 퇴사와 파리가 인생의 일탈일 정도로.

하지만 그날, 요리 실습이 시작되자마자 나는 모범생의 신분을 살포시 내려놓았다. 분명 요리가 그날의 주요 과목이었음에도 불구하고, 나는 바로 포기했다. 이것은 나에게 너무나도 고난도의 학습이다. 이걸 내가 복습할 리 없다. 충실한 학생이 되는 대신, 충실한 먹보가 되자. 중요한 건 내가 지금 이 안에 있다는 것. 열성적으로 느긋하게, 또 오래 먹었다. 궁금한 것들을 묻고, 홀린 듯이 작가님의 이야기를 들었다. 작고 좁고 예쁜 파리에서 넓고 깊고 이상한데 매력적인 파리로 순식간에 이주를 한 기분이었다. 단 몇 시간 만의 일이었다.

이상한 나라의 앨리스가 되었다가 토끼 굴에서 빠져나오니 시간은 이미 늦은 오후였다. 걷고 싶었다. 해가 늦게 지는 5월의 파리였지만 어딜 더 가고 싶지도 않았고, 뭘 더 봐야겠다는 생각도 안 들었다. 다만 오래 걷고 싶었다. 어떤 시간은 소화를 하는 데 오래오래 걸리는 법이니까. 지도를 보니 마침 작가님 집 근처에 영화 〈비포 선셋〉에도 나온 쿨레 베르트 산책 길이 있었다. 오래된 고가 철도 위에 조성된 긴 산책 길('뉴욕 하이 라인 파크'와 '서울로7017'도 여기에서 영감을 받아서 조성되었다). 오전에 내리던 비는 그쳤고, 이젠 맑은 하늘에 구름이 기세 좋게 빵을 구워놓았다. 선명하고 크고 새하얀 구름빵을 먹으며 꽃과 나무 사이를 걷는데 마음이 점점 상쾌하게 텅 비어갔다. 말끔하게 청소를 한 것 같은 기분. 텅 비어서 허무했던 며칠 전과는 달랐다. 허무까지 말끔하게 쓸려나간 기분이었다.

거짓말처럼 다시 비가 내리기 시작했다. 앞이 보이지 않을 만큼 거센 비. 웬만한 비에는 끄떡도 하지 않는 프랑스 사람들도 차양 밑으로 뛰어 들어가는 비였다. 거리가 빠르게 텅 비었다. 우산을 썼지만 한쪽 어깨가 순식간에 젖었다. 우산을 푹 쓰고 빠른 속도로 걷는데 뭔가 이상했다. 이렇게나 비가 내리는데, 물웅덩이마다 햇빛이 고여 있었다. 고개를 드니 거리 전체가 비와 햇빛으로 반들거렸다. 이건 무지개의 신호인데? 하며 하늘 쪽으로 눈을 돌리는 순간, 봐버렸다. 너무나도 큰 쌍무지개를. 모두가 뛰느라, 비를 피하느라 못 보고 있었지만, 나는 봐버렸다. 본 이상, 움직일 수 없었다. 사진을 찍고, 영상을 찍다가 또 하염없이 무지개를 봤다. 기대하지도 않았던 큰 선물을 받은 아이처럼 내내 내 얼굴에는 큰 미소가 걸려 있었다. 기세 좋게 내리는 비와 기세 좋은 해가 만든 크고 선명한 그 무지

개도 오래 하늘에 걸려 있었고.

이걸로 다 되었다. 뭘 더 바라겠는가. 마침내 내가 이런 시간에 도착했는데. 두꺼운 갑옷을 입고 의무와 책임 사이를 바쁘게 오가며, 매 순간 칼을 겨누며 나에게 달려오는 수많은 요구들에 시선을 고정시키고 앞으로, 그저 앞으로 나아가야만 하던 시기가 있었다. 결코 혼자가 아니었지만, 결코 누구와도 함께일 수 없었던 시간들. 혼자 삼키고 혼자 무릎을 털고, 아무일도 없었다는 것처럼 갑옷을 고쳐 입는 동안 마음에는 굳은살이 많이 박였다. 지금부터 굳은살을 다 떼어내고, 생살의 따끔따끔한 시기를 거쳐, 새살이 돋기까지는 시간이 걸릴 것이다. 보드라운 시간들이 필요하다. 오늘 먹은 버터의 부드러움을 마음에 바르고, 각양각색의 치즈들로 감싸서, 일곱 가지 무지개의 빛깔을 쬔다면 너무 늦지 않게 새살이 돋아날 것이다. 조급할 필요는 없다. 비로소 나도 낯선 시간에 당도한 것이니까. 나도 낯선 시간의 틈에 닻을 내린 거니까. 우선은 낚싯대를 드리우고 마음의 물결을 멍하니 바라보자. 애초에 물고기를 바라고 던진 낚싯대가 아니지 않니.

궁금함은 점점 커졌다. 억지로 틈을 벌려서 도망치듯 떠나는 여행이 아니라면 어떤 무늬의 여행이 될까. 돌아가야 하는 날이 가까워질수록 억울한 마음이 자라나지 않는다면 여행은 어떤 방향으로 흐르게 될까. 살고 싶은 속도대로 살아도 되는 여행이라면, 내가 살고 싶은 속도는 어떤 걸까. 그 속도를 열심히 찾아보자, 라고 쓰려다가 멈춘다. 찾지 않아도 된다. 아무것

도 안 해도 된다. 그래도 되는 시간이다. 그래도 되는 시간을
내가 나에게 선물한 것이다.

보란 듯이 사치스럽게 쓰렴.
지금은 무지개의 시간이야.

"너는 언제로 돌아가고 싶어?"

"나? 바로 어제로도 돌아가고 싶지 않은데?"

어릴 적으로 돌아가고 싶다, 젊을 때가 좋았다, 다시 20대를 살면 다르게 살 수 있을 것 같다, 그런 이야기들 앞에서 나는 늘 굳건하다. 말 그대로 하루도 돌아가고 싶지 않다. 어떻게 어제를 살아냈는데, 그걸 왜 또 살아. 난 지금에 도착한 것만으로도 이미 충분하다. 하지만 질문을 바꾸면 대답도 바뀐다.

"20대로 다시 돌아가야 한다면 어떻게 살고 싶어?"

"보란 듯이 막살 거야."

이만큼 살았으면 모범적인 나와 헤어질 때도 된 것 같다. 좀 대충 살고, 뒷일 생각하지 않고 막살아보고 싶다. 어린 시절의 나를 만난다면 꼭 해주고 싶은 조언이다. 그렇게 걱정하지 않아도 돼. 그냥 좀 스스로를 풀어놓고 막 나가봐. 물론 어린 시절의 나도 지금의 나와 크게 다르지 않아서, 이딴 조언을 하는 어른이었으면 바로 차단해버렸겠지만.

파리에 왔으니 자유분방하게 매일 다른 식으로 살아보고 싶었다. 오후 늦게까지 늘어지게 자보고도 싶었고, 노천카페에 앉아서 멍하니 거리만 바라보고도 싶었다. 새벽까지 깨 있어 보고도 싶었다. 그럴 수 있을 것만 같았다. 평생 한 번도 못 본 자유분방한 자아가 파리에서는 부디 눈을 떠주길 바랐다. 하지만 시간은 꽤 자기주장이 강했고, 나는 그 앞에서 또 고분고분하게 굴었다. 나의 해는 매일 비슷한 시간에 뜨고 졌다. 매일 비슷한 시간에 배가 고팠고, 그 리듬에 맞춰 식당과 카페는 문을 열고 닫으니 나는 또 그 리듬에 적응했다. 덕분에 얼마 지나지 않아 나의 매일은 꽤 비슷한 모양으로 빚어지고 있었다. 하루의 모양은 대충 이랬다.

오전을 채우는 건 산책과 아침 일기와 아침 식사였다.

아침 일기는 나의 오래된 습관이다. 저녁에 일기를 쓰려고 마음을 먹어보기도 했지만 친구들과 노느라, 남편과 술을 마시느라, 야근을 하느라 자꾸 빼먹길래 어느 순간부터는 아침 일기를 쓰기 시작했다. 굳이 말하면 '내일 쓰는 일기'랄까. 궁여지책으로 시작했는데 필연적으로 전날의 일로부터 시간적 거리가 생기기 때문에 자연스럽게 전날의 나를 객관적으로 돌아보는 효과가 있었다. 나에게 일어난 일의 의미를 조금 더 깊게 곱씹어볼 수 있는 기회가 되기도 했고. 문제는 파리에 와서 내가 지나치게 모든 것에 의미를 부여하고, 모든 것을 세세하게 묘사하려다 보니 어떤 날은 일기를 썼을 뿐인데 세 시간이나 지나서 화들짝 놀라곤 했다는 것이다. 그 이후로는 일기가 너무 길어지려는 걸 경계했다. 쓰는 것보다 사는 게 먼저니까. 살아야 쓸 것도 생기니까.

어제가 정리되고 나면 간단하게 아침을 먹고 집을 나섰다. 맛있는 커피가 마시고 싶으면 한국에서 가져간 커피를 마시고 집을 나섰고, 멋있는 분위기가 필요하면 카페를 찾았다. 무엇이 파리만의 분위기를 만드느냐 누군가가 묻는다면, 솔직히 파리의 레스토랑과 카페가 30퍼센트 이상의 지분을 가져가야 한다고 본다. 50퍼센트라 주장해도 나는 반론을 제기할 의향이 없다. 그들이 매일 아침 의자와 테이블을 길에 세팅하며 무대를 만들면, 더워도 추워도 기이할 정도로 야외석을 고집하는 파리 사람들과 그 기분이 궁금한 관광객들이 그곳에 앉으며 파리의 풍경을 완성해냈다. 나도 그 풍경에 열심히 동참했다. 왜? 그것이 나의 로망이었으므로. 단, 많은 카페들이 12시가 되면 어김없이 식당으로 탈바꿈을 하므로 그 전에 가는 것이 관건이었다. 웨이터가 테이블을 식사용으로 세팅하면 커피한 잔 때문에 거기 앉긴 곤란해진다. 물론 3시쯤 되면 대부분의 식당과 카페의 점심 영업이 끝이 나고, 그때면 다시 커피 시간이 시작된다.

해피해지고 싶다면 4시 이후를 노려봄 직했다. 그때가 되면

많은 카페 앞에 입간판이 세워졌으므로. 지금부터는 해피 아워의 시작이라고. 저녁 식사 시간까지 자리를 비워두지 않겠다는 가게의 계산이 거기에 숨어 있다. 해피하게 술을 드세요. 술값이 싸답니다. 한잔하고 가세요. 해피해진다니까요. 저녁까지 아무것도 안 먹기엔 좀 출출하지 않나요? 하루 종일 걸어다니느라 지친 관광객들은 이 유혹을 뿌리치기 힘들다. 나 역시 4시에 이미 만 보 이상을 걸은 날이 허다했다. 그럼 맥주 한 잔이나 와인 한 잔을 마시며 책을 읽다가 다시 발걸음을 옮긴다. 7시가 넘어가면 저녁 식사 손님들이 한두 명 들어온다. 9시에는 대부분 만석이다. 나는 밤에 그곳에 혼자 앉아 있고 싶진 않았다. 혼자임을 의식하는 대신, 혼자여서 자유롭고 싶었다. 그럼 집으로 와서 간단하게 챙겨 먹으며 하루를 정리하는 거다.

이 비싸기로 유명한 도시에서 사는 데 얼마가 필요할까? 아니, 나는 얼마가 필요한 사람일까? 여행을 떠나기 전부터 그게 참 궁금했는데 얼마 가지 않아서 바로 견적이 나왔다. 아침과 저녁을 집에서 간단하게 챙겨 먹으니 나 한 명을 먹여 살리는 데에는 그게 아무리 파리라도 큰돈이 들지 않았다(물론 항공료와 숙박료에 이미 큰돈을 쓴 이후였지만). 자연스럽게 나는 2시의 여자가 되었다. 그게 어디든, 그게 얼마든, 매일 오후 2시엔 가고 싶은 식당에 가는 거다. 늘 북적이는 가게에 오후 2시에 들어서면 뜻밖의 세심한 환대를 받게 된다. 가장 여유롭게 가장 호사스럽게 식사를 하는 거다. 다짐을 이렇게 해봐도 쉽지는 않앗다. 대부분의 식당은 점심시간에 Plat du Jour(오늘의 메뉴)를 만들어서 싸게 내놓았으니까. 보란 듯이 전채와 본식과 디저트까지 코스로 먹어도 부담이 없었다. 이미 나의 구글맵에는 가고 싶었던 식당들이 즐비하게 표시되어 있었지만, 나는 나의 직감을 믿는 쪽을 더 자주 택했다. 지나가다가 분위기가 좋아 보이는 식당이 있으면 메뉴와 후기를 슬쩍 검색해보고 그곳에 주저 없이 들어갔다. 큰 실패만 피하면 되니까. 검색의 시대라 우린 큰 실패는 면할 수밖에 없는 운명이니까.

자주 지나다니는 길에 유난히 반질반질하게 잘 관리된 나무 프레임의 식당이 있었다. 오래된 메뉴판을 들여다보다가 관광객들의 정석대로 프랑스 요리를 시켰다. 에스카르고(달팽이 요리), 뵈프 부르기뇽(소고기찜) 그리고 디저트는 돈을 추가해서라도 치즈 플레이트로. 주문을 하고 리뷰를 다시 찬찬히 읽어보니 헤밍웨이의 단골집이었단다. 실제로 영화 〈미드나잇 인 파리〉에서 주인공이 헤밍웨이를 만난 장면을 이 레스토랑에서 촬영했다고도 하고. 물론 헤밍웨이의 단골집이라고 광고하는 식당은 전 세계에 500개쯤은 되겠지만(얼마나 다니고, 얼마나 먹고, 얼마나 마신 건가요, 헤밍웨이 님!) 아무튼 그만큼 오래된 곳에서 내가 식사를 하고 있다는 만족감이 가장 맛있었다.

날이 너무 좋은 날의 2시엔 피자 가게 야외석에 앉아서 네 가지 치즈 피자를 시켰다. 이것은 정말 나만을 위한 피자 파티. 누군가와 같이 있을 땐 열리지 않는 파티. 내가 아무리 치즈를 좋아하기로서니 누군가에게 아무 토핑 없이 네 가지 종류의 치즈만 올라간 피자를 먹자고 말할 수 있는 그런 무뢰한은 아니니까. 처음 피자를 받았을 땐 이 큰 걸 혼자 다 먹을 수 있을까 고민했는데, 모든 테이블의 모든 사람들이 각자 피자 한 판씩 썰고 있어서 나도 용기를 냈다. 다 먹고 보니 사실 그렇게 큰 용기는 필요 없는 거였다. 나의 위장은 크고, 치즈를 향한 나의 사랑은 그보다 더 크니까.

날이 너무 궂은 날의 2시엔 집에서 라면이나 끓여 먹고 싶다는 생각이 간절해졌다. 국물! 뜨거운 국물이 필요해! 하지만 꾹 참고 근처 중국식당을 찾았다. 메뉴명에 'Couteau(칼)'란 단어가 들어가 있길래, 두꺼운 면임을 확신했다. 식감을 중요하게 생각하는 나에게 그건 신뢰의 징표였다. 그 면이 들어간 가장 매운 국수를 시켰다. 그건 외국 사람들의 '맵다'라는 기준을 아예 신뢰하지 않기 때문에 가능한 모험이었다. 대서양만 한 그릇에 잔뜩 담긴 두꺼운 국수를 먹으며 나는 연신 땀을 닦아냈다. 이로써 아무것도 그립지 않다. 고국의 맛에서 살짝 비켜 있었지만, 범아시아 정신으로 극복 가능한 정도였다. 빨갛고 뜨거운 국물에 소고기가 끝도 없이 나오는 국수는 단돈 9유로였다. 그렇게 나는 또 호사스럽게 돈 쓰는 것에 실패했다. 하지만 오늘 날씨에 이보다 더 호사스러운 식사를 상상할 수 없으므로, 오늘 점심도 성공으로 기록해둔다.

점심 식사의 에너지는 늘 나를 성실한 여행자로 빚어냈다.

의도적으로 길을 잃으며 의도적으로 많이 걸었다. 가장 아름다운 것들은 늘 길 위에 있었으므로. 지금 잠깐 생겼다가 바로 사라져버리는 많은 것들을 사진과 영상으로 담았다. 내가 아무리 욕심을 크게 부려보아도 이 도시의 아름다움은 한 조각도 훼손되지 않으니, 욕심껏 담았다. 그리고 저녁에 집에 돌아오면 그 기억들을 정리했다. 사진과 영상을 외장 하드로 옮기고, 그중에 몇 장을 골라 인스타그램에 올리고 글을 썼고, 수시로 유튜브에 올릴 영상을 편집했다. 너무 많은 기억들이 휘발되기 전에 하고 싶은 작업이었다. 특히 영상을 만드는 건 익숙하지 않아 힘들었지만, 그만큼 색다른 뿌듯함이 남아서 계속할 수밖에 없었다. '처리어리'라는 나의 유튜브 채널에 파리의 기록들이 생생하게 쌓이기 시작했다. 그 와중에 영수증 하나도 허투루 버릴 수 없었다. 예쁜 테이프를 구해다가 그걸 노트에 붙이고, 거기에 색색의 플러스펜으로 기록을 했다. 그러다 보면 늦은 밤이 되었다. 불을 끄고 침대로 향하는데, 퇴사 직전 남편과 한 대화가 생각났다.

"근데…… 누군가의 사회적 성공이 부러워지면 어쩌지? 갑자기 막 승진을 하고 싶어진다거나, 대형 프로젝트로 성공하고 싶다거나, 뭐 그런 거 말이야."

그 이야기를 들은 남편의 표정을 잊을 수 없다. 순도 100퍼센트의 어이없음. 그리고 그때 남편이 한 말도 잊을 수 없다. 순도 100퍼센트의 한심함을 담은 말투로 그가 말했다.

"한 번도 그런 걸 바란 적도 없는 사람이, 지금 그걸 걱정한다고?"

"이제 가질 수 없다, 라고 말하면 갑자기 막 가지고 싶어질 지도 모르잖아."

"그렇게나 자기를 몰라?"

몰랐다. 내가 이토록 바쁠지. 내 작은 우주를 가꾸느라 바빠서 남들의 성공 같은 건 신경 쓸 여력도 없을 줄은 정말 몰랐다. 매일 마음의 잡초를 뽑고, 작은 수확에도 기뻐 날뛰고, 이제 피어나려는 꽃 몽우리를 응원하며 내 작은 우주를 가꾸는 일에 이토록 진심일 줄은 나도 몰랐다. 거기까지 가서도 뭘 그렇게 열심히 하느냐고 묻는다면, 그 시간이 나를 진심으로 행복하게 해주므로 어쩔 수 없다고 대답할 수밖에 없다. 나만의 행복을 주워다가 계속해서 기록했더니 허무가 있던 자리에 꽃이 피고 새가 날아와 노래하고 있었다. 벌써 시간은 2주나 흐르고 있었다. 이 작고 하찮고 사랑스러운 나만의 우주에서. 그 무엇도 훼손할 수 없는 나만의 완벽한 우주에서.

그때였다. 한국에 있는 친구로부터 예상치 못한 신호가 도착했다.

'3일 후 저녁, 파리 도착.'

친구가 갑자기, 그야말로 즉흥적으로 파리행 티켓을 끊은 것이다. 나만의 완벽한 우주에 새로운 존재가 불시착하겠다는 신호가 도착한 것이었다. 어쩌지.

언젠가부터 여행을 갈 때엔 그 도시의 공연을 찾아보는 버릇이 생겼다. 그곳 아티스트들의 공연이 없을 리 없고, 한국에서 아무리 유명한 아티스트라도 그곳에서는 싼값에 공연을 즐길 확률이 높기 때문이었다. 프랑스 리옹의 고대 로마 극장에서 시규어 로스 공연과 키스 재럿 트리오의 공연을 5만 원 남짓한 돈으로 본 건 아직까지도 나의 큰 자랑이다. 패티 스미스의 공연을 보러 들른 프랑스 님에서 그녀가 우리 테이블 근처에서 식사를 하기도 했다는 건 여행의 신이 마련해준 인생의 이벤트 중 하나였고.

파리 여행에서도 비행기와 숙소를 예약한 후에 내가 처음 알아본 것은 공연이었다. 유명한 가수들의 공연도 많았지만,

이상하게 이번에는 클래식 공연만 끌렸다. 필하모니 드 파리에서 열리는 클래식 연주회를 나는 다섯 개나 예약을 했다. 하지 않을 수 없었다. '피아노의 황제'라 불리는 마우리치오 폴리니 할아버지의 공연 티켓이 겨우 6만 원이었다. 심지어 폴리니 할아버지는 이제 여든 살이 넘어 몇 달 전의 한국 공연도 건강상의 이유로 결국 취소하고 말았으니, 어쩌면 이건 마지막 기회일지도 몰랐다. 폴리니 공연 티켓을 구했어, 라고 엄마에게 말했더니, 폴리니가 아직도 살아 있니, 라고 말할 정도였으니 말이다(안타깝게도 2024년 3월 23일, 폴리니 할아버지는 돌아가셨다). 마르타 아르헤리치 공연은 그것보다는 조금 더 비쌌지만, 표가 오픈되기를 기다려 바로 구입했다. 한 번도 들어본 적이 없는 곡들이었지만, 아르헤리치라는 이름만 믿고 몇 배 비싼 앞자리로 예약을 완료했다. 전설의 피아니스트 아르헤리치 할머니 공연을 내가 직접 듣는다고? 유튜브로 보고 또 본 아르헤리치의 타건을 직접 본다고? 나는 파리에 도착하기 전부터 이미 대흥분 상태였다. 아르헤리치는 심지어 폴리니보다 한 살 많았으니, 이 공연 역시 다시 없을 기회임이 분명했다.

하지만 파리에 도착해 얼마 되지 않아 달력에 적어둔 두 공연을 모두 삭제했다. 두 분 다 건강상의 이유로 공연을 취소해 버렸기 때문이다. 속상했지만, 누구도 원망할 수 없었다. 나이 듦을 원망할 수는 없지 않은가. 다만 오래 건강하시길 빌 수밖에. 나는 바로 다른 공연에 희망을 걸기 시작했다. 바로 젊고, 길고, 반짝반짝하고, 클래식 음악계에 이렇게 잘생긴 사람이 일찍이 있었나 아무리 생각해봐도 도무지 비교할 사람이 떠오르지 않을 정도로 독보적인 클라우스 메켈레가 지휘하는 공연이었다(내가 누군가의 외모를 칭찬하는 데 이토록이나 긴 문장을 할애하다니! 결단코 나는 사람의 외모 따위에 휘둘리는 사람이 아닌데 말이다. 이 지휘자의 사진을 보는 순간, 당신도 다 납득할 것이다). 나는 그의 얼굴을 정면에서 마주 보는 자리로 예약을 했지만, 그건 결코 얼굴 때문이 아니다(믿어 달라). 그 자리가 제일 쌌기 때문이다. 겨우 만 원이 조금 넘는 티켓으로 두 시간 동안 음악을(아니 얼굴을), 지휘를(아니, 그 긴 팔다리의 유려한 움직임을) 즐길 수 있다니. 게다가 스물두 살에 오슬로 오케스트라의 지휘자로 발탁된 그는 이제 겨우 스물일곱 살. 건강상의 이유로 취소할 리가 없었다.

문제는 나였다. 내가 그 공연을 취소할 위기에 처했다. 친구가 갑자기 도착하겠다고 선포한 날이, 바로 그의 공연이 있는 날이었기 때문이다.

물론 이 사태의 모든 책임은 명백히 나에게 있었다. 내가 지난 두 달간 친구들과 동료들과 가족들에게 백지수표를 남발했기 때문이었다.

"나 두 달 동안이나 파리에 있으니까, 놀러 와."

"진짜 가고 싶다."

"야, 비행기표만 끊으면 되잖아. 우리 집에 같이 묵으면 돼."

"그러니까 말이야, 숙소가 공짜라면 진짜 다른 돈은 별로 안

들 텐데…….”

"그래, 이제 파리가 서울보다 물가가 싸다니까. 파리, 너무 좋을 것 같지 않니?"

"알지…… 나도 안다고…….”

다들 오고 싶어 하는 마음은 간절했지만, 그 누구도 파리의 문턱을 용기 있게 넘지 못하고 있었다. 처음으로 이 백지수표를 잡은 사람은 나의 유일한 회사 동기, 선영이었다. 선영이가 눈을 딱 감고 일주일 휴가를 냈다. 그녀는 다음 주 주말이면 파리에 올 것이다. 그건 이미 내 계획에 오래전부터 포함되어 있었다.

근데 갑자기 생각지도 못한 친구가 백지수표를 낚아채자마자 비행기표를 예약해버린 것이었다.

"진짜 갈까……. (10분 후) 야, 3일 후에 출발하는 마일리지 티켓이 있는데? 누가 취소했나 봐!"

나는 그녀의 방문을 받아들일 수밖에 없었다. 다른 누구도 아닌 보미였기 때문이다. 30년 동안 나의 가장 친한 친구. 나와 남편을 연결해준 인생의 은인. 우리는 중학교 1학년 때 짝꿍으로 만나 평생을 줄기차게 붙어 다녔다. 집이 바로 옆이라 매일 같이 학교에 갔고, 학교가 끝나면 같이 학원으로 갔다. 책 대여점에 갈 때도 만화방에 갈 때도 늘 보미와 함께였다. 대학교 때도 나는 수업이 끝나면 자연스럽게 보미의 학교로 갔다. 친구네 학교 도서관에서 친구의 수업이 끝나길 기다렸다. 만나서 뭐 특별한 걸 하진 않았다. 대부분의 대화는 망상으로 가득 차 있었고, 각자의 연애는 자주 엉망이었으므로, 우리는 자주 같이 망가져 있었다. 왜 그런 친구 있지 않은가. 가장 못난 시기에 가장 못난 부분을 가감 없이 나눌 수밖에 없었던 친구. 이제는 각자 일하는 분야가 달라지고 결혼 후 각자 사는 도시가 달라지면서 연락이 뜸하긴 했지만, 30년 지기인 보미의 방문을 내가 마다할 이유는 없었다.

과연 30년 지기는 나를 알아도 너무 잘 알았다.

"나 파리 가면, 쥐 죽은 듯이 가만히 있을게."

"왜?"

"너는 혼자 있는 거 좋아하는데, 내가 가서 방해하면 안 되잖아."

"야, 쥐 죽은 듯이 가만히 있을 거면 파리를 왜 오는데? 괜찮다."

괜찮다, 라고 말했지만 사실 괜찮지는 않았다. 그녀가 말하는 것처럼 나는 혼자가 익숙한 사람이고, 남편을 제외하고는 누구와도 여행을 같이 갈 생각을 하지 않는 사람이니까. 친구와의 여행이라니. 그건 내가 언제 해본 거지? 아무리 기억을 더듬어봐도 20대 이후로 나는 친구와 여행을 떠난 적이 없었다. 사실, 두려웠다. 오래전에 같이 지냈던 시간보다 멀리 떨어져 있었던 시간의 무게가 더 무겁게 느껴졌다. '만약'이라는 부사로 시작하는 다양한 걱정이 머릿속에 계속 떠올랐다. 하지만 주사위는 던져졌다. 비행기는 이제 친구를 태우고 파리로 온다.

지금부터 파리는 달라질 것이다. 두 달이나 있으니까, 라며 미뤄둔 유명한 파리들이 목적지가 될 것이다. 목적 없이 파리를 헤매는 시간은 지난 2주로 충분했다. 계획은 짜지 않을 것이다. 친구의 마음이 그날의 계획이 된다. 긍정적으로 생각하자. 유명 관광지에서 조금은 덜 외로울 수 있는 기회다. 나에게도 친구가 있으니까. 중요한 것은 너무 완벽한 가이드가 되어야 한다는 강박을 내려놓는 것. 이건 친구의 여행이기도 하지만 나의 여행이기도 하니까. 나도 이곳에 잠깐 불시착한 이방인이니까. '만약'에서 불안감을 지우고, '아무튼'에 긍정을 때려 넣었다. 아무튼 좋을 것이다. 아무튼 보미라면 괜찮을 것이다. 아무튼 우리의 첫 파리니까.

클라우스 메켈레의 공연이 시작되었다. 금발 머리를 휘날리며, 긴 팔로 지휘하는 모습은 꼭 발레 공연 같은 착각을 불러일으켰다. 아름다운 사람이 아름다운 음악을 아름답게 지휘하고 있었다. 이 아름다움은 내가 떠나도 쉽게 사라지지 않을 것이다. 나는 1부가 끝나자마자 주저 없이 자리를 떠났다. 미련을 허락할 시간이 없다. 지하철역으로 달렸다. 주저 없이 지하철을 타고, 주저 없이 다음 지하철로 갈아탔다. 곧바로 출구를 향해 뛰어 나왔다. 신호등 저 건너, 버스 정류장에 앉아 있는 친구가 보였다.

"보미야!"

가장 낯선 곳에서 벌어진 가장 익숙한 만남. 친구를 혹시 못 만날까 걱정하던 내 얼굴에도, 김민철이 나를 못 찾으면 어쩌지 두려워하던 친구의 얼굴에도 순식간에 안도감이 찾아온다. 그 자리로 웃음이 요란하게 터진다. 재빨리 친구의 캐리어를 내가 끌며 집으로 향한다. 집 앞 피자 가게에서 피자를 포장하고, 이 동네가 얼마나 조용한지 설명하고, 집 열쇠가 네 개라는 것에 개탄하고, 엘리베이터가 이토록이나 좁을 수 있다는 사실에 혀를 내두르며 나는 계속 수다를 떤다. 무사히 우리의 집에 도착해서는 창밖으로 펼쳐진 파리 풍경을 보여준다. 여기선 말이 필요 없다. 따로 자랑할 필요도 없는 풍경이다. 친구의 얼굴이 이미 그 사실을 증명하고 있다.

정적은 잠깐이다. 우리는 매 순간을 수다로 촘촘히 박음질한다. 경상도 말이 파리 5구에 울려 퍼진다. 우리는 얼마 만에 만난 걸까. 2년도 더 전에 마지막으로 만났던 것 같다. 이틀이 멀다 하고 만났던 우리가, 퇴사하고 파리로 떠나오기 전에도 만나려고 시간을 맞춰보다가 결국 포기했던 우리가 여기에서 만난다. 뭐가 그렇게 어려웠을까. 언제든지 만날 수 있다는 생각은 그 만남을 가장 후순위로 미루게 만든다. 못 만날 이유야 언제든지 있다. 하지만 만날 이유도 언제나 명확하다. 우리는 친구니까. 친구가 이 만남을 미루지 않고, 파리로 날아왔다.

"한국에서도 시간이 안 맞아서 못 만났는데, 파리에서 만났다잉. 웃긴다."

"진짜 어이없다. 맞제?"

"내가 진짜 재수 없는 문장으로 바꿔볼까?"

"어떻게?"

"한국에선 시간이 잘 안 맞더라고요. 그래서 파리에서 만났어요."

친구가 크게 웃는다. 내게 무엇보다 익숙한 바로 그 표정과 바로 그 소리로. 그걸 보며 나는 더 크게 웃는다. 한 마디 끝날 때마다 웃느라 정신이 없다. 만나자마자 지난 2주간 웃은 것보다 이미 더 많이 웃었다. 촘촘한 웃음으로 시작되었다. 우리 둘의 파리는.

변하고 변하지 않는다. 친구를 보며 깨닫는다. 변하고 변하지 않는다는 사실을. 친구가 변했고, 변하지 않았고, 우리의 관계가 변했고, 변하지 않았다. 변해서 놀라고, 변하지 않아서 웃음이 터진다. 변해서 새롭게 드러난 면이 감격스럽고, 그 오랜 시간 동안 기어이 변하지 않은 부분은 경이롭다 못해 어이가 없다.

시차 적응이 안 된 친구가 새벽부터 뒤척이더니 결국 휴대폰을 꺼내 든다. 나도 설핏 잠에서 깨니 친구가 묻는다.

"오늘 우리 오랑주리 미술관 갈래?"

"응. 그래. 근데 거기 예약해야 될걸?"

"내가 할게."

잠에 취한 상태인데도 생경한 감각이 또렷하다. 친구가 자진해서 뭘 먼저 하겠다고 말을 하다니. 그 말은 대부분 나의 말이었던 것 같은데. 나는 다시 눈을 감는다. 금세 잠이 들었다가 다시 눈을 뜬다. 아침이다. 미리 사놓은 것들로 아침을 차린다. 친구가 온다고 일부러 병에 든 비싼 요구르트를 사놨고, 과일도 채소도 다 사다놨다. 어젯밤엔 도착하자마자 피자를 먹었고, 오늘 아침엔 일어나자마자 샌드위치를 만들어주는데도 친구는 맛있다며 잘 먹는다. 우선은 안심이다. 신경 써야 할 만큼의 한식파는 아니란 이야기다.

외출 준비를 하고 집을 나서며 우리 동네부터 구석구석 소개하고 싶은 마음을 억누른다. 좀 떨어진 역까지 걸어가서 지하철을 타고 싶은 마음도 억누른다. 나와는 체력 자체가 너무나도 다른 친구다. 처음부터 그렇게 무리할 필요는 없다. 이제부터는 둘의 여행이다. 나의 속도가 아니라 우리의 속도를 생각해야 한다.

가장 가까운 지하철역으로 가서 지체 없이 지하철을 타고 튈르리 정원으로 간다. 친구가 새벽에 정한 목적지, 오랑주리 미술관이 그 정원 안에 있다. 벌써 2주 동안 파리에 있었지만, 웬일인지 나는 이제야 파리의 중심에 도착한 느낌이다. 친구가 오늘 새벽에 예약한 티켓을 당당하게 내민다. 그런 간단한 일에도 나는 감탄과 찬사를 아끼지 않는다.

"이야, 멋있대이. 파리지앵이다잉."

"반했나."

칭찬이든 비난이든 과장법은 우리 둘 사이의 불문율이다. 30년 동안 변치 않고 이어져 내려오는.

친구는 오랑주리 미술관이 처음이라고 말했다. 벌써 이곳이 세 번째인 나는 바로 거만한 태도를 장착한다. 마치 우리 집의 보물을 소개하듯 친구를 모네의 〈수련〉 작품으로 가득 찬 방으로 안내한다. 친구의 반응을 궁금해하면서. 엄청 좋아하는 친구의 표정을 볼 생각에 내 심장이 이미 간지르르하다. 자, 어때.

응? 뭐? 눈물?

친구의 눈에 순식간에 눈물부터 들어찼다. 나와 눈이 마주치자 친구가 눈물을 닦으며 웃는다. 어, 이 정도라고? 나는 당황한다. 이 방에 사로잡혀서 한 시간 넘게 모네의 〈수련〉만 보다가 결국 다른 전시관은 보지도 못하고 나가야만 했던 오래전의 나를 소환한다. 그때의 나라면 지금의 친구를 이해하고도 남을 것이다. 모네의 〈수련〉을 본다고 연보라색 옷까지 맞춰 입고 나온 친구를 지금의 나는 놀리지만, 오래전의 나라면 친구 옆에서 같이 울었을 테니까. 여긴 아름다움이 온몸에 직진으로 와서 안겨버리는 공간이니까.

오랑주리 미술관의 주인공은 단연 두 개의 〈수련〉 방이다.

타원형의 커다란 방 두 개를 빙 두르며 모네의 〈수련〉 연작 8점이 그 모든 공간을 가득 메우고 있다. 작품의 길이를 다 합치면 무려 100미터에 달한다고 한다. 이 대작들은 모네가 이 둥근 전시실에 꼭 맞게 작업한 작품들이다. 모네는 "작품은 일반 시민에게 공개할 것. 장식 없는 하얀 공간을 통해 전시실로 입장하게 할 것. 작품은 자연광 아래에서 감상하게 할 것"을 조건으로 이 작품들을 그렸고, 천장의 조도와 관람객이 앉을 의자의 위치까지 섬세하게 계획했다고 한다. 연못에서 느끼는 자신의 감정들이 관람객에게 오롯이 전달되길 원하며. 불행히도 그는 이 전시실이 완성되는 것을 보지 못하고 세상을 떠났다. 그에게 오랑주리 미술관의 〈수련〉 연작을 의뢰한 그의 평생 친구, 클레망소(당시 프랑스 총리)는 장례식장에서 "모네에게 검은색은 어울리지 않아"라며, 검은색이 아닌 꽃무늬 천으로 관을 덮어주었다고 한다.

모네의 장례식을 생각한다. 죽은 아내의 얼굴 위로 떨어지는 빛의 아름다움을 포착하고는, 사랑하는 이의 죽음 앞에서도 붓을 들 수밖에 없었던 화가(여기에 대해서는 하고 싶은 말이 너무 많지만, 다음 기회로 미루도록 하자), 모네의 장례식에서만큼은 꽃무늬가 예의이고, 파스텔색들이 조의를 표해야 할 것이다. 이곳의 작품을 보면 누구라도 동의할 것이다. 아침의 연못 위로 버드나무가 일렁이면, 색색의 구름이 어느새 가운데 자리를 차지한다. 둥근 벽을 따라 그려진 수면은 흐르는 자연을 그대로 투영한다. 일렁이는 수면을 보다 보면 낮밤이 뒤바뀌고, 날씨가 변하고, 계절이 흐른다. 영원할 리 없는 세상에 매혹되어 순간을 영원에 고정하는 것에 일생을 바친 인상파 화가들. 인간이 만들어낸 아름다움은 결코 자연의 위대함을 따라가지 못한다 생각을 하다가도, 이런 작품 앞에 서면 그 생각을 곧바로 반납한다. 이런 아름다움을 자연에서 본 적이 나는 없다. 그러니 친구의 눈물은 재채기다. 재채기를 참을 수 없는 것처럼 아름다움을 참을 수 없었던 것이다.

한참을 〈수련〉 앞에서 시간을 보내다가 지하로 내려간다. 교과서에서 보던 화가들의 작품이 이곳에 가득하다. 르누아르의 소녀들은 여전히 피아노를 치고 있고, 마티스의 여자들은 화려한 벽지 앞에서 더 화려한 존재로 피어나는 중이다. 유명한 작품이든 유명하지 않은 작품이든 친구는 마음에 드는 그림이 있으면 휴대폰을 꺼내서 사진을 찍고, 자기도 나중에 따라 그려볼 거라며 포부를 밝힌다. 지난주 부르델 미술관에서 처음 알게 된 현대 미술 화가 필립 코네 그림들도 이곳의 입구를 장식하고 있다. 친구에게 지난주에 알게 된 것들을 바로 알려준다.

"이 사람은 그림을 다 그린 다음에 그 위를 투명 에나멜로 덮어. 그리고 그걸 다리미로 다리는 거야. 그래서 이렇게 그림이 퍼지면서 흐릿해지고 일렁거리는 효과가 나는 거래. 신기하재?"

"우와. 느낌 너무 이상하다."

"내 장난 아니게 똑똑하제."

"어. 장난 아니네."

잘 아는 화가건 처음 만나는 화가건 친구는 편견 없이 다가 가서 거리낌 없이 좋아해버린다. 미술관을 나만 좋아하면 어 떡하나 생각했는데 다행이었다. 9박 10일이 조금은 쉬워질 예 정이다. 반가운 한편 생경하다. 이 친구는 내가 30년 동안 알았 던 그 친구가 아니다. 변했다. 생각해보면 어젯밤에 파리에 도 착해서도 나에게 자기가 그린 그림을 보여주었다. 비행기 안 에서 파리를 생각하며 그렸다며 에펠탑을 보여줬다(그림 실력 은 논외로 하자). 확실히 친구는 변했다. 변해도 너무 변했다.

"보미야, 니 미술 숙제 안 하나?"

"아, 하기 싫다. 안 할래."

"안 하면 빵점인데? 해라, 그래도."

"니는 했나?"

"나는 벌써 했지. 얼른 해라. 내가 도와줄게."

"아, 진짜 하기 싫은데……."

친구를 겨우 꼬드겨서(왜? 내 숙제도 아닌데?) 친구의 미술 숙 제를 도와주다 보면, 어느새 친구는 누워 있고 내가 친구의 판 화를 대신 파고 있었다. 나는 그림을 곧잘 그려서, 학교 대표로 미술 대회에 나가기도 했고, 고3이 될 때까지 미대를 가라는 제안을 꾸준하게 받았던(순전히 과거형으로 쓸 수밖에 없음을 밝 힌다) 미술 우등생인지라, 너무 잘하진 않으려고 노력했다. 친 구가 직접 한 걸로 보여야 했으니까. 친구는 미술 쪽으로는 재능이(미안, 이렇게 까발려서), 아, 음악 쪽으로도 재능이(음악 시험 시간에 노래를 부르는 이 친구를 보며 웃지 않는 것이 반 친구 모두의 커다란 미션이었다), 아, 체육 쪽으로도 재능이 거의 없는 친구였으니까(내가 너무 이 친구에 대해 냉정하게 말한다고 생각하는 분들을 위해 친구의 일화 하나를 덧붙인다. 어느 날 친구가 운동을 시작하겠다며 전화를 걸어와 나에게 물었다. "민철아, 근데 줄넘기는 앞에서 뒤로 넘기는 거야? 아님 뒤에서 앞으로 넘기는 거야?" 나는 다만 사실을 객관적으로 말할 뿐이다).

그랬던 친구가 30년이 지나서는 비행기 안에서 그림을 그린 것도 모자라서, 작은 스케치북을 파리에 챙겨온 것도 모자라서, 이제는 모네의 그림을 보면서 울고, 아니, 어떤 작품 앞에서도 편견 없이 아름다움을 느끼고, 심지어 오후에는 젊은 작가들의 작업실이 모여 있는 59리볼리에 가서도 진심으로 신나하며 한 층 한 층 다 꼼꼼히 둘러보았다. 분명히 그곳에 들어가기 전에는 그날따라 혹독한 파리 날씨에 지쳐버린 한 줄기 시래기 같은 상태였는데 말이다.

이것은 변화가 아니라 진화. 미술관이 제1목적지가 되곤 하는 나에게 이건 구원 같은 진화. 좋아하는 미술관을 좋아하는 친구와 갈 수 있다. 그림에 대해 내가 아는 어떤 걸 말해도 친구는 진지하게 듣는다. 물론 바로 몇 걸음 옮기고는 바로 또 농담이지만. 변한 친구와 30년째 변하지 않는 농담을 주고받는다. 던질 때마다 웃고, 받을 때마다 포복절도한다. 세상 쓸데없는 농담을 30년간 던지는데 매번 그 농담이 스트라이크니, 이런 투수가 없고 이런 포수가 없다. 파리의 걸음걸음에 농담이 밴다. 나도 처음인 파리에, 친구 덕분에 무사히 착륙했다.

변해서 다행이라며 가슴을 쓸어내렸고, 변하지 않아서 나는 또 배를 잡고 또 웃었다. 나처럼 파리에 대한 로망으로 가득 찬 인간은 이 친구의 아침이 늘 신기하기만 했다. 파리에 도착했지만, 나는 누워 있는다. 아무리 여기가 파리라도, 나는 절대 일어날 수 없다. 친구는 강경했다.

"빵 사러 갈 건데, 같이 갈래?"

나는 포기하지 않고 아침마다 물었다. 그때마다 친구는 침대에 누워서 평소에 없던 다정함으로, 갑자기 서울말로 대답했다.

"아니, 친구야. 괜찮아. 너 다녀와."

우리 집에 와서 친구는 자주 누워 있었다. 어릴 때는 그러려니 했는데, 대학생이 되어서도 멀쩡한 자기 집 놔두고 나의 새끼손톱만 한 자취방에 와 누워 있곤 했다. 내가 밥을 차려주면 밥을 먹고, 다시 내 침대에 누웠다. 내가 과외를 다녀오겠다고 말하면, 자세를 조금도 바꾸지 않고 지금처럼 다정하게 나에게 말했다.

"응~ 돈 많이 벌어서 와~"

장담컨대 친구는 나보다 오래 살 것이다. 인간이 이토록 변하지 않는다는 건 장수의 징조다. 조금도 변하지 않은 채로 파리까지 와서 누워 있다는 사실이 어찌나 어이없고 어찌나 웃긴지. 나는 이 빵집 저 빵집의 빵들을 아침마다 친구에게 사다 날랐다. 냉장고에 있는 재료들로 아침을 이렇게 저렇게 차려주었다. 시차 적응이 잘되지 않아서 오늘도 새벽에 깬 친구는 그제야 끙 소리를 내며 일어난다. 이 장면도 아주 익숙하다. 다시 말하지만, 친구는 나와 체형도 체력도 아주 다르다. 각자 쓸 수 있는 하루치 에너지 자체가 다르다. 나와 다니려면 친구는 에너지를 아껴야 한다. 나처럼 함부로 써버리다가는 점심도 지나지 않아 친구는 집에 와서 다시 누워야 할지도 모른다. 며칠 앓아누울지도 모른다. 나는 우리의 다름이 만들어내는 이 모든 패턴이 아주 익숙하다.

엄마는 종종 보미에게 말했다.

"보미야, 제발 민철이랑 고만 놀아라."

"ㅎㅎㅎㅎ. 네~"

엄마는 전교에서 종아리가 제일 굵은 나와(참고로 엄마가 낳은 딸이다) 전교에서 종아리가 제일 가는 보미가 교복을 입고 같이 돌아다니는 걸 보면 그게 참 웃기고 어이없어서 씨알도 안 먹히는 충고를 맨날 던졌다. 키는 비슷한데 몸무게는 극단적으로 차이가 나니, 나는 겨우 실내화를 갈아 신으면서도 휘청대는 보미 옆에 늘 붙어 섰다. 내 팔 잡고 실내화를 갈아 신으라고. 파리에서도 나는 보미가 신발을 신을 때 옆에 붙어 선다. 무거운 건 대충 다 내가 든다. 그 와중에 보미는 길치라 길도 내가 찾는다. 맛집으로도 내가 안내한다. 하여튼 손이 많이 가는 친구다. 그때마다 내가 구박을 하면 그때마다 비굴한 표정을 짓다가 와르르 웃어버리니 버릴 수도 없다. 일찌감치 엄마 말을 듣는 건데.

　변하지 않는다. 30년이 지나도, 친구가 한 아이의 엄마가 되고 우리가 마흔이 넘고, 파리로 배경이 바뀌어도 변하지 않는다. 친구와 나는 서로에게 한결같음으로 응수하고 있다. 얼마나 안도한지 모른다. 사실은 걱정했기 때문이다. 어떤 친구와는 오랜만에 만났는데도 과거로 돌아가지 못한다. 바뀌어버린 가치관과 뻔한 통념으로 지금의 나와 만나기에, 자연스럽게 만남을 줄이게 된다. 어떤 친구는 과거의 영광에 발목 잡혀 있다. 그때의 자신을 과시하며 돌아갈 수 없음을 인정하지 않기에, 만나고 오면 피곤함이 짙어진다. 어떤 친구는 자신의 어려움만 끝없이 토로하고, 어떤 친구는 생각이 좀처럼 자라지 않아 대화가 이어지지 않는다. 그러니 걱정은 당연하다. 오랜만에 만나는 친구가 어떨지 가늠이 되지 않았기 때문이다.

　우리가 제대로 만나서 둘이서 시간을 보낸 건 언제가 마지막이었을까. 잘 기억나지 않는다. 연애는 친구 사이를 크게 한 번 가르는 선이 된다. 더 이상 무슨 일이 있을 때마다 친구에게 전화를 걸지 않게 된다. 전화할 대상은 특정된다. 결혼은 다시 한 번 친구 사이에 물길을 낸다. 저녁에 문득 시간이 났다고 친구를 불러내는 일을 자제하게 된다. '나오기 힘들겠지'라는 배려에, '꼭 오늘 만나야 하는 것도 아니고'라는 합리화에 물은 점점 더 불어나 어느새 강이 된다. 그러다 아이가 태어나는 순간 강은 바다가 된다. 아마도 대학교를 졸업한 이후에는 세 시간 이상 만난 적도 드물 것이다. 1년에 두 번도 보기 힘들었다. 시간이 흐르는 동안 우리 둘 다 꾸준히 변했을 텐데, 변한 우리가 만나 9박 10일을 24시간 붙어 있으며 같은 침대에서 자고, 같은 집에서 밥을 먹고, 내내 붙어 다닌다는 건 나에게나 그녀에게나 도전이다. 30년 동안 이건 처음 있는 일이니까.

　하지만 한 번도 싸우지 않았다. 싸우기는커녕, 변함없이 구박하고 변함없이 놀리고 변함없이 딱 붙어서 웃었다. 그렇게 매일 같이 집을 나가서 매일 같이 돌아왔다. 나는 앞장서서 열쇠를 챙겼고, 친구는 늘 나를 졸졸 따라오고. 그러다 마지막 날이 가까워졌을 때, 나는 친구를 시험하고 싶어졌다. 과연 우리 집을 찾을 수 있을까? 물론 나는 악독한 시험관이 아니다. 악독하기는커녕, 학생의 수준에 딱 맞는 문제를 기가 막히게 내는 사람이다. 우리 집 바로 앞 골목 사거리에서, 그러니까 직진해서 두 집만 지나면 우리 집이 나오는 바로 그곳에서 나는 물었다.

"니 여기서 우리 집 찾아갈 수 있나?"

"내가 바본 줄 아나. 당연히 알지."

"그래, 그럼 니가 앞장서봐라."

친구는 슬쩍 내 눈치를 보더니 바로 좌회전을 한다. (왜?????????) 내가 어이없는 표정을 지으니까, 바로 방향을 튼다. (아니 오늘이 7일째라고!!!!!) 관대한 시험관인 나는 힌트까지 주기로 한다.

"아, 뭐하노. 직진이잖아."

"알지~ 니 시험해본 거다."

친구는 우리 집 문을 당당히 지나치더니, 남의 집 앞에 서 있는 한 남자를 보며 혀를 찬다.

"뭔데, 저 사람. 왜 남의 집 앞에 서 있는데."

"우리 집 저기 아니거든. 니 진짜 바보네."

바보일 리 없다. 언제나 나보다 공부를 잘했던 친구니까. 지금도 나보다 더 기억을 잘하고, 내가 다 잊고 있었던 것도 늘 상기시켜주고 챙겨주는 친구니까. 친구는 억울하단 입장이다. 너랑 있을 때만 이렇다고. 내가 다른 사람들과 여행을 가면 계획도 다 짜고, 숙소도 다 잡고, 지도를 보며 앞장서고, 아주 똑똑한 사람이라고. 정확히 같은 이야기를 나는 남편에게 들은 적이 있다. 나랑 있을 때는 내가 가는 대로 졸졸 따라다니던 사람이 친구들이랑 여행을 가면 숙소를 알아보고, 지도를 보며 앞장서고, 맛집으로 안내하는, 내가 만나본 적도 없는 남편으로 변신한다는 걸 알고 얼마나 깔깔 웃었나 모르겠다.

그런 거다. 관계는 주고받는 거다. 나는 내가 하는 게 편하고, 함께 있는 누군가가 신경을 안 쓰는 게 좋고, 그리하여 결국 다 내가 해버려야 직성이 풀리는 사람이다. 좋고 싫음도 지나치게 분명하기에 나는 내가 좋은 걸 해야만 하고, 싫은 표정은 숨길 줄 모른다. 그 와중에 수시로 멈춰 사진을 찍고, 뭔가를 끄적이고, 자꾸 자기 세상으로 빠져버린다. 내가 생각해도 나는 데리고 다니기에 상당히 까다로운 인간이다. 친구는 그런 나를 다 받아주고 거리를 유지해주고 또 혼자 있을 시간까지 준다. 우리는 서로를 너무 잘 안다. 덕분에 상대에게 나를 적당히 맞추면서도 내가 하고 싶은 대로 해도 무리가 없다는 것까지 알고 있다. 그래서 이 관계는 평생 가까이에서 제자리걸음이다. 변치 않고 계속 제자리걸음을 했더니 관계는 깊고 깊고 깊어졌다. 근데…… 나의 소중한 친구…… 또 딴 데로 가네?

"보미야, 그쪽 아니라니까. 이쪽으로 온나. 으이구."

사람은 왜 안 변할까? 파리에서 이 친구를 잃어버리지 않고, 무사히 한국까지 보내는 것이 당분간 나의 유일한 임무다.

친구가 파리에서 유일하게 가고 싶어 한 곳은 파리 밖에 있었다. 바로 모네의 정원이 있는 지베르니와 항공사 광고로 유명해진 몽생미셸. 이번에도 친구가 투어 예약을 했다. 부담 갖지 말라고 아무리 말해도 친구가 옷도 사주고 투어 비용도 내주는 걸 보니, 아무래도 우리 집에 공짜로 머무는 것이 미안한 모양이다. 호의는 거절하지 않는다. 다만 호의 앞에선 입안의 혀처럼 군다. 이것도 우리의 불문율.

"언니, 진짜 짱이시네요. 오늘 의상, 너무 모네 정원과 찰떡이신 거 아니세요? 어머, 아름다우셔라."

"장난 아니제."

파리에서 산 분홍색과 연보라색과 하늘색이 미묘하게 섞인 재킷을 입은 친구와 나는 아침 일찍 길을 나선다. 아침 8시에 한국인 가이드를 만난다. 여덟 명의 한국인 여자와 한 명의 남자 가이드. 간단하게 자기소개를 하는데 두 명이나 퇴사를 하고 파리에 왔다고 말했다. 친구가 나를 쿡 찌른다. 그러니까 나까지 합치면 이 작은 승합차 안에는 퇴사하고 파리에 온 여자가 세 명이나 있다. 퇴사하고 친구와 여행 온 20대, 엄마와 여행 온 30대, 퇴사하고 한 달간 떠나온 여자, 파리 친구 집에 놀러 온 여자 그리고 우리 둘. 여행은 여자들의 전유물인가. 새로운 것에 호기심이 많고, 그 호기심에 비해 한국은 좁고, 파리는 너무나도 매력적이긴 하다. 이곳이 나만의 특별한 곳이 될 리 없다. 이곳에 온 내 사연만 특별할 리도 없고. 물론 그 여덟 명으로 전체 여자들을 판단할 수도, 일반화할 수도 없지만. 어쨌거나 이 안에서 내 사연이 평범한 서사로 좁혀지는 건 확실하다. 나는 입을 닫고 내 이야기를 지키기로 한다.

이 승합차를 타고 우리는 오늘 지베르니에 가서 모네의 정원을 보고, 항구도시인 옹플뢰르에 가서 점심을 먹고, 북으로 달리고 달려서 노르망디 바닷가에 있는 몽생미셸에 가고, 거기서 저녁을 먹고 해가 지기를 기다려서 몽생미셸의 야경까지 보고 새벽에 다시 파리로 돌아오는 일정이다. 아침 8시에 시작해서 새벽 3시까지 도합 열아홉 시간의 여정. 장담컨대 이 일정을 듣고 놀라지 않을 프랑스 사람은 없을 것이다. 단 한 명도. 각각의 목적지에 하루씩 쏟아부어도 빡빡할 곳을 하루에 다 본다고? (하루 만에 담양 소쇄원에 갔다가, 목포에 가서 점심을 먹고, 여수 밤바다를 보고 돌아오는 느낌이려나.)

하지만 우리는 한국인. 낭비란 없다. 여유도 생략한다. 세 곳을 하루에 본다. 평소 여행자로서의 나의 자의식은 내려놓는다. 이미 이 차에 탄 이상 그 자의식은 거추장스러운 것이다. 이끄는 대로 따라간다. 불평은 농담으로 바꾼다. 마침 농담에 최적화된 친구가 옆에 있다. 얼마나 다행인가. 여덟 명의 의지와 열정으로 가득 찬 승합차는 첫 목적지인 지베르니에 아침 9시도 되기 전에 도착하는 기염부터 토하고 시작한다. 모네의 정원은 9시 반에 문을 연다. 잠깐 기다려 거의 첫 손님으로 고요한 그곳에 입장한다.

야외에서 순간적인 빛과 색감을 포착해 작업하는 인상파 화가인 모네는, 이곳에 스스로를 위한 천국을 발명했다. 근근이 주변에 손을 벌려 먹고살아야 했던 가난한 화가 시절부터 파리 근교의 고요한 마을 지베르니를 계속 눈여겨보다가, 기어이 그곳에 집을 마련하고 직접 정원 일을 하며 약 40년간 이곳에서 화가로 살았다. 집과 정원뿐이었던 이곳은, 모네의 유명세가 커지며 반대쪽 땅까지 확장됐다. 모네는 마을 주민들을 설득해 강이 자신의 집 앞에 잠깐 들렀다 흐르도록 만들었다. 그것이 그 유명한 모네의 연못. 연못 위로 일본식 다리가 놓이고, 연못은 더 커지고, 다리는 늘어나고, 버드나무와 각종 꽃과 수련과 구름이 이곳에 빽빽이 들어서기 시작했다. 이곳의 꽃은 시들지 않았다. 모네와 정원사들이 꽃의 축제가 끝없이 새롭게 펼쳐지도록 완벽하게 설계했기 때문이다. 한 시기의 꽃이 지는 순간, 다음 꽃이 피며 축제를 이어간다. 당시 한 평론가는 말했다. "모네의 정원을 보기 전까지는 그를 진정으로 안다고 말할 수 없다"라고. 모네를 좋아해서 프랑스에 올 때마다 오랑주리 미술관과 오르세 미술관 그리고 마르모탕 미술관까지 빼놓지 않고 가는 나는, 뜻밖에도 지베르니가 오늘 처음이다. 그러니 나는 오늘 모네를 진정으로 알게 될지도 모른다.

물론 그때의 그 정원이 지금의 이 정원일 리 없다. 모네가 죽은 후 모네의 의붓딸이 이곳을 유지하려고 갖은 고생을 하다가 죽었고, 그 이후로는 오래도록 버려진 상태였다. 1960년이되어서야 이곳은 프랑스 정부 소유가 되었고, 수많은 전문가들이 모네의 꿈처럼 복원하는 데 20년이 걸렸다고 한다. 놀랍게도 지금 이 정원을 가꾸는 건 프랑스 최고의 미술 학교, 보자르다. 꽃과 풀을 색과 높이와 피는 시기까지 고려해 자연스럽게 아름다울 수 있게 가꾸려면 정원사뿐만이 아니라 화가의 눈도 필요해서가 아닐까, 나는 내 마음대로 상상하고 즐거워한다. 그 이른 아침에도 수많은 사람들이 계속해서 정원을 가꾸고, 연못 수면을 정리하고, 새로운 식물을 심고 있었다.

사람들이 물밀듯이 계속해서 들어오고 있었다. 모두가 100년이라는 시차를 단숨에 건너뛰려고 노력하고 있다. 100년 전 화가의 눈을 지금 우리의 눈에 장착하고, 그가 무엇을 봤는지, 도대체 어떤 아름다움을 포착하고 그것을 작품으로 남겼는지 알아보려 애쓴다. 이 연못이구나, 이 다리구나, 이 수면을 그렇게 그렸구나. 오랑주리 미술관에서 본 그림 속 커다란 나무들은 저 나무일지도 몰라. 모네가 저 나무를 만진 건지도 몰라. 이것이 뻔한 정원의 산책으로 그치지 않는 건, 모두 둘러보는 내내 인상파 화가에 빙의를 해서 저마다의 인상을 포착하려 애쓰고 있기 때문이다. 얼마나 다행인가. 40대가 되어서 이 정원에 도착했으니 말이다.

40대인 우리에겐 이제 꽃 하나 식물 하나에 계속해서 감탄하는 능력이 생겼다. 엄마들의 핸드폰 안이 각종 꽃 사진으로 넘쳐나는 것처럼 우리의 사진첩도 이미 꽃밭이다.

"야, 어떻게 이 색깔 옆에 저 색깔을 배치할 생각을 했지?"

"야야, 이게 다 다른 보라색이야."

"우와, 요 작은 면적 안에 어떻게 이렇게 다채롭게 심어놨지?"

우리는 각자가 발견한 아름다움을 서로에게 알려주느라 정신이 없다. 그러다 모네의 그 다리에 도착한다. 어쩜 이토록 아름다운 계절에 우리는 여기에 도착한 걸까. 다리 위 아치에 등나무가 꽃을 잔뜩 피워놓았다. 주렁주렁 연보라색 포도송이 같은 꽃들이 무게감 없이 흔들린다. 크리스마스트리에 조명이 반짝이는 것처럼 아른아른, 조명이 없어도 꽃들로 이미 온 세상이 환하다. 친구는 바로 꽃 아래에서 자세를 잡고, 웬만해선 안 찍히려는 나도 이번만은 예외다. 모두 꽃 덕분에, 연못 덕분에, 자연 덕분에, 그러니까 모네 덕분에 행복하다. 살아생전 부귀영화를 누렸던(물론 초년에는 고생을 했지만) 사람이 죽어서도 부귀영화를 누리고 있다. 이곳에 오는 모든 사람들을 통해 모네는 자꾸 되살아난다. 죽었지만 살아 있다. 이보다 더 큰 부귀영화는 없을 것이다.

다시 차는 달려서 옹플뢰르에 우리를 내려놓는다. 도착하자마자 이곳은 내가 사랑할 수밖에 없는 곳이라는 걸 바로 알아본다. 작은 어촌 마을, 채도 낮은 건물들이 어깨를 맞대고 있다. 비가 와서 우울의 농도는 더 강해졌다. 그 위로 아일랜드에서 내가 유독 사랑했던 골웨이의 풍경이 겹쳐진다. 그곳에서도 이곳에서도 문제는 날씨였다. 365일 중 300일은 비가 온다는 노르망디다운 날씨가 우리를 거세게 맞이했다. 비가 덜 왔다면 바람이 좀 덜 불었다면 조금만 덜 추웠다면, 옹플뢰르에서 나는 가장 큰 탄성을 질렀을 것이다. 하지만 비와 바람 때문에 보미가 자꾸 비명을 질렀다. 불을 쬐며 따뜻한 생선 수프를 먹으며 몸을 녹여보았지만 소용없었다. 근본적인 대책을 세워야 했다(이게 근본적인 대책이 될 리가 없다는 걸 우리는 나중에 알게 된다). 보미가 결단했다.

"두꺼운 스타킹이라도 사서 신어야겠어."

이 작은 관광 마을 어디에서 두꺼운 스타킹을 찾을 수 있을까. 우리는 천 쪼가리라도 판다 싶은 곳이라면 무조건 다 들어가서 스타킹을 찾기 시작했다. 옹플뢰르 풍경이 그려진 티셔츠, 후드티, 점퍼, 모자 그 사이를 헤매며 나는 중간중간 이런 옷이라도 사 입겠냐고 물었지만, 친구는 스타킹이면 될 것 같다고 나의 선견지명을 사양했다(사양하지 말아야 했다). 결국 한 가게 구석에서 겨우 발견한 두꺼운 스타킹을 사서 신고 보미는 조금의 평화를 찾았다. 그제야 이 도시의 우울한 아름다움이 제대로 눈에 들어온다. 조금 더 시간이 있었으면, 조금 더 여유가 있었으면, 날씨도 조금 덜 고약했으면, 내가 제대로 사랑해줬을 텐데. 나는 이 사랑을 다음으로 미룬다. 한국인은 바쁘기 때문이다. 다들 2시 반에 정확히 약속한 장소에 모인다. 코리안 타임은 이토록 정각이다. 이제 몽생미셸로 간다.

"23년 전에, 어떻게 혼자 여기를 왔지?"

"기억 안 나?"

스무 살의 나는 어떻게 여기까지 도착한 걸까. 놀라울 정도로 그 부분의 기억은 지워져 있다. 스위스에서 야간열차를 타고 새벽에 파리에 도착하자마자 50리터 가방을 그대로 메고 여기에 왔다는 사실만 기억난다. 버스에서 자다가 눈을 떴더니 바다 위에 떠 있는 몽생미셸이 보여서 대책 없이 울컥한 것도 기억난다. 다시 파리에 도착했더니 밤 9시가 넘어서 숙소를 구하느라 우왕좌왕한 것도 기억난다. 하지만 구체적인 것들은 기억나지 않는다.

내가 초등학생일 때 엄마는 파리에서 유학 중인 이모네 가족을 방문한다는 명목으로 유럽 여행을 다녀왔다. 그때 돌아오며 몽생미셸 관광책을 한 권 사왔다. 바쁜 엄마가 다시 펼칠

리 없는 이 책을 초등학생인 내가 가끔 펼쳐 봤다. 프랑스어로 가득한 글은 하나도 이해할 수 없었지만, 사진만은 명확히 이해할 수 있었다. 바다 위에 성이 있다(나중에 알고 보니 성이 아니라 수도원이었지만). 그걸 실제로 보면 어떤 기분일까. 항공사 광고에 몽생미셸이 나와서 모두에게 꿈으로 새겨지기 이전, 어린 내게 엄마가 몽생미셸의 꿈을 툭 심어버린 거다. 지평선을 본 적도 없는 아이에게, 수평선은 앞으로도 크게 동경할 일이 없는 아이에게, 하지만 인간이 만든 오래된 것에는 유독 잘 반응하는 아이에게 그 꿈은 기억하기 좋은 질감의 꿈이었다.

　스무 살의 나는 배낭을 메고 이곳에 올 수밖에 없었다. 한여름에 어떻게 그 가방을 메고 여기를 올랐던 걸까. 그때의 나는 여행 막바지라 지쳤었고, 뭔가를 자세히 볼 에너지가 남아 있지 않았고, 뭘 먹으며 에너지를 채울 돈이 없었다. 그리하여 그저 여기까지 오고야 말았다는 사실 그 자체에 감동한 상태였던 것 같다. 지금의 나는 친구와 같이, 가이드의 빈틈 없는 지도에 따라서, 차에서 내려서, 버스로 오차 없이 갈아타고, 설명도 들으며 몽생미셸 마을을 오른다. 어쩌면 몽생미셸을 제대로 만나는 건 오늘이 처음일 수도 있다. 진정한 의미의 처음은 늘 한발 늦게 찾아오는 법이니까.

　성곽 안으로 들어서자마자 거리를 가득 메운 아기자기한 간판들을 구경하고, 검박한 그 수도원을 둘러보고, 우연히 비춘 빛을 신적인 순간으로 해석해버리고, 그 빛에 이 여행의 무사와 가족의 건강을 빈다. 한참을 둘러보고, 한참을 밥을 먹고도 시간이 한참이나 남아 있다. 몽생미셸의 야경을 보기 위해서는 해가 져야 하는데, 5월의 프랑스에서는 9시가 넘어야 해가 슬금슬금 지기 때문이다. 지금부터는 본격, 버티는 시간이다. 해야 얼른 지렴, 밤아 얼른 오렴, 바람아 제발 좀 멈추렴, 추위야 제발 좀 물러가렴. 네 가지 주문을 번갈아 외면서 버텨보지만 시간은 가지 않고, 온몸은 추위에 이미 포위됐다. 추위에 떨며 주변을 둘러보니, 100퍼센트 한국인이다. 그러니까 하루 만에 여기까지 올 욕심을 내는 사람도 없거니와, 온 김에 야경까지 다 보고 가겠다며 덜덜 떨며 기다리는 사람도 한국인뿐인 거다. 물론 그중 한 명은 나고. 할 수 있는 걸 왜 안 해. 여기까지 왔는데 왜 안 봐. 끝까지 봐야지. 뽕을 뽑아야지. 나는 내 피 안에 흐르는 부인할 수 없는 한국인의 피를 문득 실감한다. 대단해요, 우리.

문제는, 친구다. 아까 산 스타킹이 없었다면 친구는 지금쯤 어떻게 됐을까. 상상만 해도 정신이 아득해진다. 나는 친구의 옷을 끝까지 단단히 잠궈주고, 가방 속에 넣어둔 나의 커다란 스카프로 친구를 둘둘 감는다. 감아도 소용이 없다는 걸 알지만, 아까 옹플뢰르의 그 기념품 후드티가 어른거리지만, 급한 대로 이렇게 저렇게 해본다. 바람이 너무 거세다. 이 바람 덕분에 새가 날아가지도 못하고 한자리에 떠 있는 걸 보며 낮의 우리는 엄청나게 깔깔 웃었는데, 이제는 우리 꼴이 너무 우스워졌다. 가장 볼품없는 생쥐 꼴의 친구를 이대로 내버려두는 건 죄악이다. 나는 추위에도 아랑곳하지 않고 친구를 계속 찍는 다. 추워서 덜덜 떠는 친구도 찍고, 눈물까지 찔끔 흘리는 모습도 찍고, 달관한 모습도 찍는다. 이로써 나는 미래를 위한 웃음을 단단히 저장한다. 모두가 가이드의 진두지휘 하에 노을 지는 몽생미셸을 배경으로 인생 사진을 남기지만, 나는 그 사진에 아무 관심이 없다. 친구의 많이 웃긴 사진을 많이 찍어둔다. 이 사진들을 인질로 평생 친구에게 충성을 다짐받을 생각이다. 아마 평생 이 사진 앞에선 저항도 못 하고 우리는 또 웃겠지.

그 밤, 시간이 흐른다는 것이 우리의 유일한 희망이었다. 우리가 그토록 굳건히 버티니, 해는 더 이상 버티지 않고 사라졌고, 밤이 찾아왔고, 드디어 몽생미셸에 조명이 켜졌다. 봤다. 몽생미셸의 하루치 얼굴 전부를 봤다. 그러니 됐다. 어떤 미련도 없다. 드디어 파리로 돌아갈 시간이다.

승합차에 도착했더니 시간은 이제 10시 반. 지금부터는 파리로 세 시간 넘게 운전을 해서 돌아간 다음, 새벽 2시가 넘어서 한 명 한 명 숙소 앞에 내려주는 일정이다. 이걸 해낸다. 한국 사람들은. 2시 반이 되어서야 가이드는 우리를 집 앞에 내려주었다. 두피 틈틈이 박힌, 피부 표면에 서걱거리는, 심지어 귓속까지 파고든 바닷모래를 씻어내고 새벽 3시 반이 넘어서야 우리는 침대에 눕는다. 다시 없을 하루가 이렇게 끝난다. 이

하루를 말할 날들은 앞으로 모래알만큼 많을 것이다. 우선은
자자.

  스스로를 꿈으로 만드는 데 이토록 성공한 도시가 또 있을
까. 'Paris'라는 단어를 새기기만 해도 팔리는 상품들이 있다.
그 단어를 듣기만 해도 꿈꾸는 얼굴로 돌변하는 사람들이 있
기 때문이다. 파리라는 단어 속에서 각자의 꿈은 다르겠지만
그 배경엔 언제나 에펠탑이 있다. 에펠탑은 겨우 130년 만에
이 오래된 도시의 수많은 상징들을 물리치고 이 도시의 지울
수 없는 얼굴이 되었다. 당연히 2024년 파리 올림픽의 메달에
도 에펠탑이 있다. 말 그대로다. 에펠탑 보수 공사에서 채취한
철조각 91킬로그램을 활용해 금은동 메달 뒷면에 에펠탑의 실
제 철조각을 박은 것이다. 이로써 모든 운동선수들의 꿈에 프
랑스란 꿈이 더해졌다. 이 꿈의 가치를 누구보다 잘 아는 사람
들이 언제나 이 도시를 가득 채우고 있다.

꿈은 곳곳에서 팔린다. 거리 곳곳에 미니어처 에펠탑은 색깔별 크기별로 전시되어 있다. 파리라는 꿈의 한 조각을 집에 데려가세요. 이 낭만의 한 조각을 당신의 것으로 만드세요. 조명이 들어오는 에펠탑도, 조립해야 하는 에펠탑도 당연히 판다. 그림으로도 퍼즐로도 팔고, 수첩으로 지갑으로 필통과 연필로도 판다. 아니, 당신이 생각할 수 있는 모든 것의 에펠탑 버전이 이곳에 있다. 배낭여행객도, 양손에 명품 쇼핑백을 가득 든 사람도, 머리를 맞대고 길거리 좌판의 에펠탑 모형 앞에서 고민하는 풍경은 이곳의 일상이다.

나는 파리를 유난히 사랑하면서도 그런 기념품들 앞에서 유난히 무심한 척해왔다. 아무튼 제일 뻔한 관광객이면서도 필사적으로 그 뻔함을 들키지 않으려 노력한달까. 하지만 친구와 다니니 이런 나의 입장을 고수하긴 어려웠다. 친구의 어린 아들이 콕 집어 '에펠탑'을 사다 달라 엄마에게 주문을 했으니 그렇다면 나도 눈에 불을 켜고 가장 어린이 취향에 꼭 맞으면서도 동시에 친구 마음에도 들 에펠탑을 찾아야만 한다. 친구가 주변 사람들에게 나눠줄 작고도 싸고도 센스 있는 에펠탑 굿즈를 찾는 데에도 기꺼이 동참한다. 누가 뭐래도 이 꿈을 가장 잘 아는 사람은 바로 나니까.

파리에 도착한 첫날이었다. 팡테옹 앞을 지나다가 문득 고개를 왼쪽으로 돌렸는데 저 멀리 에펠탑이 보였다. 화들짝 놀란 나는 바로 고개를 반대로 돌렸다. 네가 왜 여기서 나와. 네가 왜 아무 일도 아니라는 듯이 천연덕스럽게 그냥 거기 있는 건데. 파리 어디서나 쉽게 보이는 에펠탑이었지만, 이상하게도 그 만남을 최대한 늦추고 싶었다. 나중에, 제대로 만나고 싶었다고 말하면 설명이 되려나. 아니, 그 설명도 이상하다. 뭘 그렇게까지 에펠탑에 진심인가. 모르겠다. 아무튼 미루고 싶었다.

비가 오는 어느 날, 마르모탕 미술관에 가기 위해 혼자 16구 파시에 간 날이었다. 건물들 위로 거인처럼 에펠탑이 그 큰 얼굴을 내밀어서 길을 걷다 소리를 지를 뻔했다. 그제야 이 동네가 에펠탑 바로 맞은편 동네라는 사실을 깨달았다. 천천히 미술관 안에서 시간을 보내고 나오니 날은 화창하게 개었다. 오늘이었다. 날씨까지 완벽했다. 나는 포르투갈 시인 루이스 바스 드 카몽이스의 흉상이 있는 곳으로 천천히 걸었다. 그곳에 가면 파리의 일상 속에 우뚝 솟아난 에펠탑을 볼 수 있기 때문이다. 내가 좋아하는 건 바로 그런 순간이다. 문득 좁은 골목 사이로 에펠탑이 육중한 모습을 드러내는 순간. 석조 건물 옆으로 에펠탑의 어깨가 슬며시 드러나는 순간. 일상과 꿈의 뒤섞임. 경계의 사라짐. 돌연한 환기. 내가 파리라는 꿈에 있다는 깨달음. 생경한 그 감각이 나는 좋았다. 반면 에펠탑 바로 아래에서 모든 일상의 배경 없이 에펠탑만 마주했을 때는 큰 감흥을 느낄 수 없었다. 그건 그저 철골 구조물. 유명 관광지. 모두가 아는 에펠탑. 그냥 에펠탑. 내가 좋아하는 에펠탑은 에펠탑에서 한 블럭 떨어진 곳에 있었다.

    카몽이스의 흉상을 지나 계단을 오른다. 오르며 시선은 고집스럽게 계단으로만 향한다. 내 뒤에 에펠탑이 있다는 걸 알기 때문이다. 가장 극적으로 에펠탑을 만나는 순간을 내게 주고 싶기 때문이다. 계단을 다 올라 마침내 뒤돌아선다. 건물들 사이로 세느강이 보이고, 그 뒤로 에펠탑이 있다. '너 여기 파리야!'라고 뻐기는 얼굴로 알려주는 에펠탑. '감동할 순간이야!'라고 교육하는 에펠탑. 그 교육을 나는 오래도록 받았다. 하지만 볼 때마다 감정의 수위는 교육의 범위를 넘어선다. 저렇게나 아름답다고? 저렇게나 웅장하다고? 나의 로망이 저토록 거대했다고? 뻔한 것을 보고 뻔하지 않게 감동하는 법을 나는 모른다. 금세 눈물이 맺힌다. 나는 당황한다. 솔직히 이 나이에 에펠탑을 보고 눈물까지 맺힐 일은 아니지 않나. 에펠탑이 처음도 아니고, 파리가 처음도 아니고. 하지만 어쩌겠나. 이렇게 반응하는 이 몸도 나의 일부인걸. 그토록 좋은 것이다. 내가 파리에 있다는 사실이. 나의 지난한 일상이 꿈과 뒤섞이는 이 기적이.

    나는 이미 알고 있다. 친구가 이 아름다운 도시의 기억을 아름답게 가져갈 방법을. 친구를 뻔한 관광용품 가게에서 데리고 나온다. 내가 좋아하는 가게들이 모여 있는 곳으로 데려간다. 파리라는 꿈은 자신을 가장 아름답게 치장하는 법도 알고 있으니. 루이 필리프 다리를 건너 북쪽 길로 접어든다. 이곳에는 고급 문구점들이 몇 있고, 이곳에서 파는 물건들이라면 믿을 수 있다. 어떤 파리 소품 숍에서도 마음이 차가웠던 내가 이곳에서는 지갑을 열지 않을 수 없었으니까. 오래전 이곳의 가게에서 산 엽서와 그림이 지금 우리 집 방문 곳곳에 붙어 있으니까.

과연, 친구는 쇼윈도에서부터 환호한다. 하나하나 들여다보며 하나하나 감탄하느라 시간은 훅훅 흘러간다. 나는 가게 주인도 아니면서 뿌듯하다. 오래 고민한 끝에 포스터 한 장을 사고 옆 가게로 옮긴다. 그곳에서 친구의 시름은 더 깊어진다. 정교한 아름다움은 그만큼 비싸고, 한번 그 아름다움을 본 이상 평범한 상품들로는 돌아갈 수 없다. 종이로 세공된 에펠탑과 파리 풍경이 친구의 가방 속으로 들어간다. 이렇게라도 간직하고 싶은 거다. 우리의 9박 10일은 벌써 거의 끝나가고 있으니 말이다.

매 순간 파리는 자신을 아름답게 보여주는 것에 능하다. 해가 저물 무렵엔 세느강 유람선에 올랐다. 끝도 없이 이어지는 관광객의 행렬을 모두 다 태우고 육중한 유람선이 출발했다. 점점 어둠이 내려앉고, 조명이 하나둘 들어온다. 유람선은 화려한 알렉상드르 3세 다리를 지나고, 튈르리 정원을 지나, 루브르 박물관을 지나고, 노트르담 대성당을 지난다. 다리 위에 선 사람들과 강가에 앉은 사람들은 유람선이 지나갈 때마다 손을 흔든다. 이건 꼭 관광객끼리의 낭만적 약속 같다. 내가 너의 유람선이 지나갈 때 손 흔들어줄게. 너도 내가 지나갈 때 잊지 말고 손 흔들어줘. 지금 막 도착한 사람이 이제 곧 떠날 사람을 향해 손을 흔들어준다. 영원토록 누군가가 도착하고 누군가가 떠나는 도시니 이 약속은 영원히 지켜진다. 드라마 〈섹스 앤 더 시티〉에서 캐리는 혼자 파리 다리 위에 서 있다가 유람선 위의 남자가 손을 흔들자 문득 더 외로워졌지만, 나는 외로울 일 없다. 웃긴 친구가 내 옆에 꼭 붙어 있기 때문이다.

"다들 일어서는데, 대단하대이. 니는 끝까지 앉아 있네."

"배가 다시 돌아갈 때 그때 일어서려고."

"배 아까 돌았잖아. 좀 있으면 도착일걸?"

"뭐라고?????"

"푸하하하. 니 진짜 바보네."

돌아가는 길엔 점점 더 어두워지며 조명들이 제대로 존재감을 드러내기 시작했다. 파리는 이제 유명 배우 같다. 어둠 속에서 화려한 조명을 받고 있는 파리를, 흔들리는 배 위에서 거리를 두고 바라보니, 어쩜 이 도시는 주름살 하나 없이 이렇게 잘 늙었을까 감탄만 나온다. 잘 관리된 노년. 영원한 낭만. 오래된 과거가 현재형으로 빛난다. 강 표면까지 끝없이 흔들리며 각양각색의 조명들을 반사하고 있다. 문득 이 도시에서 인상파 화가가 태어난 것은 우연이 아니라 필연이라는 확신이 든다. 솜씨 좋은 인상파 화가가 강물 위에 끝없이 작품을 그리는 중이다. 붓질은 섬세하고, 순간순간 결과물은 예상을 뛰어넘는다. 나는 세느강 수면에서도 좀처럼 눈을 떼지 못한다.

마지막으로 유람선은 에펠탑 앞에서 다시 방향을 튼다. 에펠탑은 기다렸다는 듯이 바로 그 순간 크리스마스트리처럼 조명을 반짝인다. 그 육중한 몸이 빛으로 별처럼 가벼워진다. 모두의 눈 속으로, 핸드폰 속으로, 강물 위로 아름다움이 낙화한다. 내가 가지고 있는 가장 큰 주머니를 꺼내 떨어지는 별빛을, 스치는 반짝임을, 친구 얼굴에 일렁이는 감동을 담는다. 기억하고 싶은 그 모든 것들을 아낌없이 꾹꾹 눌러 담아서 아쉬움으로 꼭꼭 닫아둔다. 이 시간이 당연하지 않다는 걸 알기에, 더 애틋하게 간직할 기억들이다. 40대 친구 둘이서 하는 여행도, 아이 없이 이토록 마음 편히 있는 시간도, 시시각각 터지는 웃음도, 무엇보다 이토록 빛나는 도시에 우리가 머물렀다는 사실까지도 당연한 것은 하나도 없다. 일상으로 돌아가는 순간 지금 이곳의 모든 것이 아쉬워질 것이다. 이곳에 우리가 존재했다는 사실은 우리가 가장 믿지 못할 무엇이 될 것이다. 뚱뚱해진 기억 주머니를 단단히 챙긴다. 주머니 안에는 온통 친구와의 파리 추억뿐이다.

어느 날 지하철 안에서 친구와 떨어져서 앉게 되었다. 나는 우리가 지나는 역이 비르하켐역이라는 것을 확인하고는 친구에게 바로 문자를 보낸다.

'지금이야. 창밖을 봐.'

친구가 문자를 확인하고 고개를 드는 바로 그 순간 지하철은 세느강을 건너기 시작한다. 건물들 사이에 가려졌던 에펠탑이 갑자기 탁 트인 세느강을 배경으로 튀어나온다. 빠르게 달려나가던 모든 시간이 갑자기 느리게 흐른다. 매 순간이 분절되어 찬란하게 새겨진다. 이 장면을 볼 때마다 나는 몸서리를 친다. 그 장면에 이젠 친구의 표정까지 더해졌다. 친구의 저 표정은, 진짜다. 이 아름다움은, 진짜다.

우리가, 이 아름다움 속에, 같이, 있었다.

이 문장은 오래도록 믿기지 않을 것만 같다.

 오지 않을 것 같았던 날이 밝았다. 드디어 보미의 파리 마지막 날. 겨우 몇 주 만에 계절이 바뀌면서 필요 없어진 내 옷들과 그사이에 부지런히 사 모은 기념품들을 친구에게 부탁한다. 친구의 캐리어는 내 짐까지 합쳐져서 어느새 뚱뚱하다. 언제 다시 있을지 모를 우리의 아침 식사를 마치고, 부지런히 길을 나선다. 우리의 마지막 목적지는 오르세 미술관.

 "아휴, 아티스트님이 오르세에 가셔야죠. 우리 아티스트님 그림도 거기에 하나 거셔야죠."

 "아, 그러니까 말이야. 내 그림이 너무 비싸서 그런가, 오르세가 왜 안 사지?"

 마지막까지 농담을 포기하지 않으며, 부지런히 미술관 안으로 들어섰다. 핵심으로 직진한다. 반 고흐와 모네와 르누아르와 드가와 세잔과 그리고 너무나도 빼곡히 많은 인상파 화가들. 세 시간이면 유명한 그림들만이라도 얼추 볼 수 있을 거라 생각했지만 시간은 턱없이 부족하다. 2층은 보지도 못하고, 바로 1층 특별전으로 이동한다. 어쩜 이 특별전까지 이토록 취향일까. 특별전이라 특별히 외출한 이런 그림들은 언제 다시 보게 될지 모른다. 다음 그림으로 이동해야 한다는 걸 알면서도 도무지 발걸음이 떨어지지 않는다. 우리는 자꾸 그림 앞에 멈춰 선다. 이것 봐. 이게 어떻게 가능하지. 이건 뭐지. 오일 파스텔로 나도 그려볼까. 아니 근데 이게 뭐야. 이게 어떻게 되지. 친구의 얼굴에 좋음과 안타까움과 감동과 곤란함이 점점 뒤섞인다. 결국 그녀가 결단한다.

"우리 그냥, 점심은 대충 먹어도 되지 않을까? 그거 너무 신경 쓰지 말자. 여기서 그림 보는 게 더 중요한 것 같아."

친구의 표정을 보며 지금은 농담할 시간이 아니란 걸 알아챈다. 천천히 그림을 보라고 말해놓고 나는 머릿속으로 바쁘게 이 친구가 점심을 먹고 공항으로 출발할 방법을 찾는다. 결국은 뛰다시피 드가를 지나고 마네를 지나고 밀레의 파스텔화를 지나고, 들여다볼수록 친구가 좋아했을 수많은 그림들을 지나고 우리는 겨우 밖으로 나온다.

하루를 통째로 오르세 미술관에 바쳤어야 했어, 라는 말은 이제 와서 쓸모없는 말이다. 다음이 있을 거라는 희망을 기약 없이 남발한다. 서둘러 동네로 돌아와 친구는 씻고, 나는 컵라면에 물을 붓는다. 빠르게 점심을 먹고, 빠르게 빠진 짐이 없나 체크하고, 빠르게 지하철역으로 간다. 다행히 집 앞에 공항으로 바로 가는 지하철이 있다. 그것만 믿고 있었는데, 하필 오늘 그 지하철이 공사 중이네? 하늘이 잠깐 무너졌다. 헐레벌떡 다른 방법을 찾아 친구는 공항으로 떠났다. 친구가 떠나고 난 후에야 깨닫는다. 친구와 제대로 된 인사도 하지 못했다는 걸.

나는 잠시 나갔던 넋을 챙긴다. 지금부턴 정신을 바짝 차려야 한다. 시간이 없다. 나는 집을 향해 뛴다. 지금부터 두 시간 후엔 나의 회사 동기, 선영이가 우리 집에 도착한다. 농담이 아니다. 호텔도 체크아웃과 체크인 사이에 네 시간의 여유는 있는데, 겨우 두 시간이라니! 불평할 시간이 없다. 빠르게 집으로 달려와서 청소기로 구석구석 청소한다. 욕실을 정리한다. 흩어진 내 짐도 처음처럼 정리하고, 건조기에서 이불을 꺼내 깨끗한 침구로 바꾼다. 냉장고의 식재료를 확인하고 장바구니를 챙겨 바로 집 밖으로 뛰어나간다. 물을 사고 과일을 사고 요구르트를 사고 비싼 샴페인도 산다. 그리고 꽃집으로 달려가 꽃을 산다. 언젠가 친구가 말했기 때문이다. 싱싱한 꽃을 선물로 받는 게 너무 좋다고. 미리 봐둔 꽃집에서 고심해서 골랐지만, 집에 와서 꽂아놓고 보니 너무 내 취향의 색감이다. 친구는 이런 우중충한 빛깔의 꽃을 좋아할 리 없다. 친구의 꽃은 같이 있을 때 사주자고 마음을 고쳐먹는다. 꽃에 실망할 시간이 없다. 친구가 도착할 때가 다 되었으니 말이다. 파리에 도착하자마자 친구의 휴대폰이 먹통이라 나는 집 앞에 나가서 기다린다.

휴대폰 로밍 따위가 우리의 파리를 방해할 수 없지.

잠시 후, 집 앞에 차 한 대가 섰다. 친구의 밝고 높은 목소리가 먼저 차에서 내린다. 마침내 도착했다. 나의 유일한 동기, 선영이가, 파리에.

 선영이는 이미 나의 책에 여러 번 등장한 인물이다. 그녀는
그 어떤 친구도 갖지 못한 타이틀을 가지고 있다. 바로 '나의
유일한 회사 동기'라는 타이틀. 그 타이틀은 영원히 이 친구만
의 것이다. 나의 퇴사 발표 후 동기와 나는 얼마나 자주 울었
나 모르겠다. 일하다가 문득 카톡을 보내서 '커피?'라고 말할
수 있는 사람이, 점심시간 5분 전에 '오늘 점심?'이라고 말할
수 있는 사람이, 회사 속 작은 고민까지 시시콜콜 다 털어놓을
수 있는 유일한 사람이 갑자기 사라진다니. 떠나는 사람으로
서 나는 남은 선영의 회사 생활이 상상조차 되지 않았다. 누구
에게도 잘 기대지 않는 우리가, 회사 생활을 하면서는 자주 서
로에게 기댔으니까. 그래서 우리는 눈만 마주치면 울었다. 회
의실에서 수다 떨다 울고, 커피 마시다 울고. 자꾸 너무 우니까

나중엔 서로 눈도 안 마주치고 대화를 했다. 결국 그녀는 나의 송별회에도 참석하지 못했다. 웃으며 산뜻하게 퇴사하고 싶었던 나도, 그녀의 참석만은 엄격히 금했다. 하지만 퇴사 후 두 달. 그녀는 파리까지 날아왔다. 오래전, 은퇴하고 꼭 같이 파리를 여행하자던 약속은 이렇게 지켜졌다. 물론 그 약속을 내가 너무나 앞당겨버렸지만.

나는 이미 보미의 사례에서 배웠다. 비행기를 열세 시간 타고 오면 쉬어야 한다는 걸.

"피곤하지? 이 앞에 피자 잘하는 곳 있는데, 내가 잠깐 가서 포장해 올게."

"아니, 나 안 피곤한데? 나가자."

어? 안 피곤하다고? 보미는 분명 열흘 전 선영이와 같은 비행기로 도착했는데? 분명 보미는 그때 피곤하다며 집에 가서 먹자고 말했는데? 나는 갑자기 고장 난다. 밖에 나갈 체력이 있다고? 진짜 괜찮아?

"응. 나 아무렇지도 않은데?"

선영이의 말을 조금 의심하면서도 나는 집을 나선다. 운이 좋았다. 늘 줄이 긴 식당에 오픈 시간에 맞춰 도착했더니 기다리지 않고 야외석에 앉을 수 있었다. 메뉴판을 보며 슬쩍 물어본다.

"그래도 이제 막 파리에 왔는데, 와인 한 잔 할래?"

"좋아. 근데 한 병 시켜도 되지 않을까?"

나는 또 잠깐 고장 났다. 한 잔이 아니라 한 병? 그⋯⋯그래,

시키자. 괜찮겠어? 나는 말끝마다 괜찮냐는 말을 붙인다. 선영이는 괜찮다고 말하며, 아무렇지도 않게 카디건을 벗고 반팔 차림이 되었다. 반팔이라니. 열흘 전 보미는 오자마자 춥다고 파리 유니클로에 가서 히트텍을 사 입었는데. 이토록 극명한 대비라니. 나는 내내 비슷한 옷차림이었는데, 이 두 사람은 왜 이토록 다른 계절을 사는 거지. 뭐가 이렇게나 달라. 터져 나오는 웃음을 참을 수 없었다.

"푸하하. 히트텍 가고 반팔 왔네."

한 세계가 가고 다른 한 세계가 왔다. 겨우 두 시간 만에 세계는 완전히 뒤바뀐다. 여행 친구를 선택하는 건 실은 어떤 여행 세계를 선택하느냐와 같은 문제라는 걸 깨닫는다. 좀 더 친숙한 세계를 택할 것인가, 좀 더 모험심 가득한 세계를 택할 것인가, 요리와 술이 넘치게 흐르는 세계를 택할 것인가. 천천히 오래 보는 세계를 택할 수도 있고, 빠르게 많이 경험하는 세계를 택할 수도 있다. 중요한 건 지금 내게 새로운 세계가 찾아왔고, 덕분에 나는 완전히 다른 파리에 도착했다는 사실이었다. 이 친구에게 내가 지금까지 있었던 보미라는 세계의 이야기를 하지 않을 수 없었다. 수다 보따리는 본격적으로 풀린다.

"밥 먹을 때 와인 한 잔 시켰다가 보미에게는 술 중독이라는 소리 들었잖아."

"보미 언니는 술 못 마셔?"

"걘 주량이 맥주병 목이거든."

대학교 1학년 때였다. 보미가 술에 취해서 전화가 왔다. 너무 횡설수설하길래 얼마큼 마셨냐고 물었더니 기막힌 대답을 했다.

"야, 나 주량이 맥주병 목까지인가 봐. 병 목 부분만 마셨는데, 왜 이렇게 취해?"

아…… 나는 주량이 '맥주병 목'이라는 이야기는 그 이전에도, 그 이후에도 들은 적이 없다. 그러니 와인 한 잔에 보미가 나를 술 중독으로 몰아가는 것도 무리가 아니다. 맥주병 목은 아직 나의 주량을 보지 못했다. 나는 맥주병 목과는 나의 술 세계를 공유하지 않는다. 네놈의 간섭만 아니면 나는 와인 한 병을 마실 수도 있는 사람이라는 걸 어떻게 이해시키지?

맥주병 목 보미는 이해하지 못하겠지만 반팔 선영과 나는 와인 한 병을 나누어 마시고도 아무렇지도 않았기에 저녁을 먹고도 계속 동네 구경을 했다. 걸어서 넷플릭스 드라마 〈에밀리, 파리에 가다〉 주인공이 살던 집 앞을 지나고, 팡테옹 앞을 지나고, 코너를 돌아 이제 생 에티엔 뒤 몽 성당 앞으로 가려는데, 선영이가 벤치를 보더니 너무 신기하다며 앉는다. 아니 눕는다. 지나다닐 때마다 평상같이 크고 비스듬히 만들어진 벤치를 보며 신기하다고 생각은 했지만, 거기에 앉거나 누워 있는 사람들을 보긴 했지만 그게 내 친구가 될 거라고는 상상도 못 했다. 그것도 파리 도착 두 시간 만에. 3주 동안 파리에 있었던 나보다 더 파리를 익숙하게 즐기다니.

"언니도 누워봐. 진짜 기분 좋아."

나는 선영이 옆에 어정쩡하게 눕는다. 선영이는 늘 그래왔던 사람처럼 너무나도 편하게 누워서 이야기를 시작한다. 어제 회사에서 무슨 일이 있었는지부터, 여기 오기 위해 얼마나 무리를 했는지까지 조목조목. 믿을 수 없지만, 하루 전만 해도 회사에서 수석국장이던 친구는, 수석국장을 달자마자 회사 밖으로 도망쳐 온 내 옆에 누워서 그 고단함에 대해 이야기를 한다. 그것이 어떤 유의 고단함이든 나는 다 들어줄 준비가 되어 있다. 19년간 우리가 가장 잘해온 일이 있다면 바로 그것이기 때문이다. 열심히 이야기를 들으면서도 나는 이 비현실적인 모든 장면들에서 시선을 떼지 못한다. 내 오른쪽의 팡테옹에는 집채만 한 프랑스 국기가 바람에 펄럭이고 있고, 내 왼쪽의 오래된 도서관에서는 끝없이 젊은이들이 들어가고 나오고 있고, 그 사이에서 그 둘을 아랑곳하지 않은 채 우리가 여기 누워있다. 밤 9시가 되어도 해가 질 기미는 보이지 않고, 우리의 이 수다가 끝날 기미도 당연히 보이지 않는다.

얼마나 그렇게 있었던 걸까. 슬슬 일어나서 집에 가기 위해 무프타르 시장 길로 접어든다. 아침에 산책하며 들렀던 바로 그 오래된 길이 저녁이 되니 거대한 노천 술집으로 변했다. 좁은 골목길에 빈 공간 없이 테이블이 놓여 있고, 술로 하나 되어 모두가 하나같이 즐거운 얼굴들이다. 여기가 파리인가 베트남인가 아니 시칠리아인가 잠깐 헷갈렸다. 뭐가 중요한가. 그 어디라도 신나는 풍경이니. 동참하지 않을 이유가 없다. 우리도 합류해서 맥주 한 잔을 마신다. 지금까지는 혼자라서 혹은 맥주병 목과 함께라서 한 번도 이 길에 저녁에 나온 적이 없었는데, 반팔 선영 덕분에 처음 도착한 파리에서 나도 신이 난다. 친구의 표정을 보니 그녀는 이미 너무나도 자유다.

딱 한 잔을 마시고 집으로 설렁설렁 걸어가며 나는 다시 묻는다.

"괜찮아?"

"응. 나는 딱 기분 좋은 정도인데? 왜? 언니는 취한 것 같아?"

설마 그럴 리가 있겠니. 나도 딱 기분이 좋구나. 너 덕분에 새롭게 도착한 이 파리도 어쩜 이렇게나 딱 내 취향이니.

어떤 옷은 말을 한다. 보기만 해도 그 사람의 기분과 태도, 오늘 기대하는 바까지 모두 말해준다. 다음 날 아침, 선영이의 옷이 그랬다. 핫핑크 원피스. 살짝만 움직여도 치마 주름이 경쾌하게 흩어진다. 걸음걸음 치마가 춤을 춘다. 덩달아 내 기분까지 캉캉 춤을 춘다. 이 녀석, 파리를 주름잡을 생각인 거다. 아주 오늘을 자기 색으로 물들일 생각인 거다. 옷이 말을 하고 있다. 나는 이미 회사를 탈출했노라고. 엄마라는 이름도 여기서는 잠시 내려놓겠다고.

"이야, 짱 신나는 옷이네."

"그치. 이걸 사놓고 한 번을 못 입었잖아. 도저히 용기가 안 나더라고. 이런 날 입어줘야지."

핫핑크 원피스라니. 회사에서는 19년간 한 번도 본 적 없는 모습이었다. 그 말을 다시 생각해보면, 회사 밖의 이 친구를 나는 지금부터 배워야 한다. 둘이 1박은커녕 따로 여행을 한 적도 없다. 퇴근 후에 같이 술을 마시는 것도 우리에겐 연중행사였다. 하루를 어떻게 보내는 사람인지, 어떤 식의 여행을 하는 사람인지는 당연히 모른다. 하지만 배우면 된다. 오래 걸리지는 않을 것이다. 이미 19년 치의 학습이 있으니까. 친구니까 다 잘 통할 거라는 생각 따위는 하지도 않는다. 우리는 우리가 얼마나 다른 사람인지 너무 잘 알고 있다. 덕분에 19년 동안 이토록 다른 서로를 존중하는 법도 배웠다. 핫핑크 원피스를 입겠다 이거지? 두고 봐. 그럼 나는 최고로 사랑스러운 사진을 찍어주고야 말겠어.

첫 번째 코스는 다시, 오랑주리 미술관이었다. 그렇다. 지난주에 보미와도 이곳에 왔었다. 오해는 말라. 친구 때문에 같은 미술관을 억지로 두 번 오는 희생의 아이콘으로 나를 포장하고 싶지만, 그건 사실이 아니니까. 파리를 목적지로 잡을 때 가장 하고 싶었던 건 좋아하는 미술관에 가고 또 가는 거였다. 하루에 미술관에 쓸 수 있는 에너지는 한정되어 있고, 모든 작품에 다 집중하는 건 물리적으로 불가능하고. 결국 답은 하나다. 가고 또 가기. 때마침 나에겐 두 달이나 있으니. 지난번에는 모네의 작품과 인상파 작품 위주로 봤다면, 오늘 나의 목적지는 '마티스 특별전'이었다. 그때는 스쳐 지나갈 수밖에 없었지

131

만, 오늘은 구글 번역기로 작품 설명까지 다 읽으며 찬찬히 보고 싶었다. 그럼 선영이와 헤어져서 봐야 하나, 라고 잠깐 고민했는데 내 마음을 읽은 것처럼 친구는 미술관에 들어가자마자 나에게 말한다.

"나는 오디오 가이드 빌리는 게 좋을 것 같아. 언니도 필요해?"

"오, 아니. 나는 마티스 특별전에 가 있을게. 이따 만나자."

사실 나에게도 가이드가 필요하다. 미술관을 좋아하는 것과는 별개로, 나의 미술 지식은 거의 없다고 봐야 한다. 좋아하는 마음으로 충분하지 않나, 스스로를 합리화하고 싶지만 그걸로는 충분하지 않다는 걸 매 순간 느끼고 있다. 워낙 뭘 기억하지 못하다 보니 책을 읽어도 모든 지식은 싹 다 휘발된다. 놀라울 정도로 아무것도 기억하지 못한다. 어쩌겠는가. 이런 내가 나의 환경인 걸. 나에게 시간을 주는 수밖에 없다. 다행히 파리의 미술관은 친절하다. 대부분의 작품 옆에는 길게 설명이 적혀 있다. 심지어 우리에겐 좋은 번역 앱들이 많다. 구글 렌즈를 거기에 갖다 대기만 해도 1초 만에 모든 번역이 완성. 더 알고 싶은 게 있다면 그 자리에서 그 작품을 검색하면 된다. 심지어 평일 낮에 가면 아무리 유명한 특별전도 한산한 편이다. 보고 싶은 그림 앞에서 얼마든지 시간을 써도 된다. 나의 가난한 지식, 나의 부유한 시간으로 메꿔주겠어.

지난주에 친구와 색감만 보며 환호했던 마티스의 그림들이 구글 렌즈의 번역 아래 이해되기 시작한다. 전혀 읽지 못했던 그의 작품의 변화가 그제야 보이기 시작한다. 그 유명한 화가의 고민도 여실히 드러난다. 지난주에는 알지 못했다. 그것까지 하나하나 알아볼 여유와 체력이 없었다. 하지만 이제는 다르다. 그림이 하는 말이 들린다. 그 말을 듣고 떠오르는 감정들이 있다. 수첩을 꺼낸다. 적기 시작한다. 곧 또 다 잊어버릴 나를 위해 나는 충실한 서기가 되기로 한다.

2023년 5월 21일 / 선영과 오랑주리 / 다시, 마티스 전
  가장 용기가 되는 건 과정들. 그림을 그린 과정을 그대로 기록한 20개의 사진 속에서 없던 무늬가 생기고, 줄무늬는 격자무늬로 바뀌고, 다리의 모양이 바뀌며 그림 속 여자의 고개가 빳빳하게 들리는 걸 본다. 가장 완벽한 상태를 찾는 것이 아니라 가장 적절한—자신의 스타일에, 자신의 세계에 맞는—작품을 찾는 과정. 그 여정. 그것이 내 세계를 찾는 뭔가를 하고 싶다는 생각과 연결된다. 거의 아무것도 그리지 않고 6개월 동안 떠난 마티스의 타히티섬 여행을 기억할 것.

  그림 속 세계에는 옳고 그름이 없었다. 다만 화가의 선택이 필연이 될 뿐이다. 이곳은 거대한 성공의 세상이 아니라, 나만의 세상 속에서 나만의 빛남을 쟁취해나가는 세상이다. 내가 창조주인 나의 세상 속에서 나만의 필연을 찾아가는 여정. 마티스 전시에서 유독 내 마음을 울린 건 그 여정이었다. 그의 고민이, 그의 방황이, 그의 선택이 고스란히 담긴 작품들이 지금 내 눈앞에 있다. 그것이 나에게는 큰 자극이었다. 영원히 머물고 싶은 자극. 품이 넓어 언제든 새롭게 해석되는 자극. 나는 잔뜩 상기된 얼굴로 선영이를 만났다. 나와 달리 선영이는 담담했다. 오디오 가이드를 들으며 이곳을 둘러본 것만으로도 친구에게 이 미술관은 소임을 다했다는 걸 알 수 있었다. 당연히 모두가 파리의 미술관을 사랑할 수는 없다. 그녀의 행복이 미술관 형광등 아래에 없다면 다른 곳을 찾아보면 된다. 파리는 크고, 그 매력은 결코 하나가 아니니까. 그럼 친구에게 꼭 맞는 행복은 어디에 있을까.

밖에. 그러니까 미술관 밖의 모든 곳에. 여유로운 공원 안에. 공원의 모든 나무를 지나, 잊지 않고 내 몸에도 도착해주는 바람 속에. 튈르리 정원의 의자에 다리를 뻗고 가장 편안한 자세로 앉아 해를 정면으로 마주보는 그 순간 속에. 장미꽃을 좋아하지 않는 사람도 사진을 찍게 만드는 팔레 루아얄 정원의 5월 장미 속에. 그 장미들 옆에 일렬로 도열한 나무를 바라보며 커피를 마실 수 있는 노천카페에. 친구의 천국은 바깥세상의 그 모든 곳에 있었다. 멀리 헤맬 것도 없었다. 그 모든 곳에서 친구는 너무나도 자연스럽게 주인공이 되었다. 핫핑크 원피스를 입고 가장 느긋하게 그 순간을 온전히 가졌다. 여행 오기 전 친구에게 물었다. 파리에서 뭘 하고 싶냐고. 친구는 조금의 망설임도 없이 대답했다. 노천카페에서 여유롭게 앉아 있고 싶다고. 친구의 말은 진심이었다. 그 진심을 믿었어야 했다.

하지만 나는 조금 조급했다. 벌써 3주 전에 이 도시에 도착한 나는, 친구에게 보여주고 싶은 것이 너무 많았다. 여유롭게 걷고도 싶었고, 걷다가 우리만의 보물 같은 가게를 우연히 발견하고도 싶었고, 오래도록 기억에 남을 예쁜 카페에도 가고 싶었고, 한국에서는 구하기 힘든 식재료로 뭔가를 만들어보고도 싶었다. 우리의 19년을 축하하고 앞으로의 시간을 응원하며 근사한 레스토랑에도 앉고 싶었다. 그러니까 친구가 우리의 파리 기억을 최고로 간직할 수 있는 그 모든 것을 하려고 했다. 수시로 지도를 들여다보며 다음 계획을 세우고, 머릿속으로 시간을 분배하며 혼자 분주했다. 자꾸 친구의 여유를 깨고 말했다.

"이제 슬슬…… 일어설까?"

결국 3일째 되던 날 친구가 말했다.

"그거 알아? 아까 스타벅스에서 커피를 받자마자 '저녁 어디 가서 먹고 싶어?'라고 물은 거."

파리까지 가서 웬 스타벅스냐고 묻겠지만(실은 나도 오기 전엔 그랬던 사람이다) 파리 스타벅스 카퓌신점의 내부를 보면 그런 말이 사라진다. 제일 잘나가던 귀족의 집을 개조해서 만든 것 같은 착각을 주는 이곳에 앉아서 커피를 마시는 가격이 겨우 5천 원이라니. 수많은 관광객이 이곳에 몰릴 수밖에 없는 이유다. 나도 친구와 함께 그곳에 도착해서, 치열한 눈치 싸움 끝에 자리를 잡고, 오래 줄을 서서 주문을 하고, 다시 오래 기다린 끝에 커피를 받아서 자리에 앉았다. 앉자마자 물은 것이다. 이제 막 이곳을 즐기려는 바로 그 순간에 다음 계획을 다그친 거다. 시킨 사람은 아무도 없는데, 나 혼자 또 친구의 일주일에 대해 책임감을 느끼고 있었던 거다. 나는 감추고 싶은 내 모습이 들킨 것만 같아서 너무 부끄러웠다. 같이 오롯이 그 순간을, 그 장소를 즐기는 사람이 되고 싶었는데. 난 또 왜 이런 거지. 이런 나를 미워하는 것도 이제는 지겨운데.

하지만 다행이었다. 선영이가 함께라서. 어떤 상황에서도 긍정을 잃지 않는 그녀의 성향과 하고 싶은 말을 부드러우면서도 단호하게 할 수 있는 그녀의 능력을 나는 깊이 신뢰하고 있었으니까. 어떤 문제가 생겨도 그녀는 방법을 찾아낼 거라는 걸 나는 알고 있었다. 너무 오래 쌓아두지 않고, 너무 나에게 내맡기지 않고, 나의 조바심을 달래면서, 친구는 정확하게 원하는 것을 말했다.

"나는 오늘 아침의 그 풍경이 잘 보이는 곳에 앉아서 느긋하게 아침을 보내고 싶어."

상상치도 못한 소원 앞에서 나는 웃음이 터져 나왔다.

"얼마든지. 그거라면 정말로 얼마든지. 그 소원, 내일 아침에 내가 들어준다. 딱 기다려."

친구가 파리의 알라딘 램프를 문지르며 소원을 말했다. 이제 내가 지니로 변신할 차례였다.

파리에 도착한 첫날부터, 아침 산책을 할 때면 나는 늘 선영이에게 메시지를 보냈다.

'여기는 이제 아침. 나는 아침 운동하러 나간단다.'

'대박. 산책하다가 발견했어. 우리 동네에 바게트 대회 1등한 집이 있어!!!!!!!!!'

'공원은 아침 7시 반에 열어. 너 오면 우리 아침에 여기 같이 달리자. 짱 좋겠다.'

회사에서 일하고 있을 게 분명한 친구에게, 정확히 이 친구에게만 이런 메시지를 보낸 이유는 간단하다. 결코 놀리기 위해서가 아니었다. 친구가 파리에 오면 아침에 달리고 싶다고 말했고, 맛있는 바게트를 혼자서 하나 다 먹겠다는 포부를 밝혔고, 그리고 카페에서 느긋하게 시간을 보낼 거라고 말했기 때문이다. 그게 친구 계획의 전부였다. 그러니 나의 이런 아침 메시지에 가장 열광적으로 반응하는 사람은 바로 그 친구였다.

'언니, 나 파리 가서 뛰려고, 어제도 한강 뛰고 왔어.'

하지만 내 머릿속에 그건 아침 잠깐의 일정일 뿐이었다. 오전 내내 산책을 할 것도 아니고, 오전 내내 바게트를 뜯을 것도 아니니까. 서울에서는 즐기기 힘들었던 아침을 파리에서 조금 느긋하게 즐겨보고 싶은 거라고, 나는 가볍게 생각했다. 친구와 직접 아침을 보내기 전까지는.

친구와의 첫날 아침, 눈을 떴더니 침대엔 나 혼자였다. 친구는 나보다 먼저 일어나서 식탁에 앉아 있다가 뒤늦게 잠에서 깬 나를 보더니 한마디 했다.

"우리 공원 갔다가 빵 사 올까?"

열흘 동안 혼자 보미의 빵 셔틀을 담당했는데, 이제는 선영이와 함께할 수 있다! 신난 나는 보란 듯이 앞장선다. 드디어 우리 집 앞 보물을 보여줄 차례다. 내가 맨날 자랑하던 곳이 여기야, 이 시간에 여기를 걸으면 얼마나 기분이 좋은 줄 알아? 우쭐해하며 뤽상부르 공원에 들어섰는데, 선영이가 설렁설렁 걷던 나를 지나쳐 갔다. 주저 없이 잔디밭 한가운데로 성큼성큼 걸어 들어갔다. 나는 정말로 깜짝 놀랐다. 어제저녁엔 팡테옹 옆 벤치에 흘러덩 누워 나보다 더 파리에 익숙해 보였던 친구는, 이제 내 보물의 심장으로 돌진했다. 벤치에 누울 줄도 몰랐던 나는, 당연히 잔디 한가운데로 들어가는 것도 상상하지 못했었다. 늘 잔디 주변으로 난 길을 걸었고, 잔디에 들어가더라도 가장자리에 잠깐 들어갔다가 나오는 식이었다. 하지만 여기엔 '잔디 출입 금지' 푯말이 없다. 잠시 후면 이 잔디밭 위에 모두들 피크닉 매트를 깔 것이다. 눕거나 앉거나 책을 읽거나 술을 마실 것이다. 늘 붐비는 그곳이 지금은 우리만의 것이다. 못 들어갈 이유가 없었다. 아니, 안 들어갈 이유가 없었다. 놀라운 깨달음이었다.

혼자 있을 때도 나는 선을 넘지 못한다. 하지 말라는 건 하지 않고, 하면 안 될 것 같은 것은 건드리지도 않는다. 결국 들킬 것 같고, 결국 망할 것 같다. 불안한 건 질색이다. 영화를 보다가도 등장인물들이 하지 말라는 행동을 하면 그때부터 엄청나게 불안해한다. 왜 저래. 하지 마 좀. 하지만 선을 넘어야 다른 이야기가 펼쳐진다. 선을 넘어야 예상치 못한 세상을 마주할 수 있다. 선을 좀 넘어야 비로소 인생은 풍성해진다. 20년 만에 회사라는 울타리를 넘는 용기를 내놓고도, 여기서 또 고분고분하게 주변만 알짱거리고 있는 내 손을 붙들고 친구가 선을 넘었다. 그 순간 나를 찾아온 해방감은 어떻게 표현해야 할까. 막혀 있는 줄도 몰랐던 마음 구석구석까지 바람길이 나는 것 같았다. 내내 접혀 있던 날개가 살짝 펼쳐진 것도 같았다. 자연스럽게 고개를 들고, 숨을 아주아주 깊숙이 들이마셨다. 오늘 이 풀밭의 첫 주인공은 우리다.

우리의 앞뒤로 풀밭이 쭉 뻗어 있다. 그 끝에 우뚝 선 뤽상부르 궁전을 정면으로 마주한다. 몸을 끝까지 쭉 늘려본다. 다리를 쭉 펼쳐본다. 허리를 왼쪽으로 오른쪽으로 쭉쭉 늘려본다. 물론 평소 운동량이 턱없이 부족한 우리의 몸은 생각만큼 쫙 뻗어지지 않는다. 아마도 내 머릿속의 나와 실제의 나는 전혀 다른 모습일 것이다. 그러거나 말거나 풀밭 위에서 우리는 이미 발레리나다. 해방감은 현실의 벽을 가뿐히 뛰어넘는다. 마구잡이로 몸을 굽히고 펼치며 우리는 터져 나오는 웃음을 참지 않았다. 걱정 한 톨, 억울한 감정 한 톨 없는 웃음이었다. '오늘도 회사에 가야 해?'라는 볼멘소리 대신, '오늘은 어디 가볼까?'라는 설렘만 가득 찬 웃음이었다. 서울에서 파리 5구까지 그 먼 거리가 해방의 웃음으로 가득 찼다. 이 아침의 마지막 선물은 당연히 기막힌 바게트였고.

다음 날에도 우리는 눈을 뜨자마자 나갔다. 다시 풀밭의 주인이 되어 스트레칭을 약간 하고, 달리기를 약간 하고, 걷기를 약간 한다. 어제와 다른 빵집에 가서 또 다른 빵을 고른다. 나오자마자 함께 빵을 뜯어 먹으며 걷는데, 문득문득 선영이가 내게 말해준다.

"저것 봐. 아빠가 저렇게 슈트를 잘 차려입고 애들 둘을 데리고 학교에 가네."

"와. 저 아빠는 애들 둘을 자전거에 태웠어."

"그냥 편하게 나온 차림새가 아니야. 다들 애들 데려다주고 일하러 가는 거야."

"언니, 아무도 차로 데려다주지 않아. 전부 걷거나 자전거로 데려다줘. 너무 보기 좋다."

　친구의 그 모든 말에 나는 "오……" 혹은 "그렇네……" 정도로밖에 대답할 수 없었다. 한 번도 내가 본 적이 없는 풍경이었으니까. 같은 길을 같은 시간에 수없이 지나다녔으면서도 내 눈에는 안 보인 풍경이었으니까. 이건 두 아이의 엄마인 선영이에게 유독 잘 보이는 풍경. 아이들 둘을 챙기면서 시작하는 아침을 십수 년째 보내고 있는 친구는 이곳의 다름을 예민하게 포착했다. 어떤 풍경보다 흥미롭게 그 모든 아침을 바라보며, 친구는 자꾸 감탄하거나 미소 지었다. 그 사실이 내겐 다시 놀라움이었고.

　스타벅스에서 친구가 말한 건 바로 이런 순간이었다. 뭔가 또 대단한 것을 찾아 나서려는 나에게, 친구는 이 순간을 더 찬찬히 들여다보고 싶다고 말하고 있었다. 자신을 고객으로 여기지 않길 주문하고 있었다. 너도 여행을 온 거고, 나도 여행을 온 거고, 우리 둘의 여행이 이곳에서 문득 겹친 것뿐이니 너무 조급해하지 마. 나는 그냥 아침을 좀 더 느긋하게 바라보고 싶어. 그것만으로도 충분해. 친구의 이 말은 김민철여행사에 곧바로 전달되었다. 어려울 게 하나도 없는 고객의 주문이다. 아니, 오히려 나는 한 번도 제대로 보지 못한 순간을 친구와 함께 여행할 기회였다.

　다음 날 아침, 우리는 가방을 멘 아이들이 향하는 방향으로 같이 걸었다. 그 길 끝에 학교가 있을 테니까. 사실 파리를 돌아다니며 학교를 찾는 건 어려운 일이다. 관광객들 눈에는 전혀 띄지 않는다. 우리나라처럼 커다란 운동장이 있거나, 담장이 길게 있거나, 교문이 있지 않다. 보통의 집들 사이에 보통의 문이 하나 덩그러니 있을 뿐이다. 아마 그 안으로 들어가면 운동장도 있고 커다란 미끄럼틀도 있겠지. 들어가본 적이 없으니 알 수 없다. 다만 일반 집들도 대문을 열고 들어가면 완전히 다른 공간이 펼쳐지니 학교도 그런 게 아닐까 짐작할 뿐이다. 아이들을 뒤따라가니 학교가 있는지도 몰랐던 곳에 선생님이 서 있다. 머리를 아주 짧게 자르고 코에는 피어싱을 한 여자 선생님이 교문 앞에서 중학생쯤 되어 보이는 아이들을 하나하나 맞아주고 있었다. 커다란 아이들이 순한 강아지처럼 머릿결을 찰랑이며 교문으로 뛰어들어갔다. 교문이 닫혔다. 중학생들의 등교 시간이 끝나자 이제는 거리에 초등학교 저학년들의 행렬이 이어졌다. 졸졸 그 아이들을 따라가니 매일 무심히 지나다니던 곳도 학교였다는 사실을 알게 되었다. 이곳 교문 앞에도 선생님이 있었다. 우리는 재빨리 근처에 자리를 잡았다. 이 아침의 귀여움을, 우리가 마음껏 누려줄 테다.

탁탁탁탁. 두 명이 멀리서 헐레벌떡 뛰어온다. 아빠 손을 붙잡고 정문까지 뛰어온 아이는 잠깐 멈춰 서서 아빠에게 뽀뽀를 하더니 바로 뒤돌아 학교로 뛰어 들어간다. 또 한 아이는 엄마와 뽀뽀를 하고, 엄마의 무릎을 꿇게 한다. 그러고는 목마를 타고 있는 동생에게 뽀뽀를 하고 돌아서다가 다시 와서 또 동생에게 뽀뽀를 한다. 귀여운 아이가 동생이 귀여워 어쩔 줄 모른다. 그 지독한 귀여움을 눈에 담는다. 강아지와도 뽀뽀를 잊지 않는 아이의 모습도 꼭꼭 저장해둔다. 저 멀리서 엄마가 아이 둘의 손을 잡고 달리고 있다. 막 교문을 닫으려던 선생님이 큰 소리로 응원을 보낸다. 우리도 옆에서 덩달아 응원하는 마음이 된다. 휴, 골인. 교문은 닫혔다. 당연히 지각생이 달려왔고, 지각생도 부모와 뽀뽀는 잊지 않는다. 8시 30분. 귀여움을 하루치 총량 이상으로 담았다. 이걸 소화하기 위해서는 시간과 커피와 빵이 필요하다.

지나가다 봐둔 예쁜 카페에 들어간다. 한적한 카페에 앉아 카푸치노와 크루아상을 시킨다. 비현실적으로 봉긋하게 우유 거품이 올라온 카푸치노를 마시면서 따뜻한 크루아상을 먹는다. 몰랐다. 유명하지도 않은 동네 카페에서 이토록 맛있는 크루아상을 먹게 될 줄은. 이토록 쉽게 만족하는 우리니까 굳이 멀리 가지 않아도 될 것이다. 집 앞 빵집의 따뜻한 바게트가 가장 맛있고, 집 앞 카페에서 따뜻하게 내주는 크루아상이 제일 맛있다는 걸 오늘 알게 되었으니. 그리고 우리의 행복은 이토록 간단한 레시피로 완성된다는 사실도. 물론 그 행복은 각자에게 아주 다른 모양이다. 내 행복은 자주 미술관에 있었고, 내가 찍는 파리 사진들에 자주 있었고, 덕분에 나는 끝없이 헤매는 여행을 택했다. 친구의 행복은 여유로운 아침에, 편안한 자세에, 햇빛과 바람에 있었다. 파리에 무엇이 유명하든 말든 친구는 자신의 행복 앞에 스스로를 데려다주는 법을 알고 있었다.

그 아침, 나는 친구의 행복을 배웠다. 머리로는 이미 알고 있었지만, 마음 깊이 이해하지 못했던 것을 그날 아침에 차근차근 배웠다. 친구의 느긋함 앞에서는 시간도 순하게 흘렀다. 꼬리를 설렁설렁 흔들며 순하게 우리를 기다려주었다. 이토록 순한 아침이 우리에게도 있었다.

선영이가 말한다.

"언니가 불어를 할 줄 알아서 너무 편해."

나는 화들짝 놀란다. 정색을 하고 말한다.

"야야, 내가 무슨 불어를 할 줄 알아. 불어를 이렇게나 한마디도 못 하는데."

"하진 않아도 대충 단어를 알아듣잖아. 읽기도 하고. 나는 완전 까막눈인데, 언니는 달라."

친구의 말은 진실에서 아주 멀리 떨어져 있다. 하지만 완전히 거짓이라고 말하기도 조금 어렵다. 어쨌거나 나는 오래도록 불어 공부를 해왔다. 첫 시작은 중학교 마지막 방학 때였다. 그때 나는 대구에 딱 하나 있는 불어 학원에 스스로 찾아갔다. 배정받은 고등학교의 제2외국어는 독일어였지만, 나는 불어가 하고 싶었다. 그 마음엔 허세가 가득했다. 학교 성적과 관계없는 언어를 취미로 해, 라니. 어린 마음에 그건 대단한 멋이 아닐 수 없었다. 하지만 그건 내 마음속의 일이고, 언어 공부의 현실은 냉정했다. 유학이나 이민을 앞둔 사람들과 한 반에서 수업을 하는데, 나에겐 그 간절함이 없으니 자주 졸았고 금방 뒤처지기 시작했다. 두 달을 배우고 10년을 넘게 쉬었다. 기억나는 건 아무것도 없다.

회사원이 된 나는 서울의 한 프랑스 어학원의 기초반을 다시 찾았다. 그땐 나에게도 간절함이 있었다. 불어를 배워서, 회사를 그만두고 프랑스로 오래도록 여행을 가자는 계획. 그 계획이 간절한 만큼 나는 또 무리를 해버렸다. 새벽 5시에 일어나 용인에서 출발하는 첫 버스를 타고 강남에 가서 아침 7시 수업을 들은 후에 출근을 했다. 물론 오래 그 생활을 할 수는 없었다. 야근이 많았고, 새벽 기상은 힘들었고, 불어는 가혹했다. 두 달을 다닌 후에 주말반으로 옮겨서 더 다녀보았지만 4개월이 나의 한계였다. 다시 불어는 내 기억 속에서 폐기되었다.

2년 전, 남편이 어학 앱으로 스페인어 공부를 시작했다. 그러면서 나에게도 어학 공부를 권했다. 물론 나는 거부했다. 어차피 다 잊어버릴 거, 공부를 왜 해. 남편은 콕 집어 불어 공부를 권했다. 나는 손사래를 쳤다. 난 불어는 영원히 못할 운명이야. 말을 그렇게 하면서도 나는 여전히 불어가 가장 아름다운 언어라고 확신했다. 책상 앞에 앉으면 자주 프랑스의 클래식 음악 라디오를 틀었다. 'Radio Classique'라는 앱에서는 클래식 음악이 나오고 중간중간 설명을 불어로 해줬다. 한마디도 알아듣지 못했지만, 그 송송거리고 목을 흐흐 긁으며 빠르고 동그랗고 우아하게 말하는 이국의 언어가 그냥 좋았다. 써먹진 못하더라도 그냥 좋으니까 해볼 수도 있는 거 아닐까. 어차피 실패할 거라면 한 번만 더 해보고 실패하는 건 어떨까. 그래서 어느 날, 다시 공부를 시작했다.

공부라고 말하기엔 조금 머쓱하다. 어학 앱으로 하루 10분 공부하는 게 전부였으니까. 출근길 지하철역으로 걸어가는 10분, 그 10분이 나에겐 불어 공부의 시간이었다. 이번엔 성공할 거라는 기대도 없이, 대단한 의미 부여도 없이, 그냥 기계적으로 10분. 너무 출근하기 힘들었던 날 아침에는, 그 10분을 채우며 생각했다. 이 10분이 계속 쌓일수록, 프랑스로 가는 날에 가까워지는 거야. 10분도 채우기 싫었던 날에도 앱은 켰다. 이렇게 한다고 해서 프랑스가 가까워질 리도 없잖아, 억울한 마음이 올라와도 1분이라도 꾸역꾸역. 아무리 바빠도 어떻게든 꼬박꼬박. 그렇게 500일을 채우고 프랑스로 날아왔고, 당연히 나는 불어를 하나도 말할 수 없었다. 하루 10분으로는 기적이 일어나지 않는다. 너무나 당연하게도. 너무나 허탈하게도.

하루는 보미와 같이 지하철을 타려는데 파리 지하철 티켓이 또 먹통이었다. 뭐가 문제인지 몰라도 10장을 사면 6~7장이 먹통이 되었다. 창구로 가면 직원이 그 티켓들을 새것으로 교

체해줬는데, 그날은 창구도 닫혀 있었다. 어쩔 수 없이 한 장을 새로 구입하고, 도착지에서 창구로 갔다. 지하철 티켓들이 먹통이 되었으니 바꿔달라는 말을 하는데, 나는 영어로 계속 말하고, 그는 불어로 계속 이야기를 하고, 대화는 점점 산으로 가기 시작했다.

"These tickets are not working(이 표들이 고장 났어요)."

"(알아들을 수 없는 불어를 쏟아내는데, 고장 난 티켓으로 어느 역에서 어떻게 탔냐고 묻는 것 같았다)"

"No, No. I mean……(아니, 그러니까 내 말은)."

"(고장 난 티켓을 가져가더니 검사를 하면서 점점 우리를 의심스러운 눈초리로 바라보며 불어를 계속 쏟아냄)"

"(영어로 계속 설명하려고 했지만, 상대가 아예 알아듣지 못한다는 걸 깨달음)"

"(그는 이제는 우리가 탄 역을 검색하면서 거기에서 누가 우리를 공짜로 태워줬는지 알아보려 함)"

어쩔 수 없었다. 우리는 점점 불리해지고 있었다. 역무원은 우리를 무임승차자로 의심하는 것이 분명했다. 그는 이 고장 난 티켓으로 어디서 어떻게 탔는지 알아보려는 중이었다. 불어를 꺼내야 했다. 이것은 생존 불어. 여기서 우리를 구해줄 수 있는 건 오직 불어. 머리를 빠르게 돌렸다. 아는 단어들을 조합하기 시작했다. '사다'는 불어로 'acheter', '새로운'은 'nouveau', '티켓'은…… 불어도 티켓 아닌가? 자 그럼 이걸 이어보자…….

"J'achete un nouveau ticket(나는 새로운 티켓을 삽니다)."

갑자기 그의 얼굴이 밝아졌다. 우리는 그의 수사망에서 순식간에 벗어났다. 그는 우리가 방금 새로 산 티켓을 확인하더니, 고장 난 티켓들을 모두 새 티켓으로 바꿔주었다.

"봤나. 장난 아니제."

"니 불어 끝장난다잉."

"이건 정말 내 불어 인생에 하이라이트다. 와, 진짜, 불어로 문제를 해결하다니. 와…… 내 좀 멋있네."

500일을 공부해서 겨우 '나는 새로운 티켓을 삽니다'를 이야기하고는 그런 스스로를 기특해하다니. 과거 시제도 몰라서 저렇게 현재형으로 겨우 말해놓고는 기뻐하다니. 어이없게 느껴진다는 거 안다. 하지만 계속 공부하기 위해서는 이 정도 작은 불씨에도 화들짝 놀라야만 한다. 스스로에 대한 기특함을 잔뜩 불어넣어 그 불씨를 키워야만 한다. 어른의 공부가 그렇다. 특히나 시험이 목적이 아니고, 어떤 필요가 목적이 아닐 경우에는 계속 공부를 해야 하는 이유가 희미해지기 십상이다. 좋아하는 마음은 처음엔 원동력이 되어주지만, 그것이 성실성까지 담보해주지는 않는다. 방심하고 있다가는 '이걸 해서 뭐 하나'라는 마음이 들불처럼 커져서 결국 지금까지 해온 것들을 다 태워버린다. 삽시간에 모든 것을 무로 되돌리는 상황을 아주 많이 봤다. 아니, 아주 많이 겪었다. 그렇게 나에게 의미 한 줄 남기지 못하고 산화한 배움들이 얼마나 많은가. 그러니 나는 고작 문장 하나에 그토록 흥분할 수밖에 없었다. 흥분하며 나의 기를 돋울 수밖에 없었다.

부끄럽지만 저 일을 제외하면, 프랑스에 있으면서 불어를 써본 적이 거의 없다. '안녕하세요. 고맙습니다. 커피 한 잔 주세요. 영수증 주세요.' 이것이 내가 쓴 불어의 거의 전부일 것이다. 하지만 친구들이 나를 보며 불어를 할 줄 안다고 느끼는 데에는 이유가 있다. 어쨌거나 나는 '읽으려고' 한다. 메뉴판을 읽으며 친구들에게 대략 음식을 소개해주고, 입간판을 읽으며 왜 오늘 문이 닫힌 건지 설명을 해준다. 어쨌거나 '이해해보려고' 한다. 한 단어만 들려도 대충 무슨 말을 하는지 유추를 한다. 물론 내 입에서는 언제나 영어만 튀어나왔지만. 핵심은 태도였다. 모른다, 대신에 알아보려고 노력하는 것. 내가 아는 작은 지식들을 조합해서 이해해보려고 노력하는 것. 뒷걸음질 치지 않는 것. 이 세계와의 접점을 어떻게든 찾아보려는 것. 500일의 어학 공부가 내게 준 건 바로 그거였다.

파리에서도 나의 불어 공부는 계속되었다. 지하철 안에서, 공원 벤치에서 틈만 나면 앱을 켰다. 친구가 몽마르트르 언덕의 공원에 누워 햇빛 샤워를 하는 동안에도 나는 햇빛 알레르기를 피해 그늘 아래에서 불어 공부 앱을 켰다. 오늘의 이 공부가 언제 현실의 나와 연결될지는 알지 못한다. 구글맵이 이토록 잘 되어 있는 세상에 살면서, 과연 내가 불어로 호텔 위치를 물을 일이 있을까 싶고, 나의 새 사무실을 불어로 소개해줄 일이 있을까 싶다. 하지만 계속하는 거다. 어린 시절, 한글을 처음 배우고 간판을 계속 읽었을 때의 즐거움을 나는 또렷이 기억하니까. 좀 더 자라 알파벳을 배우고, apple을 처음 배우고 얼마 지나지 않아 TV에서 apple이라는 글자를 봤을 때 그 기쁨을 잊지 못하니까. 이 낯선 언어가 나에게 새로운 세상을 열어줄 일이 있을지도 모른다. 없을 거라고 누가 확신할 수 있는가.

한국에 돌아와서 만난 선영이가 말했다. 가게에서 입장을 기다리는 그 짧은 시간에도 휴대폰을 꺼내서 불어 공부를 하는 모습을 보고 진짜 깜짝 놀랐다고. 어쩜 그렇게 성실하냐며 친구는 고개를 절레절레 흔든다. 기억력을 상실한 나는 성실함으로 이 세계와 만나고 있다. 어쨌거나 계속하고 있다. 매일의 조금이 매일 조금씩 쌓이고 있다. 언젠간 진짜로 잘하게 될지도 몰라, 불어.

아침잠에서 헤매는 중에 친구가 먼저 일어났다. 친구는 책을 챙기더니 공원으로 먼저 나갔다. 고요한 집이 낯설다. 이 집이 친구들로 북적인 지도 벌써 2주가 넘는다. 조금 지친 나는 침대에 더 누워 있다가 천천히 일어나 옷을 갈아입는다. 세수는 생략하고 선크림을 바르고 모자를 쓰고 나선다. 친구는 공원 의자에 앉아서 오렌지 주스를 마시며 책을 읽는 중이다. 파리에서 세수도 안 한 두 명이 일상인 듯 나란히 앉는다. 친구가 말한다.

"언니, 이 주스 한 병이 겨우 2유로야. 이렇게 신선하게 바로 짜주는데 겨우 2유로. 이게 한국에서는 얼마인지 알아? 내가 백화점 지하에서 이것보다 작은 거 한 병을 사 마시는 데에도 얼마나 큰마음을 먹어야 하는데. 그게 나한테는 진짜 큰 사치거든. 나 가고 나면 언니는 이거 많이 사 마셔. 한 병 마실 때마다 '내가 지금 돈 번다' 생각하면서 마셔. 김민철에게 주는 숙제야."

'나 가고 나면'이라고 시작하는 말이 부쩍 많아진다.

"나 가고 나면 나중에 이 카페에 아침 일찍 와서 책 읽어줘."

"나 가고 나면 혼자 꼭 이 도서관에 와서 저 사람들처럼 글 써줘."

"나 가고 나서도 계속 이렇게 아침에 운동해야 해."

떠날 때가 가까워진 것이다. 떠나올 땐 '일주일이나'였지만, 여행지에 도착하면 그 말은 순식간에 '일주일밖에'로 바뀐다. 가장 부지런히 여유를 찾아다니는 이 친구에게, 파리는 야속할 정도로 유한하다. 그렇다고 해서 친구는 나를 다그치지 않는다. 늦잠 자는 나를 기다리는 대신, 혼자서 집을 나선다. 지나가다 오렌지 주스를 보면 바로 사 마신다. 혼자서 빵집에 들어가서 먹고 싶은 빵을 포장한다. 미술관에 가고 싶어 하는 나와 산뜻하게 헤어지고, 혼자의 길로 간다. 오후에 다시 만나면 셰익스피어 앤 컴퍼니 서점 앞에 적힌 문구를 보며 울컥했다며, 자신이 느낀 감동을 나에게 기꺼이 나누어준다. 그럼 나도 오늘 간 피노 컬렉션 미술관이 얼마나 웅장했는지, 얼마나 부유했는지, 현대미술을 잘 몰라 또 당황했는지 친구에게 들려준다.

우리는 헤어지고 다시 만난다. 같은 장소에 시차를 두고 도착한다. 내가 좋아했던 카페에 친구가 앉았다가 일어서고, 내가 좋아했던 로댕 미술관에 친구가 혼자서 다녀온다.

"거기 너무 좋더라."

"그치? 나는 〈칼레의 시민들〉을 특히 좋아해서, 그 습작들이랑 완성작 보는 게 제일 좋았어."

"응. 미술관도 좋았는데, 그 앞 정원이 진짜. 오늘 이 날씨에 그 정원에 누워 있으니까 너무 여유로운 거 있지? 언니 나중에 로댕 미술관에 갈 때 꼭 피크닉 매트 들고 가."

같은 미술관도 이렇게 다르게 즐긴다. 이토록 다른 친구가 틈틈이 혼자를 즐기니, 나도 마음을 놓고 종종 나의 길을 간다.

따로 좋은 시간도 충분히 갖고, 같이 또 좋은 시간도 늘려간다. 르 봉 마르셰 백화점에 가서 같이 식품관의 지옥에서 헤맨다. 모든 걸 다 사고 싶지만, 모든 게 다 궁금하지만 그 어떤 궁금증도 해소하지 못한 채로 고개를 돌릴 수밖에 없으니 이곳이 지옥 아닌가. 무거운 건 패스, 당장 먹을 수 없는 것도 패스, 궁금하지만 요리 방법을 모르는 것도 패스. 결국은 또 소금 앞에 선다. 세상에 이렇게나 다양하고도 예쁜 소금들이라니. 이미 여행을 다니면서 천 년 동안 먹을 소금을 쟁여둔 나는 애써 후추로 시선을 돌린다. 친구는 예쁜 소금과 금색 후추를 산다. 금색 후추를 뿌려주는 엄마가 될 생각에 친구의 표정은 벌써 아이처럼 무구하다. 버터 코너에서도 한참을 고민하다가 다른 종류의 두 가지 버터를 사 와서 비교하며 먹어본다. 쓸데 없이 진지하게 음미하고, 우리끼리 엄중한 평가를 내린다. 그렇게 인생 최고의 버터를 갱신한다. 슈퍼마켓 햄 대신, 집 앞 정육점에서 잠봉을 딱 필요한 만큼만 주문하고 기뻐한다. 보일 때마다 오렌지 주스를 왕창 사 마신다. 생마르탱 운하에 앉아 맥주 한 캔씩을 마시며 젊은이들 틈에 끼어본다. 시간이 지금까지 우리에게 얼마나 가차 없이 굴었는지 우리는 아니까, 애써 더 느긋해진다. 허락되지 않을 것 같은 시간을, 허락되지 않을 것 같았던 모양으로 살아버린다. 몽마르트르 언덕을 코앞에 두고도 언덕에 오르는 대신 밥을 먹으며 여유롭게 수다를 떤다. 다시 핫핑크 원피스를 꺼내 입고 지베르니 모네의 정원에도 다녀오고, 오베르 쉬르 우아즈에 가서 고흐가 마지막으로 머문 방을 보고, 고흐의 밀밭과 고흐의 무덤에도 방문한다. 우아즈 강에서 짧게 피크닉도 한다. 뭘 하든 둘이서는 다 처음이었다. 처음이 벚꽃잎처럼 소복이 쌓인다.

두 명의 모범생은 잊지 않고 담배까지 피워본다. 흡연자의 천국, 파리에서 우리도 담배만 입에 물면 파리지앵 기분을 낼 수 있을 것 같았지만, 담뱃불을 붙이는 것부터 난관이다. 라이터를 켜지도 못하는 나를 친구는 비웃었지만, 정작 자기는 담뱃불을 붙일 때 입을 가져다 대야 하는 것도 모른다. 서로를 비웃느라 담뱃불 하나 붙이는 데 시간이 얼마나 흘렀는지 모른다. 그런 주제에 친구는 자꾸 나를 지적했다.

"언니, 담배 좀 다시 쥐어봐. 지금은 너무 모범생 같잖아. 담배가 무슨 연필이야?"

"아니거든. 지금 나 완전 불량스럽거든. 껄렁껄렁함이 손끝까지 전달된 거 안 보여?"

"어. 전혀. 나 봐봐. 난 좀 자연스럽지?"

너무 이상하고 너무 어이없고 너무 웃겨서 담배는 끝까지 못 피웠다. 대신 이 모든 걸 영상으로는 찍어놨다. 대책 없이 웃고 싶을 때, 이제 우리는 이 영상을 꺼내면 된다. 웃음을 넉넉히 김장해두었다. 바닥날 리 없다.

불량 어른이 되는 것에는 실패했지만, 모범생 둘은 기어이 자신들에게 어울리는 안식처를 찾아냈다.

"저긴 왜 저렇게 사람들이 줄 서 있지?"

"저기 도서관이래."

"우와, 우리도 가자. 나 도서관 너무 가보고 싶어."

아쉽게도 그 도서관에는 관광객은 입장 불가였다. 그렇다고 포기할 우리가 아니다. 특히 김민철여행사는 포기하지 않는다. 우리는 팔레 루아얄 정원 뒤쪽에 있는 리슐리외 도서관으로 향했다. 한국에서부터 내가 제일 가고 싶어 했던 곳 중 하나였다.

들어가자마자 나는 울고 싶은 심정이 된다. 꿈꾸던 도서관이 거기에 있었다. 타원형의 거대한 방, 아니 방이라기엔 너무나도 광장처럼 큰 공간 전체를 책들이 4층 높이로 감싸고 있다. 책장 곳곳을 노란 조명이 밝히고 있지만, 이 공간의 조명을 담당하는 건 따로 있다. 바로 유리 천장. 불투명의 유리 천장이 자연스럽게 공간 전체를 밝히고 있다. 공간 전체의 장식을 보고 있노라면 왕족의 연회실 같지만, 이 공간을 채우고 있는 건 10미터가 훌쩍 넘는 긴 나무 책상들. 자리마다 하늘색 조명이 켜져 있다. 그 인공의 하늘색 조명 아래 빼곡히 열중한 얼굴들. 그 얼굴들 중에 하나가 내 얼굴이었으면, 하는 생각이 간절해졌다. 하지만 그곳에도 나는 들어갈 수 없었다. 학생증이 있어야 했다. 나는 진짜로 울고 싶어졌다.

초등학교에 입학하기 전부터 혼자 도서관에 가던 어린이는, 처음 파리에 왔을 때도 도서관에 반해버렸다. 파리 도서관 때문에 반드시 여기에 돌아와야겠다고 다짐을 했다. 무엇이 되었건 간에 여기에 와서 공부하는 사람이 되고 싶었다. 고전적인 분위기의 따뜻한 조명 아래 나도 있고 싶었다. 오래전 그 꿈도 실패했는데, 그 꿈을 하루치 살아보는 것도 실패라고? 친구 앞이라 실망한 마음을 숨기고 아무렇지도 않은 척하고 싶었지만, 쉽지 않았다. 불행은 이미 내 마음속에서 몸집을 한껏 부풀렸다. 친구가 복도 끝으로 가길래 나도 맥없이 친구를 따라 그쪽으로 터덜터덜 걸었다. 무슨 운명이 나를 기다리고 있는지도 모른 채.

놀랍게도 똑같은 타원형 도서관이 하나 더 있었다. 심지어 우리가 들어갈 수 있는. 하늘색 조명이 놓인 개인석은 꽉 차 있었지만, 괜찮았다. 마침내 들어왔으니까. 우리는 빈 의자에 앉았다. 카메라를 꺼내서 찍고 싶었지만 꾹 참았다. 도서관이니까. 관광지가 아니니까. 카메라 소리로 민폐 관광객이 되고 싶지 않았다. 이 공간에 스며들고 싶었다. 일상인 척 가져온 책을 읽으려 했다. 하지만 실패. 책을 몇 줄 읽다가 다시 실패. 시선이 자꾸 도서관으로 향했다. 공간 자체가 너무 오랜 꿈의 모양 그대로라서 도무지 집중할 수가 없었다. 책을 읽는 척하며 공간을 더 열심히 읽었다. 오래전이었다면 나는 얼마나 질투 섞인 눈으로 여기에 앉은 사람들을 바라봤을까. 하지만 나는 더 이상 20대가 아니었고, 이들을 대책 없는 질투심으로 부러워할 나이는 지났다. 다만 이곳에 슬쩍 속해보는 것만으로도 만족할 줄 아는 나이가 되었다. 꿈과 지금 나의 거리를 충분히 알고도 남을 나이라 다행이었다. 친구가 돌아가도 여기에 다시 올 수 있다는 사실만으로도 충분히 기뻤다.

실제로 나는 나중에 혼자 이곳에 와서 책을 읽고 글을 썼다. 그날은 그토록 앉고 싶었던 개인석이 비어 있었다. 하늘색 조명 하나를 내 몫으로 가지고 책을 읽다 보니 불현듯 도서관이 어두워졌다. 순식간에 공간은 빗소리로 가득 찼다. 유리 천장은 바깥 날씨를 그대로 공간 전체에 투영했다. 빗소리가 점점 거세지며 그 큰 도서관 전체를 두드려댔지만, 나는 괜찮았다. 우산을 안 챙겨왔지만 나는 어둑해진 도서관 안에, 원하는 하늘색 조명 아래 안전하게 자리 잡았으니까. 나는 책 속으로 미끄러지듯 들어갔다. 책이 너무 좋아서 고개를 들면 책보다 아름다운 도서관의 풍경이 보였다. 오래전 후배에게 한 말이 생각났다. 일주일만 내 맘대로 시간을 쓰고 싶다는 내 말에, 후배는 그럼 뭘 하고 싶냐고 물었다. 조금의 망설임도 없이 "지겹도록 책만 읽고 싶어"라고 말했다. 후배는 그런 대답을 하는 나를 지겹다는 표정으로 바라보았지만, 다른 대답은 잘 생각나지 않았다. 책만 읽어도 괜찮은 시간을 살고 싶다는 그 소원이 이런 공간 속에서 이뤄지기를 바란 적은 없다. 너무 과한 걸 인생에 요구할 생각은 없다. 그런데 무슨 일인가. 어쩌다 나는 이곳에서 지겹도록 책만 읽어도 좋을 시간을 보내고 있는가. 좋아하는 것 앞에 '지겹다'라는 형용사를 붙일 수 있는 호사가 어찌하여 내 것이 됐단 말인가. 나는 하늘색 구름 같은 질감의 꿈속에서 마음껏 뒹굴었다. 마음껏 점프했다. 한참이 지나 다시 유리 천장으로 빛이 들어올 때, 나는 책을 덮고 도서관을 나섰다. 비 온 뒤 말간 세상을 말간 마음으로 걸었다. 그 어떤 것도 부럽지 않았다. 부러움 한 톨 깃들 여지없는 말간 마음이었다. 물론 이건 친구가 한국으로 돌아가고 난 후의 이야기지만.

시간은 봄처럼 야속하게 흐르고 있었다. 하지만 슬퍼할 시간은 없었다. 마지막 순간까지 여전히 수많은 처음이 우리를 기다리고 있을 테니.

떠날 때가 얼마 남지 않은 어느 저녁이었다. 꽤 늦은 시간이라 해가 어둑어둑했다. 걸음을 재촉하며 집으로 향하는데 음악 소리가 들렸다. 우리가 등굣길을 구경하던 바로 그 초등학교 옆 성당에서 흘러나오는 소리였다. 공연이 있는 게 틀림없었다. 근데 학교 옆 이렇게 작은 성당이라면? 으리으리한 공연일 리 없다. 성당이 사람을 내칠 리도 없고. 느낌이 왔다. 나는 주저하지 않고 성당 문을 열었다. 나의 거침없음에 친구는 놀랐지만, 재빠르게 내 뒤를 따라 들어왔다.

고등학생들의 오케스트라 연주회였다. 좌석을 가득 메운 건 가족들과 친구들 그리고 선생님들. 낯선 동양인들의 등장에 선생님들은 어리둥절한 표정이지만, 우리가 조용히 그 공간에 스며들자 그들도 긴장을 낮춘다. 하지만 무대 위 고등학생 연주자들의 긴장은 좀처럼 낮춰지지 않는다. 연주는 보통의 속도보다 훨씬 느리게 진행된다. 소리가 확 커져야 하는 부분에서도, 작아져야 하는 부분에서도 엇비슷하게 흘러간다. 아마추어들의 연주라는 걸 금세 알아챌 수 있었다. 다들 틀리지만 말자, 라는 마음으로 긴장하며 한 음 한 음 따라가는 게 보인다. 결국 클라이맥스에서는 음이탈이 일어난다. 보고 있는 내가 다 조마조마하다.

하지만 무슨 상관인가. 여기에 앉아 있는 사람들은 이미 감동할 준비를 마쳤는데. 한 곡이 끝날 때마다 아낌없이 기특해한다. 박수 소리는 이보다 더 클 수 없다. 앙코르 요청도 쇄도한다. 앙코르 곡은 〈축배의 노래〉. 노랫말이 적힌 종이가 관객석에 나눠졌다. 이로써 앙코르 곡은 성공할 수밖에 없는 운명이 되었다. 연주의 빈틈은 관객들의 노랫소리로 다 메꿔질 테니. 모두가 신이 났고, 모두가 축제를 즐겼다. 이 오케스트라의 이야기는 아는 바 없지만, 사랑받고 있다는 것만은 확실히 알수 있었다. 공간 전체를 감싼 단단한 사랑. 처음에 조마조마했던 마음은 온데간데없다. 심지어 친구는 그 음악에, 분위기에 단단히 감동한 표정이다. 이 연주가 완벽하지 않더라도 상관할 사람은 아무도 없다. 같이 있었고, 같이 즐겼고, 같이 웃었다. 인생에 그 이상을 바랄 수는 없다.

집에 와서 샴페인을 딴다. 친구가 오기 직전 사놓은 비싼 샴페인을 마지막 날이 다 되어서야 마신다. 잔을 부딪치며 친구는 버릇처럼 말한다.

"김민철의 퇴사를 축하하며. 건배. 근데 김민철 퇴사 축하 너무 오래 하는 거 아니야?"

"이거, 나 퇴사 축하 샴페인 아니야."

"그럼?"

"너 앞으로 회사 생활 잘하라고, 응원의 샴페인이야. 수석국장님을 위하여!"

"그래, 이번엔 나를 위하여!"

이 건배는 진심이다. 나는 더 이상 혼자 남은 동기를 걱정하지 않는다. 다만 진심으로 응원할 뿐이다. 내가 중도에 포기한 멋진 여자 선배의 역할을 동기라면 충분히 해낼 것이다. 어둠 속에서도 현명한 빛을 발휘하는 친구니까. 밝음을 강인함으로 바꾸는 연금술을 가진 친구니까. 19년 동안 함께 걸어온 길을 같이 마무리하고, 서로가 갈 길을 응원하기 위해 우리는 지금 여기에 함께 있다. 기어이 멋있는 응원을 만들기 위해 무리를 한 거다. 우리의 19년이 함께한 여행이었다. 잔을 다시 부딪친다. 끝까지 가보고, 멋지게 그만두고, 그때 다시 파리에 오자고 약속을 한다.

"나 은퇴하면 그때 우리 다시 파리에 오자. 그땐 내가 에펠탑 보이는 숙소로 예약해둘게."

"어머, 수석국장님. 역시 너무 멋있으시네요."

우리는 알고 있다. 우리가 걸어온 이 길의 의미를. '함께'라는 단어가 우리에게 준 용기를. 중간에 우리가 만들어낸 파리라는 근사한 매듭의 가치를. 오늘 밤, 얼마든지 건배를 해도 된다. 몇 시간이고 며칠이고 우리가 이룬 것들에 감탄해도 된다. 서로가 일군 것들에 찬사를 보내도 된다.

여기서 우리의 길은 갈라진다. 여기서부터는 각자의 길이다. 우리는 서로의 길을 부러워하지 않는다. 우리는 각자의 길을 잘 걷고 싶은 사람들이니까. 진하게 포옹을 하고 각자의 최선을 다해 각자의 길을 걸어갈 것이다. 서로의 길이 평온할 것이라는 생각은 하지 않는다. 그만큼 순진하진 않다. 다만 그 길 끝에서 우리가 다시 평온하게 만나길 바랄 뿐이다. 우리 각자가 바라는 우리가 되어서. 그러기 위해 저 멀리 근사한 꿈을 세워둔다. 불가능한 꿈이라 생각하지 않는다. 우리가 가능하게 만들 거니까.

우리는 우리만의 축배를 든다.
19년 동안 같이 즐겼고, 같이 울었고, 같이 웃었다.
인생에 이 이상을 바랄 수는 없다.

안녕, 나의 유일한 동기.

마지막 날 아침, 마지막 빵은 혼자서 사 왔다. 친구는 공항에 갈 준비로 바빴다. 나는 우리가 가장 좋아한 빵집에서 따끈따끈한 트라디를 사오고, 우리가 가장 좋아했던 버터를 꺼낸다. 이 트라디는 한국에 없다. 이 버터도 한국에 없다. 친구가 제일 좋아한 갓 짠 오렌지 주스 사 오는 걸 잊어버렸다는 건 뒤늦게 깨달았다. 아쉬움이 아무리 짙어도 비행기는 제시간에 뜬다. 갖가지 방식으로 상상해본 우리의 일주일이 여기서 막을 내린다.

친구를 역까지 배웅하고 집으로 돌아와서는 친구에게 선물한 작약을 멍하니 바라본다. 친구의 원피스처럼 핫핑크색이었던 작약은 거짓말처럼 투명한 살구색으로 바뀌었다. 거짓말처럼 모든 시간이 흘러버렸다. 갑자기 생긴 정적과 갑자기 훅 넓어진 집을 낯설게 바라보았다. 18일 동안 여기에 누군가와 함께 있었다. 침대를 나누어 썼고, 식탁에 마주 앉았다. 늘 같이 이 문을 나섰고, 늘 같이 이 문으로 돌아왔다. 2인분의 짐이 집 안 곳곳에 흩어져 있었다. 다시 1인분의 짐이다. 다시 혼자다. 다시, 나와 함께다.

청소부터 했다. 빨래를 하고, 청소기를 돌리고, 이불을 털고, 설거지를 하고, 향을 피운다. 오랜만에 낮잠도 잔다. 언제 나가야 할까 고민하다가, 그래도 나가야 하지 않겠나 생각하다가, 더 이상 가고 싶은 곳이 없다는 사실을 깨닫는다. 튈르리 정원, 오랑주리 미술관, 팔레 루아얄, 에펠탑, 르 봉 마르셰 백화점, 오르세 미술관, 뤽상부르 공원, 마레 지구, 보주 광장, 콩코드 광장, 샹젤리제 거리, 트로카데로 광장, 바토 무슈 유람선, 사마리텐 백화점, 몽쥬 약국, 몽마르트르 언덕, 생마르탱 운하, 퐁다시옹 루이비통, 생제르맹, 퐁피두 센터, 로댕 미술관, 지베르니, 오베르 쉬르 우아즈, 옹플뢰르와 몽생미셸 그리고 수많은 음식점과 카페와 술집과 시장과 공원과 성당까지. '파리'라는 단어와 함께 떠오르는 모든 곳에 다녀왔다. 쉽게 떠올리기 힘든 곳도 김민철여행사는 쏙쏙 찾아내서 안내했다. 파리원정대는 성공적으로 임무를 마쳤다. 물론 더 이상 파리에 갈 곳이 없다는 건 아니다. 파리는 결코 그렇게 간단하지 않다. 아니, 어떤 곳도 그렇게 간단하지 않다. 다만 내가 지친 거다.

지난 18일 내내 친구들과 함께였다. 나는 최고로 생산적인 상태를 유지했다. 18일 동안 빈틈없이 착착착. 매순간 착착착.

친구들의 파리에 대해 책임이 있다고 생각했다. 둘 다 정보도 계획도 전혀 없이 나에 대한 믿음만을 단단히 쥐고 파리에 도착했으니까. 끝없이 목적지를 고민했고, 최적의 경로를 고안했다. 중요한 관광지들을 다 들렀고, 안 중요하지만 내가 좋아하는 곳들도 촘촘히 소개했다. 놀랍게도 작은 다툼 하나 없었다. 사소한 의견 차이도 없었다. 유난히 나를 잘 아는 친구들이라, 서로를 잘 배려하는 친구들이라 가능했다는 걸 알고 있다. 친구들의 다른 시선 덕분에 나도 새로운 파리를 발견할 수 있었다. 예상보다 훨씬 좋았다. 빈말이 아니다. 다 좋았다. 다만 문제가 하나 있었다. 나는 '함께'가 익숙한 사람이 아니었다.

친구들 두 명은 짠 것처럼 똑같은 말을 나에게 남기고 갔다.
"살면서 이렇게나 바쁘게 사는 사람은 처음 봤어."
하루 종일 돌아다니다가 숙소에 돌아오면 친구들은 씻고 침대에 누웠다. 나는, 앉았다. 캔 맥주를 하나 따고 책상 앞에. 그때부터가 나만의 일상이었다. 대단한 일을 하는 건 아니었다. 책상 앞에 앉아서 사부작사부작 할 수 있는 것들을 했다. 그러다 밤늦게 잠들었고, 아침이면 친구들과 같이 일어났다. 자연스럽게 잠을 줄였다. 친구들이 떠난 후에 깨닫는다. 할 일이 있어서 바빴던 게 아니라, 혼자 있는 시간을 확보하기 위해서 그토록 바쁠 수밖에 없었다는 걸. 혼자 방황하는 시간을 보내야 아침이면 다시 나로 되돌아올 수 있었으니까. 깨끗하게 웃을 수 있었으니까. 친구들의 탓이 아니었다. 남편과 있을 때에도 나는 늘 그랬다. 금요일 퇴근 후 남편이랑 노는 시간만큼 좋아하는 건 주말 아침에 혼자 깨서 컴퓨터 앞에 앉는 시간이었다. 일상 속에서도 여행 속에서도 그건 같았다. 새벽에 깨서 잠든 남편 옆에 앉아 일기를 쓰는 시간이 꼭 필요했다. 남편이 자는 동안 쓴 여행 일기가 여행 끝에는 한 권 빼곡했다. 그 시간이 있어야 마음의 부유물이 차분하게 가라앉았다. 그걸 글로 써야 단정한 마음이 찾아왔다. 할 일이 많아서 밤늦게 깨 있었던 게 아니라, 부지런해서 아침 일찍 일어난 게 아니라, 혼자여야 나에게로 돌아올 수 있어서. 혼자 있는 시간이 있어야 나를 잃어버리지 않을 수 있어서 나는 그토록 바쁘고 부지런했던 것이었다.

이제는 애쓰지 않아도 나는 나를 찾을 수 있다. 무리하지 않아도 나를 돌볼 수 있다. 내 마음을 읽어, 내 마음이 향하는 곳으로 발길을 옮기면 된다. 책과 노트를 챙겨서 밖으로 나갔다. 유난히 날씨가 좋은 주말이었다. 덕분에 가는 곳마다 사람들로 붐볐다. 공원에도 카페에도 행복한 사람들로 빼곡했다. 그리고 나는 그 모든 밝음이, 신남이, 웃음이 버겁기만 했다. 그 세계엔 내가 원하는 자리가 없었다. 자연스럽게 자꾸 사람들이 없는 쪽으로만 방향을 틀었다. 외로움이 필요했다. 침묵이 간절했다. 그러다 발견했다. 작은 선술집을. 텅 빈 그곳을. 이토록 반짝이는 날씨에 실내에서 술을 마실 멍청이는 나 빼곤 없다. 나는 어둑어둑한 선술집 창가 자리에 앉았다. 생맥주 한 잔을 받아 든다. 멍하니 아무 생각도 없이 한 모금을 마신다. 아무 말도 할 필요가 없다. 두 모금을 마신다. 한숨이 절로 나온다. 꽉 막힌 머리에 길이 하나 난다. 노트를 꺼내서 쓴다.

마침내 나는, 나의 고독에 안전하게 도착했다.

얼마나 이곳에 도착하고 싶었던가. 모든 시선을 지우고, 나와 함께 고요히 있는 것. 그냥 있는 것. 가만히 바라보며 그저 있는 것. 밖이 아무리 빛나도 나만의 어둠 속에 고요히 안착하는 것. 내게 필요한 건 그게 전부였다. 몸을 웅크리고, 바깥 자극을 최소화하고, 나와 잠깐이라도 가만히 있을 수 있으면 금방 행복이 차오르는 사람이 바로 나였다. 그 사실을 너무도 잘 알아서 나는 나의 행복에 쉽게 도착하는 어른이 되었다. 다시 맥주 한 모금을 마신다. 마음에 커다란 바다가 들어찬다. 펜은 쉴 새 없이 종이 위로 미끄러진다. 그렇게 겨우 맥주 한 잔을 들이켜는 동안 나는 18일의 레이스를 뛴 나를 다 위로한다.

휴대폰을 켰다.
고독에 무사히 도착했다는 신호를 보낸다.
곳곳에서 답신이 도착한다. 축하한다고.
유독 두 친구의 열렬한 축하가 눈에 들어온다.
나만 나를 잘 아는 게 아니었다. 그럴 리 없었다.

파리엔 두 개의 집을 마련해두었다. 5월의 집과 6월의 집. 두 개의 집은 두 개의 동네, 두 개의 풍경, 두 개의 생활, 두 개의 이야기였다. 함부로 집을 고를 순 없었다. 평소라면 2박 3일 동안 어떤 여행을 할 것인가의 문제였겠지만, 이번엔 한 달 동안 어떤 일상을 살 것인가의 문제와 직결되어 있으니까. 지금까지 내가 쌓아온 숙소 예약의 내공을 모두 쏟아부었다. 이번엔 정말 그래야만 했다.

워낙 여행을 자주 다니다 보니 숙소 예약의 노하우는 꽤 많이 생긴 편이다. 물론 이걸 누군가에게 알려줬다가는 욕을 먹을 게 뻔하다. 시간을 아주 가마니로 들이붓고, 클릭 노동을 손목이 살짝 으스러지는 느낌이 들 정도로 해야만 한다. 억지로라면 절대로 못 할 일이다. 순전히 좋아서 하는 일이다. 스트레스가 극으로 치닫는 순간이 오면, 나는 마치 명상을 하는 기분으로 에어비앤비 앱을 켠다. 오래된 버릇이다. 가고 싶은 도시의 이름을 검색창에 넣는다. 클릭. 지금부터 현실 탈출 시작.

수많은 집 중에 우선 내 취향에 맞는 집들을 클릭한다. 깨끗한 건 기본이고, 주인의 취향이 어느 정도 드러나야 한다. 이케아로만 꽉 차 있는 집은 1순위로 탈락이다. 너무 고급스러운 집도 같이 탈락한다. 좀 마음에 드는 집이 있으면 리뷰를 살핀다. 집에 대한 평가도 중요하지만, 동네에 대한 이야기를 유독 귀담아 읽는다. 미리 살아본 사람들의 동네 평가는 어떤 블로그에도 나오지 않으니까. 시내 중심은 가장 피하는 곳 중 하나다. 시내 한가운데 머물고 싶다면 호텔을 찾아보는 게 낫다. 그렇다고 너무 관광지에서 떨어진 외곽도 피한다. 오가는 데 내 귀중한 시간을 다 쓸 수는 없다.

내가 가장 좋아하는 숙소는 내가 일부러 찾아갈 동네에 있는 숙소. 그러니까 작은 골목들이 많은 오래된 동네라면 일단 합격(집 앞에만 나가도 손쉽게 여행이 시작되니까). 작고 개성 있는 가게가 많은 동네라면 점수 추가(덕분에 동네가 감각적일 테고, 싸고 분위기 좋은 술집도 높은 확률로 늘어난다). '완전 현지인의 동네'라는 표현이 있으면 그 동네는 집중 탐구(며칠 머무는 것만으로도 그곳에 사는 느낌이 나니까). 그렇게 선택된 곳이 리스본의 알파마 지구, 피렌체의 산토 스피리토 광장 주변과 지금까지 다닌 모든 곳들의 숙소였다. 기막힌 숙소를 찾아내는 나의 능력엔 기막힐 정도로 투입하는 나의 노동력이 있다. 숙소를 찾아 인터넷 세상을 밤낮으로 헤매는 나를 보면, 남편이 늘 하는 이야기가 있다.

"꼭 다른 인생 하나를 준비하는 사람 같아."

나는 겨우 2박 3일 머무를 숙소를 찾고 있는 건데 말이다. 그러니 한 달짜리 숙소는 내가 어떻게 찾았겠는가? 상상에 맡긴다.

파리에서 한 달씩 머무를 숙소를 구하는 나의 기준은 다음과 같았다.

1. 근처에 큰 공원이 있을 것(완성하고 싶은 아침이 있었으므로).

2. 두 개의 숙소가 완전히 다른 지역에 있을 것(아예 다른 도시에 도착한 기분이라면 환영).

3. 너무 비싼 동네거나 너무 한국 사람이 많은 동네는 피할 것(편안하게 여행하려면 아무래도).

4. 침실과 다른 공간이 분리되어 있을 것(나는 20대가 아니므로 이 정도는 누려도 된다).

5. 큰 창문이 있을 것(그 앞에 책상을 놓을 수 있다면 더 좋고).

5월의 집은 그 모든 기준을 통과했다. 숙소는 깨끗한 5구에 있었고, 뤽상부르 공원이 바로 옆이었고, 조금만 걸으면 무프타르 시장에 도착할 수 있고, 침실과 거실과 부엌이 분리되어 있었고, 무엇보다 발 드 그라스 성당을 정면으로 마주 보는 큰 창문이 두 개나 있었다. 리뷰가 몇 개 없는 점이 매우 마음에 걸렸지만, 뤽상부르 공원과 거리가 너무나 가까워서 모험을 해보기로 했다. 모험은 아주 성공이었다. 하지만 5월의 숙소와 동네가 너무나도 만족스러웠기에 결과적으로 나는 점점 더 쪼그라드는 마음을 가지게 되었다. 왜냐하면 6월에 내가 예약한 숙소는 파리 20구, 파리의 끝, 위험하다는 평이 압도적으로 많고, 관광객은 도대체 갈 일이 없는 동네에 있었기 때문이었다.

오래전 남편과 20구에 있는 벨빌 공원에 간 적이 있다. 에펠탑이 보이는 공원이라는 평에 별생각 없이 간 그 동네는 내가 아는 파리에서 벗어나 있었다. 파리 안에서 다시 여행 온 기분이었다. 처음엔 낯설어서 무서웠지만, 나중엔 낯설어서 흥미로웠다. 중심에서 벗어난 분위기, 중심에서 벗어난 사람들, 중심에서 벗어난 물가, 중심에서는 맛볼 수 없는 호의. 파리 지도를 펼쳐놓고 어느 동네에 숙소를 구해야 할까 고민할 때, 문득 그때의 기억이 났다. 5월의 숙소는 너무나도 파리스러운 동네의 한가운데였다. 그렇다면 6월은 모험을 해도 되지 않을까? 혼자라는 점이 조금 불안하긴 했지만, 신경 써서 구하면 내가 원하는 파리 동네 생활을 할 수도 있을 것 같았다.

수없이 헤맨 끝에 한 집을 찾아냈다. 집도 넓고 깨끗했고, 무엇보다 리뷰가 마음에 들었다. 관광객은 없는 현지인의 동네라는 평이 압도적으로 많았다. 하지만 좋은 리뷰와 달리 구글에서도 네이버에서도 그 동네에 관한 정보를 찾을 수 없었다.

한글로도 검색하고 영어로도 검색했지만 허탕만 쳤다. 그쯤이면 포기할 만도 한데, 이상하게 궁금했다. 한 달 넘게 걱정과 궁금증이 줄다리기를 했고, 결국 궁금증이 이겨버렸다. 모험을 하기로 했다. 관광객이 안 가서 정보가 없는 곳이라면 내가 직접 살면서 찾으면 될 일이다. 어쩌면 그곳이 내가 가장 원했던 곳일지도 몰랐다. 어떻게든 미래의 내가 답을 찾겠지, 라는 근거 없는 긍정으로 한국에서 결제도 다 마쳤다. 이제 며칠 후에 거기로 옮기기만 하면 된다. 하지만 옮기는 날이 가까워질수록 내 마음은 먹구름으로 가득 찼다.

선영이가 한국으로 돌아가기 전의 일이었다. 생마르탱 운하에 가기 위해 검색을 하니 구글맵은 우리를 벨빌역으로 안내했다. 벨빌역에서 내려 서쪽으로 10분만 걸으면 생마르탱 운하였다. 벨빌역에서 한 정거장만 더 가면 6월의 숙소였고. 역 입구에서 나서며 나는 친구에게 말했다.

"너 가고 나면, 나는 이제 이 동네에 와서 사는 거야. 여기서 한 정거장만 더 가면 숙소거든."

분명 그 말투엔 설렘이 가득했다. 하지만 지상으로 올라오는 순간 나도 그녀도 얼어붙었다. 우리가 좋아하는 파리는 그곳에 없었다. 우리 눈에 가장 먼저 들어온 것은 길가에 서 있는 동양인 여자들이었다. 짧은 치마에 망사스타킹을 신고 누군가를 기다리는 모습이었는데, 우리 둘 다 보자마자 매춘부라는 걸 알아챘다. 늦은 밤이 아니었다. 아직 6시가 채 되지도 않은 오후였는데 매춘부들이 버젓이 나와서 사람들을 기다리고 있었고, 바로 앞 작은 벤치에는 비둘기처럼 열 명도 넘는 아저씨들이 몸을 다닥다닥 붙이고 앉아 있었고, 그 옆의 누군가는 쓰레기통을 뒤지고 있었다. 다들 무엇에 혈안이 되어 있는 것 같았는데, 그게 뭔지 알 수 없었다. 거리는 좁고 복잡하고 지저분하고 시끄럽고 무엇보다 무서웠다. 여기가 파리라고? 아니, 요즘 가장 힙한 생마르탱 운하가 바로 요 앞인데, 여긴 어떻게 이런 거지. 나는 울고 싶어졌지만, 우선 카메라부터 가방에 넣었다. 가방을 품에 안았다. 옆도 뒤도 돌아보지 않고 선영이와 나는 꼭 붙어서 생마르탱 운하까지 걸었다.

"언니, 괜찮겠어?"

나는 아무 대답도 할 수 없었다.

며칠 후, 한인 여행사를 통해 지베르니에 갈 때 가이드와 이야기를 좀 나눴다. 파리에 산 지 20년은 넘었다는 그 가이드는 내가 6월에 이사 갈 동네 이름을 말하자 갸웃거렸다.

"숙소 리뷰를 보니까 전부 동네 칭찬이 자자하더라고요. 벨빌은 좀 위험해도 벨빌을 지나서니까 다르지 않을까요?"

"20구잖아요. 그쪽 동네는 안 가는 게 좋은데……."

나는 다급하게 유튜브를 찾아보았다. 20구가 위험하지 않다는 영상을 하나라도 찾고 싶었다. 하지만 유튜브에 '파리 20구'를 검색한다는 건 제 발로 유튜브의 공포 마케팅 세상으로 걸어 들어가는 것이나 다름없다. '파리 인종차별 당한 썰', '파리에서 소매치기를 만나다', '파리에서 이쪽 동네는 절대 가지 마세요' 등등 공포 콘텐츠는 수없이 쏟아진다. 웨이터가 주문을 받으러 늦게 오거나 옆 테이블만 주문 받고 돌아서면 인종차별 운운한다. 낯선 동네에서 지나가는 사람이 날카롭게 쳐다보면, 그 순간을 담은 영상을 확대하고 느리게 다시 재생하며 위험한 동네에서 간신히 목숨을 건진 듯이 행동한다. 왜 그러냐고? 그러면 조회수가 잘 나오니까. 주저 없이 혐오의 딱지를 붙인다. 그게 사실인지 아닌지는 더 이상 중요하지 않다. 물론 모든 유튜버가 그렇다는 건 결코 아니다. 나는 파리 로망을 채워주는 유튜버들을 유독 좋아하는 사람이다. 하지만 혐오를 파는 유튜버들이 분명 있고, 내가 보란 듯이 거기에 걸려든 것이다.

나는 동아줄이라도 잡겠다는 심정으로 파리에서 만난 작가님들에게 6월에 이사 갈 동네에 대한 걱정을 털어놓았다. 한 작가님이 말했다.

"아닐걸요. 그 동네 되게 재미있을걸요?"

"그럼 진짜 다행인데 18, 19, 20구가 위험하다는 말이 하도 많아서."

"다들 잘 모르면서 부풀려 말하니까. 물론 위험한 곳들도 있어요. 근데 파리는 한 블럭만 안으로 들어가도 완전 다른 동네예요. 벨빌역 사거리는 위험할 수도 있지만, 숙소가 거기는 아니잖아요. 지금 동네보다 재미있을 거예요."

다른 작가님도 내 고민을 듣더니 싱긋 웃었다.

"동네를 너무 잘 고르신 것 같은데."

"아니, 첫 번째 동네가 진짜 좋았거든요."

"거기가 사람들이 바라는 전형적인 파리의 모습이긴 하죠. 근데 거기에만 있다가 돌아가면, 청담동에만 머물다가 돌아가면서 '서울 다 봤다!'라고 말하는 것 같은 느낌이랄까요. 이참에 완전 다른 파리에 가보세요. 훨씬 더 좋아할 것 같은데요?"

나는 다시 기로에 섰다. 이사는 정해졌다. 집도 정해졌다. 이제는 정해야 한다. 내 마음을. 나는 어떤 마음으로 새 동네에 도착할 것인가. 아니, 어떤 마음으로 새 동네에 도착하고 싶은가.

이사 갈 동네에 대한 걱정이 커져간다는 건, 지금 사는 동네에 대한 미련이 함께 커져간다는 뜻이다. 벨빌에 다녀오고 보니 이 동네에 대한 애정이 점점 더 커진다. 이토록 정갈하고, 이토록 조용하다니. 나는 꼼꼼하게 걷는다. 더 멀리 걷는다. 다 안다고 생각했던 길 위에서 다른 골목이 나타난다. 이렇게 돌아다녀도 또 처음 보는 골목이라니, 신기해하며 걷다 보면 그 끝에 아는 가게가 나온다. 이 가게가 여기 있었다고? 나는 어안이 벙벙하다. 버스를 기다리다가 맞은편에 새로운 파사주(Passage: 천장이 막힌 긴 통로. 골목길이 있어야 하는 자리에 실내 복도가 있고, 양옆으로 가게와 식당, 카페들이 있다) 를 발견한다. 버스는 또 올 테니까, 우선 그 길부터 탐험하기로 한다. 걷다 보니 낯이 익다. 보미와 첫날 점심을 먹었던 그 식당이 얼굴을 빼꼼히 내민다. 그 식당이 우리 집 근처였다고? 길 찾기 능력에 자부심이 있는 내 코는 납작해지고, 지도도 납작하게 접혔다.

파리에서는 자꾸 종이접기를 하는 기분이 들었다. 많이 돌아서 겨우 도착한 곳이 알고 보면 집 근처였고, 완전히 다른 경로로 도착한 두 곳은 알고 보면 바로 옆이었다. 익숙하지 않은 지명이 익숙한 장소에 합쳐지며 도시가 자꾸 종이처럼 접혔다. 파리라는 커다란 지도에서 적어도 우리 동네는 내 손바닥만 하게 접혔다. 걸어서 한 시간 안에 갈 수 있는 모든 곳을 우리 동네로 집어넣는 나의 습성에 따라 꽤 큰 부분이 내 손바닥 안에 들어왔다. 이 도시의 모든 곳을 착착 접어서 손에 넣고 싶다. 욕심껏 접고 싶어서 욕심만큼 헤맨다. 이 도시의 지도를 다 접으려면 나는 얼마나 많이 걸어야 할까. 가능할 리 없는 욕망 앞에서 나는 자꾸 더 부지런해지라고 스스로를 내몬다.

동네에 대해 애타는 마음이 커져가는 한편, 동네의 이상한 점도 자꾸 눈에 걸린다. 어떻게 이토록 백인만 있고, 이토록 조용하지? 이 역시 파리의 모습 중 하나겠지만, 이런 파리는 기이하다. 물론 작가님이 말한 것처럼 사람들이 바라는 파리는 이런 모습일 거다. 그걸 부인하긴 어렵다. 나 역시 그 파리에 도착해서 깊이 행복했으니까. 파리가 이토록 정돈되다니. 파리가 이토록 친절하다니. 운이 좋다고 생각했다. 사람들이 그토록 욕하는 더럽고 불친절한 파리는 내가 겪은 파리가 아니었다. 나의 깊은 파리 사랑에 온 우주가 사랑으로 응답하고 있었다. 나는 내가 진짜 파리에 도착했다고 생각했다. 아니, 확신했다.

하지만 파리의 여러 곳을 다녀오면서, 특히 벨빌 지역까지 다녀오면서 내 마음속에는 선명한 글자가 떠올랐다. '탈색된 파리', 하얗게 탈색되어 가난도, 먼지도, 다른 인종도 다 지워버린 파리. 다른 모습이 끼어들 여지가 없는 파리. 구김살도 잘 보이지 않았다. 산다는 게 이토록 고요하고 하얗고 단정할 리만은 없는데. 물론 이것은 잠깐 그 동네에 머무른 나의 아주 편협한 결론일 것이다. 진짜 그 동네에 사는 사람들은 다르게 말할지도 모른다. 다만 이 동네를 떠나고 싶지 않은 것과는 별개로, 이 동네의 평화로움이 의심스럽기 시작했다.

나는 애써 의심스러움을 지우려고 노력했다. 그럴수록 더 자주 뤽상부르 공원으로 나갔다. 그곳은 반론의 여지없이 우아한 곳이었고, 아름다움에 감동한 얼굴들을 수시로 마주치는 곳이었으니까. 곧 나는 이곳과 헤어져야 한다. 이토록 이른 시간의 텅 빈 뤽상부르 공원도, 이토록 늦은 시간에 노을이 지는 뤽상부르 공원도 아마 다시 없을 것이다. 나는 나를 잘 안다. 동네가 정해지면, 또 그 동네를 안 벗어나려 할 것이다. 다른 공원이 나의 아침 공원이 될 것이고, 나의 노을 풍경도 자연스럽게 달라질 것이다. 매일 같은 곳에 가면 지겹지 않냐는 사람에겐 말할 것이다. 아침저녁으로 같은 장소에 가도, 풍경은 너무나도 그 순간의 사람과 빛에 기대고 있다 보니 늘 다른 곳에 도착한다고. 그때마다 나는 순간적으로 또 반한다고. 지난 한 달 동안 매번 그랬다고. 하지만 의심 때문인 걸까. 시간 때문인 걸까. 이토록 아름다운 것에도 지칠 수 있다는 걸 뒤늦게 깨닫는다. 매일 좋기만 했어요, 라고 말하고 싶지만, 그게 사실이 아니라는 걸 이젠 안다. 떠날 때가 가까워지고 있는 것이다. 슬슬 이 놀라운 풍경 앞에서도 별 감흥이 없는 걸 보니.

　마지막 날이 되었다. 남아 있는 식재료를 몽땅 넣은 정체불명의 샌드위치를 만들어 먹었다. 짐을 다 싸고, 쓰레기도 다 버렸다. 두려워도 이동해야 한다. 새로운 동네가 마음에 안 들면 그건 그때 생각하자. 우선은 부딪쳐보자. 열쇠를 돌려주기 위해 집주인을 만난다. 집주인은 한 달 동안 내가 쓴 집에 문제는 없는지 꼼꼼하게 살펴보고, 의례적인 인사를 건넨다.

　"이제 돌아가시는 건가요? 어디라 그랬죠? 한국?"

　"아니요. 이제 파리의 다른 동네에서 한 달 머무를 거예요. 쥬흐당(Jourdain)이라고 아세요?"

　"오, 거기 너무 재미있는 동네죠."

　"이 동네가 진짜 좋았어요."

　갑자기 집주인의 얼굴이 복잡미묘해진다.

　"여긴 재미있는 동네는 아니죠. 아주아주 나이 많은 사람들만 살잖아요. 조용하고 부유한 동네긴 하죠."

　"근처에 학교도 많고, 젊은 사람들도 많이 살던데요?"

　"아, 그 사람들은 대대로 잘살았고, 그걸 또 물려받은 사람들이에요. 제가 아는 사람들 중에 여기에 살 수 있는 사람? 아무도 없어요. 진짜 아무도. 이 동네는 너무너무 비싸요."

에어비앤비를 70개나 하고 있다는 사람이 하는 이야기다. 그런 사람도 이 동네 집값은 '감당할 수 없다'고 단호하게 말한다. 파리에 70개의 숙소를 가진 남자가 갑자기 나를 자기 편에 넣으며 말한다.

"쥬흐당에 가면 우리 같은 사람들이 많을 거예요. 나이도 경제력도 비슷한. 거긴 진짜 파리지앵들이 사는 동네예요."

'진짜 파리지앵'이라는 단어가 집주인의 입에서 나와서 나는 어안이 벙벙해졌다.

내가 믿고 싶은 말은 명확하다. 유튜버들의 말이 아니라, 이곳에 사는 사람들의 말을 믿기로 한다. 긍정의 화살표를 따라가기로 한다. 며칠 전 파스타 가게에서의 옆자리 대화가 떠올랐다. 예약하지 않으면 가기 힘들다는 그 작은 파스타 가게엔 늦은 오후라 나이 많은 부부와 나밖에 없었다. 기대 이상의 맛이라 감탄하며 먹고 있는데, 앞 테이블에 앉은 할아버지 할머니의 탄식이 쏟아진다. 셰프를 붙잡고 어떻게 이런 요리가 가능한 거냐, 우리는 미국에서 여행 온 사람인데 우리가 요 며칠간 여기에 도대체 몇 번이나 온 줄 아냐, 고마웠다, 미국 사람답게 칭찬에 칭찬을 이어서 했다. 셰프는 감사하다며 의례적인 인사를 한다. "나중에 또 봐요(Maybe later)"라고. 그때 할머니가 딱 잘라서 말했다.

"우리는 이미 늙어서 '나중에'는 힘들 거예요. 그건 약속할 수 없어요. 우리에게 다음 파리가 있을까요? 오, 그것도 모르겠어요. 우리의 마지막 파리를 맛있게 만들어줘서 고마워요."

얼마나 다행인가. 나에겐 아직 수많은 '나중에'가 있다. 없다면, 내가 만들 것이다. 생각은 나중에 하자. 우선은 살아보자. 정 아니라면 나중에 돌아오면 된다. 나중에 내가 방법을 찾을 것이다. 어떻게든 된다. 걱정을 훌훌 털어서 길바닥에 버리고, 내 가방만 미련 없이 택시에 넣었다.

가자, 또 다른 나의 파리로.

얼어붙은 영혼을, 쪼그라든 마음을, 무엇이 단숨에 펼 수 있을까? 훈풍을 밀어 넣어 다시 빵빵하게, 다시 생기 있게. 무엇이 그런 기적을 단숨에 일으킬 수 있을까? 나는 이제 그 답을 안다. 음악. 음악이라면 할 수 있다. 하물며 거리에 넘치게 흐르는 음악이라면야.

택시를 타고 가는 내내 나는 구글맵을 켜고, 어느 동네가 어떤 풍경인지 계속해서 확인했다. 거리의 풍경은 계속해서 바뀐다. 피부색이 바뀐다. 공기가 바뀐다. 나는 그동안 얼마나 좁은 파리 안에 있던 건가. 이토록 가도 가도 평지인 파리에 마침내 언덕이 나온다. 이 언덕 위에 우리 동네가 있다. 나는 자세를 고쳐 앉고, 시선을 고정한다. 동네 하나를 순식간에 독파하겠다는 집중력으로 창밖만 본다. 멋있는 가게를 기억한다. 사람들이 북적이는 카페를 기억한다. 예쁜 빵가게가 있는 길을 기억한다. 그때였다. 시각 정보를 처리하느라 바쁜 나를 자극한 건 음악이었다.

순식간에 택시는 그곳을 지나쳤지만, 나는 보았다. 도로 옆 작은 광장을. 작은 광장 위 무대를. 그 위에서 악기를 연주하고 노래를 하는 사람들을. 그리고 그 아래에서 춤을 추고 있는 사람들을. 그 사람들을 아낌없이 비추는 찬란한 태양을. 시간은 이제 토요일 정오에 가까워지고 있었다. 택시는 나를 새로운 숙소 앞에 내려주었다. 숙소 입구에서 무대가 또렷이 보였다. 숙소에 짐을 내려놓고 나오는 그 잠깐에 사라질 무대가 아니었다. 그런 유의 흥이 아니었다. 나는 진정하고 벨을 누른 후 새로운 숙소로 올라갔다.

낡고 잘 관리된 나무 바닥이 제일 먼저 눈에 들어온다. 한쪽 벽엔 소파, 맞은편 벽엔 초록색 주방. 옆방엔 커다란 침대와 키가 큰 창문, 그 밖으로 넘실넘실 출렁이는 키가 큰 초록 나무들. 정확하게 사진으로 본 그대로다. 역시나 이번에도 숙소 찾기 대마왕이 성공적으로 일을 해버렸다. 가방을 내려놓고, 작은 테이블부터 창문 앞으로 옮긴다. 노란색 의자도 그 앞으로 옮긴다. 이로써 나는 키가 큰 나무를 창밖으로 보며 밥을 먹고 글을 쓸 수 있게 되었다. 그것만으로도 이 집은 더 완벽해졌다. 집에 필요한 것들을 체크한 후 나는 곧장 음악으로 향한다.

우연의 축제가 벌어진다면, 여행자의 목적지는 그곳이어야 한다. 오늘 계획한 것들을 모두 뒤로하고 우연의 축제에 뛰어들어야 한다. 평생을 이야기할 에피소드가 그곳에서 탄생할 것이다. 하물며 자잘한 불행을 매 순간 마주할 수밖에 없는 여행자는 그 마음을 치유하기 위해서라도 우연의 축제에 발을 들여야 한다. 리듬의 신이 나를 가벼운 리듬 위로 슬쩍 밀어 넣는다. 멜로디의 신이 나의 기분을 한껏 들어 올린다. 춤의 신이 나를, 나를…… 불행히도 나를 움직이게 할 정도의 강력한 춤의 신은 어디에도 존재하지 않는다. 하지만 무슨 상관인가. 나는 춤이 없어도 누구보다 즐거울 수 있는 사람이고, 지금 내 주변의 모두에게 춤의 신이 깃들었으니.

라틴 음악이 동네 전체에 울려 퍼지고 있다. 퍼커션 소리가 분위기를 달군다. 색소폰과 기타가 공기의 흐름을 바꾼다. 다양한 인종의 사람들이, 어린아이부터 어른까지 그 리듬에 맞춰서 춤을 추고 있다. 술에 취한 것 같은 노숙자가 와서 휘청휘청 같이 춤을 춰도 사람들은 슬쩍 피하기만 할 뿐, 대놓고 무안 주지 않는다. 멋지게 차려입은 언니도, 슬리퍼 차림의 중년도 자기 흥에 바쁘다. 다음 무대를 준비하고 있던 퍼포머들도 결국 흥을 이기지 못하고 무대 밑에서 춤을 춘다. 주변을 둘러보니 곳곳에 동네 축제 플래카드가 붙어 있고, 거기엔 'Village Jourdain'이 떡하니 적혀 있다. 쥬흐당 마을 축제. 파리가 아니라 쥬흐당. 화려한 축제가 아니라 소박한 우리의 축제. 축제에 먹거리가 빠질 수 없지. 무대 뒤편의 파라솔 밑에서는 맥주

한 잔이 단돈 2유로다. 그 옆에서는 숯불에 소시지를 지글지글 굽고 있다. 모든 가게의 야외 자리는 이 축제의 무대를 향해 있다. 모두가 음악 위에 있다. 무슨 대형 광장도 아니다. 도로 옆, 인도가 살짝 넓어지는 부분이 오늘 이 동네의 메인 스테이지다. 모두가 자신의 즐거움에 몰두하고 있다. 나는 흘러나오는 웃음을 도대체 멈출 수가 없었다. 앞으로의 한 달이 괜찮을 거라는 확답을 받은 기분이었다. 정말 괜찮아. 놀랍도록 괜찮을 거란다.

한 시간가량 지속된 라틴 음악 무대가 끝나고, 다음 연주자들이 다음 무대를 준비하는 동안 나는 점심 먹을 식당을 찾기로 한다. 주변 식당을 찾아볼 뿐인데, 지구를 몇 바퀴 도는 느낌이다. 겨우 파리 북쪽으로 올라왔을 뿐인데, 고민의 지평이 이토록 글로벌해진다고? 서아프리카 음식점과 맞은편의 레바논 음식점, 그 근처에 파키스탄 음식점과 베트남 음식점과 멕시코 음식점 사이에서 고민한다. 대륙을 함부로 오가며 고민한다. 여기가 파리라고? 아니, 여기는 쥬흐당 마을. 파리라는 대도시에서 온 코리안 슈퍼 쫄보는 가장 익숙한 멕시코 음식점을 선택했다. 하지만 가게 안의 풍경도, 그 안을 채우고 있는 사람들도 지난 한 달간의 풍경과는 전혀 다르다. 파리지만 홍대 같고, 파리지만 멕시코 같다. 사람들의 옷차림은 덜 부유하고 더 개성 있다. 가게를 운영하는 사람들은 덜 깍듯하고 더 다정하다. 사방이 원색으로 가득하다. 타코를 입에 넣고, 오랜만에 고수의 향을 진하게 느끼며 깨닫는다. 지난 한 달간 나에겐 다채로운 맛이 부족했다는 걸. 지금부턴 예상치 못한 맛들이 뷔페처럼 펼쳐질 것이라는 걸. 갑자기 그 모든 경험을 맛보고 싶다는 의지가 끓어오른다. 그렇다면 맨 먼저 할 일이 있었다. 한 달이나 지났으니, 이제는 메인 스테이지에 올라야 한다. 파리라는 꿈의 메인 스테이지, 거기에 오를 용기를 내기에 가장 좋은 날이 있다면 바로 지금이다. 자, 가자.

식사를 끝낸 후 나만의 메인 스테이지로 향한다. 문을 열었다. 내가 가장 사랑하는 노랑으로 빼곡한 세상. 바로 치즈 가게였다. 한 달이나 지나서 갑자기 무슨 치즈 가게 타령이냐고? 물론 지난 한 달 내내 나는 치즈를 샀다. 하지만 대부분의 치즈는 마트 출신이었다. 늘 치즈 가게에 들어가고 싶었지만, 점원의 시선을 견디며 오래 고민할 자신이 없었다. 당황해서 아무거나 골라놓고 오래 후회를 곱씹을 게 뻔했다. 그에 비해 마트는 얼마나 간편한가. 내가 모르는 수많은 치즈들이 사방으로 빼곡하지만, 그곳에서는 내가 원하는 걸 설명할 필요가 없다. 오랫동안 그 앞에서 고민한다고 누군가의 눈치를 볼 필요도 없다. 간편하고도 깔끔하지만 멋이라고는 없는 마트 치즈 세상. 한 달간 그곳에 충분히 머물렀으니, 이제는 진짜 치즈 가게에 들어갈 차례였다.

토요일 오후, 작은 치즈 가게에는 줄이 길었다. 뭘 사야 하나 평소처럼 당황하다가, 사람들이 뭘 사는지 관찰하기 시작했다. 어떤 말로 주문하는지도 그 줄에 서서 배웠다. 여러 명의 주문을 보다가 할머니의 주문을 그대로 따라 하기로 나는 결심했다.

"Je veux prendre comté fruité(나는 콩테 프뤼트를 사고 싶어요)."

나의 그 말이 끝나자 치즈 가게 주인은 커다란 치즈를 잡고, 커다란 칼을 그 위에 갖다 댄다. 나는 무턱대고 고개를 끄덕이는 대신 다시 한 번 더 용기를 내기로 한다.

"Petit……(작게)."

주인의 칼은 치즈 가장자리로 향하고, 그녀는 다시 나를 본다. 나는 밝은 표정으로 대답한다.

"Oui(네)!"

딱 손바닥만 한 사이즈로, 딱 얇은 지갑 같은 두께로 나의 치즈가 잘려졌다. 이 정도 크기라면 얼마든지 더 사도 된다. 얼마든지 다양하게 사도 된다. 마트에서 포장된 완제품 치즈는 나 혼자 다 먹는 데 며칠이나 걸렸지만, 이 정도 크기로 살 수 있는 거라면 나의 치즈 세계는 앞으로 얼마나 넓어질 것인가. 나는 그 세계의 준비된 인재였다. 치즈를 위한 나의 위장은 무한대로 열려 있고, 낯선 치즈를 향한 내 마음의 넓이는 측정 불가이니 말이다.

치즈 가게에서 줄을 서며 나는 새삼 또 배웠다. 누구든 자신의 차례가 오면 그 시간을 충분히 누려도 된다는 것을. 궁금한 것을 물어보고, 고민하는 시간을 가져도 된다는 것을. 이곳은 자리에 앉기도 전에 주문해야 하는 한국이 아니다. 내 뒤에 기다리는 사람들을 지나치게 배려하느라 너무 급한 선택을 하지 않아도 된다. 내 시간에 대해 당당해져도 된다. 그것은 나의 권리. 눈치 주는 사람은 아무도 없다. 심지어 주인장까지도 기다려준다. 고민 끝에 내가 두 번째로 고른 치즈는 겉에 허브가 잔뜩 발린 Al romero 치즈였다(이름도 처음 듣는 치즈였다). 비싸도 어쩔 수 없다 생각했는데 다 합쳐서 겨우 8천 원. 웅장해진 마음으로, 치즈의 이름이 적힌 영수증을 손에 꼭 쥐고 가게를 나섰다. 이것은 평범한 영수증이 아니다. 이것은 지금부터 파리 생활이 달라질 거라는 확약서였다. 두고 봐. 치즈계의 만수르가 되어주겠어.

제일 어려울 거라 생각한 치즈 가게 관문을 넘었으니, 나는 이제 거리낄 것이 없었다. 치즈 가게 맞은편 마트에 가서 장을 봤다. 늘 빵과 곁들일 생채소와 요구르트, 햄과 과일 정도만 샀는데, 새 동네에 왔더니 새 마음이 장착된 건가. 파스타와 파스타 재료를 사고, 신선한 줄기콩과 엔다이브와 오이와 딜 그리고 민트도 다발로 산다. 집 바로 앞에 벨빌 맥주 양조장이 있길래 병맥주도 종류별로 사 왔고, 작은 식료품 가게에서 올리브 절임도 포장해 왔다. 양손과 어깨에 먹을 것들을 잔뜩 짊어지고 집으로 돌아와서 텅 빈 냉장고를 꽉꽉 채웠다. 이 모든 것이 이 집에서 반경 50미터 안에서 일어난 일이다. 양조장까지는 10미터, 양조장에서 코너를 돌면 치즈 가게, 2차선 도로를 건

너면 커다란 마트. 마트에서 다시 코너를 돌면 축제가 열리는 작은 광장. 광장 옆엔 유기농 마트 그리고 낯선 나라의 궁금한 식당들까지. 이토록 내게 필요한 것들이 꽉꽉 들어찬 동네라니. '동네'라는 말이 이토록 잘 어울리는 동네라니.

5월에는 멀리멀리 계속 뻗어나가며 우리 동네의 지도를 그렸다. 마음에 드는 곳이 생기면 나는 거침없이 그곳을 우리 동네로 편입시켰다. 동네는 나날이 커지기만 했다. 그러나 6월은 아주 다를 것 같았다. 나는 작게, 아주 작게 지도를 그리고 싶어졌다. 그냥 이곳에 살고 싶어졌다. 밖의 파리가 어떻든, 유명한 무엇이 어떻든 간에 그냥 여기에 있고 싶었다. 그래도 될 것만 같은 기분이었다. 궁금한 식재료들을 사다가 밥을 해 먹고, 해피 아워에는 집 앞 카페에 앉아 맥주를 마시며 책을 읽고, 매일 다른 치즈를 사다 먹으며 그냥 이 작은 동네 안에 머물고 싶었다. 지도를 작게, 아주 세세하게, 시간대별로, 아주 촘촘하게 그리고 싶어졌다.

그렇게 생각이 뻗어나가다 보니 심지어 여기에 왜 이제야 도착한 걸까 싶은 마음까지 들었다. 하지만 그 마음은 단호하게 지워버렸다. 그런 식으로 나의 지난 한 달을 평가 절하하는 건 옳지 않다. 사실에도 부합하지 않는다. 정확한 시기에 정확한 곳에 도착했다, 라고 보는 것이 더 맞을 것이다. 순서가 반대였다면 힘들었을 것이다. 만약 이곳이 나의 첫 숙소였다면 가야 하는 모든 곳들이 집에서 멀었을 것이다. 이 동네의 반짝이는 부분들을 발견하지 못하고, 내가 꿈꾸던 파리는 이런 곳이 아니었는데, 라고 생각했을 것이다. 그러다 이 작은 마을에 익숙해질 무렵 부자 동네에 도착했다면, 그곳이 오만하다고 생각했을 것이다. 비싸다 여겼을 것이다. 어디에도 적응하지 못했을 것이다. 그러니 얼마나 다행인가. 유명한 파리를 둘러본 이후에 이런 소박한 마을에 도착한 것은.

방금 전까지 이사에 대해 내내 걱정하고, 새로운 동네를 내내 무서워하던 사람이 이토록 금방 태도를 바꾸니 당혹스러운가? 아니, 이렇게나 좋아할 거면서 뭘 또 그렇게나 걱정을 해, 한심한가? 이런 나를 데리고 사는 나는 어떻겠는가? 제발 좀 적당히 하라는 잔소리를 스스로에게 퍼부을 때가 한두 번이 아니다. 마음이 매 순간 너무 제멋대로 날뛰어서 한숨이 푹푹 나온다. 하지만 나의 마음의 과장법은 하루 이틀 일이 아니다. 늘 지나치게 좋아하고, 지나치게 싫어하고, 또 지나치게 기뻐한다.

물론 6월의 이 숙소가 별로였어도 나는 나를 그다지 책망하진 않았을 것이다. 어떻게든 여기에서 내게 마음에 드는 곳을 찾아냈을 것이다. 나의 몇 안 되는 재능 중 최고의 재능이 바로 이것이다. 언제나 내가 가진 것이 최고의 패라고 생각하고, 내가 한 선택이 최고의 선택이라고 믿기 주저하지 않는다는 것. 그 선택이 실패로 결론이 난다면, 거기서 내가 또 뭔가를 배웠을 테니 괜찮다고 다독인다. 다음엔 그런 실수를 하지 않으려

고 노력할 테니 얼마나 다행인가, 라며 스스로를 기죽이지 않
는다. 나에게 최선은 지금, 여기가 아니라면 어디에도 없다. 지
금부터 이곳은 나에게 최선의 장소여야만 한다.

　하지만 지금은 한가하게 내 재능 따위를 생각하며 소파에
앉아 있을 때가 아니다. 나의 완벽한 동네 생활을 완성해줄 그
곳에 가봐야 했다. 나는 피크닉 매트까지 챙겨서 밖으로 나간
다. 가자, 뷔트 쇼몽 공원으로. 우리 동네의 심장으로.

　파리 지도를 펼쳐놓고 공원을 찾아보면 가장 먼저 눈에 들어오는 건 파리 양 옆구리의 커다란 녹색 땅이다. 왼쪽은 불로뉴 숲, 그리고 오른쪽은 뱅센느 숲이다. 처음, 공원이 있는 곳에 숙소가 있었으면 좋겠다고 생각했을 때 이곳을 고민하지 않은 건 아니다. 하지만 이름만 봐도 바로 눈치챌 수 있는 것처럼, 이곳은 공원이라기엔 너무나도 거대한 숲이다. 그리고 파리의 거의 외곽에 위치하기도 했고. 나는 파리 시내 안으로 시선을 좁혔다. 파리 좌안(우리 식으로 이야기하자면 파리의 강남)에서 가장 큰 공원은 뤽상부르 공원이고, 파리 우안(강북)에서 가장 큰 공원은 단연 뷔트 쇼몽 공원이다. 나는 가보지도 않은 이 공원들을 중심에 놓고 극성스럽게 숙소를 찾았다.

　뷔트 쇼몽 공원의 뷔트(Buttes)는 '언덕'이라는 뜻이다. 그 이름처럼 공원 전체가 언덕으로 이루어진 곳이다. 오래전 이곳은 채석장과 쓰레기 처리장으로 사용되었던 곳이라 파리에서 가장 암울한 곳 중 하나였다고 한다. 이곳을 공원으로 바꾼 사람은 나폴레옹 3세. 천 명이 넘는 인부가 3년 동안 이곳에 투입이 되었고, 그 결과 1867년에 공원으로 개장하였다. 이곳은 여느 파리의 공원들과 다르다. 루브르 궁전 옆의 튈르리 정원도, 뤽상부르 궁전 앞의 뤽상부르 공원도 전형적인 프랑스식 정원이다. 프랑스식 정원의 대표적인 특징이라면, 왕을 위해 인공적으로 설계했다는 것이다. 궁을 중심으로 양쪽 정원은 완벽한 대칭을 이룬다. 기하학적인 도형에 따라 화단과 연못과 분수를 절도 있게 배치하고 나무는 네모로 일정하게 깍둑썰기를 한다. 왜? 왕이 내려다보기 좋아야 하니까. 프랑스식 정원의 정점은 단연 베르사유 궁전의 정원이다. 그곳에 직접 가보면, 정원이라기엔 나무가 없어서 땡볕이 너무 심하고, 마땅히 앉을 곳도 없다. 잘 가꿔진 화단 옆의 길은 모두 흙바닥이라 의외로 산책도 쾌적하지 않다. 하지만 그건 다 우리가 평민이라서 그런 거다. 걷는 사람을 배려하며 정원을 가꾼다고? 왜? 우리의 왕은 저 성안에서 편하게 내려다보실 건데. 억울하면 왕으로 태어났어야 했다.

뷔트 쇼몽 공원은 다르다. 나무는 자신의 수형을 뽐내며 자란다. 보란 듯이 거대하게 자란다. 기하학적 도형 같은 건 이곳에 존재하지 않는다. 천 명이 넘게 투입되어 채석장을 인위적으로 바꾸었다지만, 이곳에서 인공미는 찾아보기 힘들다. 모든 것은 자연스러운 곡선으로 이루어져 있다. 입구에서 이어지는 넓은 산책로도 자연스럽게 굽어 있고, 나무 사이로 난 오솔길도 마음껏 꼬불하다. 둥근 호수도 있고, 호수 안에는 기암괴석의 절벽도 있고, 절벽 위에는 로마식 건축물의 전망대도 있다. 길은 계속해서 몇 갈래로 갈라지며, 영원히 이 안에 머물 수 있도록 배려한다. 가도 가도 끝이 나지 않을 것만 같은 이 커다란 공원 안에 가장 많은 것은 바로 잔디밭. 완만한 언덕에도, 가파른 언덕에도 드넓은 잔디가 펼쳐진다. 그 위로는 사람들이 빼곡하다. 물론 '빼곡'이라는 단어를 쓰는 건 뷔트 쇼몽 공원에 조금 각박한 처사라는 생각이 든다. 사람이 아무리 많아도, 그러니까 이토록 날씨가 좋은 토요일 저녁 시간에, 파리 시민 모두가 뷔트 쇼몽 공원에 온 게 아닐까 착각이 들 만큼 사람이 많아도, 이 공원은 붐빌 수 없다. 여전히 한적한 공간이 있다.

자연의 모든 시기엔 제각각의 아름다움이 있는 법이지만, 그래도 부인할 수 없는 전성기가 있는 법이다. 나는 어쩌자고 뷔트 쇼몽 공원에, 날씨 좋은 6월의 저녁에, 해가 지기 전 가장 빛이 아름다울 때 찾아온 걸까. 천국에 온 게 아닐까 생각했다. 과장이 아니다. 숲의 정령처럼 높다랗게 자란 나무들이 제각각 녹색으로, 갈색으로 몸을 치장하고 잔디밭을 빙 두르고 있다. 모든 나무들이 기분 좋은 바람에 몸을 내맡기고 살랑살랑

잎을 흔들며 대화를 한다. 호수 옆 나무도 치렁치렁 머리를 수면 위로 드리우고 있다. 그 나무들에 비하면 너무나도 작고 어린 사람들은 나무 밑에, 잔디 위에, 제각각 자리 잡고 앉거나 누워 있다. 웃으며 술을 마시고, 웃으며 대화하고, 다시 대화하며 웃는다. 책을 읽거나 음악을 듣는 사람도 많다. 모두가 이 빛나는 시간이 사라져버리기 전에 아낌없이 생을 살아버리고 있다.

절벽 뒤로 곧 넘어가려는 해는 마지막으로 금가루를 온 세상에 뿌린다. 그 노란 기운을 받아 나뭇잎들이 투명한 형광으로 빛나고, 물은 금빛으로 반짝인다. 사람들의 머리카락은 모두 금발이 되고, 모두의 실루엣에도 금색 가루가 내려앉았다. 그 누구도 아름답지 않을 수 없는 시간에, 눈 닿는 곳마다 아름다운 곳에 도착해버렸으니 어떻게 이곳이 천국이 아니란 말인가. 나는 끝없이 사진을 찍고, 아름다움에 발을 동동 구르고, 한숨을 푹푹 내쉰다. 이것은 카메라 안에 갇히는 자연이 아니다. 천국은 그렇게 쉽게 기록되지 않는다. 기록할 순 없어도 기억할 순 있다. 매일 오면 되니까.

기억해. 천국은 집에서 걸어서 겨우 10분이야.

하루를 100시간쯤 산 기분이었다. 아침의 걱정과 점심의 설렘과 오후의 흥분과 저녁의 천국까지. 하루에 몇 개의 기분을 오르락내리락한 거지. 그야말로 롤러코스터급 하루. 집에 돌아와서야 피곤하다는 걸 알아챘다. 잠이 밀려왔다. 새 침구의 사각거림은 오랜만이었다. 오랜만에 이른 시간부터 아주 편안한 잠을 잤다. 그 잠을 깨운 건 빵 굽는 냄새였다. 숙소 리뷰에 1층이 빵집이라 좋다는 평이 많았는데, 다들 이걸 의미했던 건가. 다들 새벽에 빵 냄새에 잠을 깨며 행복했던 건가. 시간을 확인해보니 새벽 3시 반. 그렇다면 이들은 몇 시에 빵집 문을 열고, 밀가루 반죽을 하고, 빵을 만들기 시작했다는 거지. 덕분에 지금부터 나는 편안한데 맛있기까지 한 잠을 잘 운명인 거다. 오랜만에 알람을 맞추고 다시 잠에 든다. 일찍 일어나 갈 곳이 있었다.

7시에 알람이 울리자마자 나는 다시 나선다. 목적지는 다시 공원. 이 공원에 아침마다 가고 싶어서 나는 굳이 이곳으로 숙소를 잡는 모험을 했다. 그렇다면 첫 아침의 목적지도 당연히 뷔트 쇼몽 공원이다. 앞으로 나의 아침이 어떤 풍경이 될지는 이 공원에 달렸으니까. 한 달 전, 첫 아침에 그랬던 것처럼 나는 다시 동네를 배운다. 이 아침에 이미 문을 연 카페를 확인하고, 빵집을 몇 개 더 알아둔다. 길거리엔 어제 열린 축제의 흔적이 남아 있다. 전깃줄에는 아직 풍선이 달려 있고, 벽에는 동네 축제 포스터가 쭉 붙어 있다. 닫힌 가게 앞에 붙은 안내문을 자세히 읽어보니, 어제는 동네 예술가들의 아틀리에도 다 개방을 한 모양이었다. 각 아틀리에의 주소와 그곳의 작가 이름과 오픈하는 시간이 쫙 정리된 안내문을 보고 있으니, 하루만 더 일찍 이 동네에 도착을 했더라면 어땠을까 상상을 하게 된다. 동네 예술가의 아틀리에를 방문하는 영광은 쉽게 누릴 수 없는 것이니. 하지만 이미 지나간 일. 아쉬움은 빵 부스러기처럼 툭툭 털고, 나는 앞으로 나아간다.

공원의 품은 넓다. 어제저녁에는 사람들에게 아낌없이 내주더니, 오늘 아침엔 강아지들에게 온몸을 다 내주었다. 공원의 너른 품을 커다란 개들도 작은 강아지들도 질주한다. 하루 이틀 만나는 관계가 아닌 건지 서로 술래잡기하듯 뛰어다닌다. 커다란 나무 곁을 걸으며 숨을 깊이, 아주 깊이 쉬어본다. 어제저녁 공기엔 알코올이 가득 차 있었으나, 오늘 아침엔 건강이 가득 차 있다. 빠르게 더 빠르게 뛰어나가는 사람들이 지나간 자리엔, 느리게 더 느리게 몸을 움직이는 사람들이 잔뜩 모여 있다. 바로 태극권 수업. 중국 어디 공원에 온 것 같은 기분에 순식간에 사로잡힌다. 중국인 할머니가 천천히 동작을 하면 100명이 넘는 사람들이 그걸 따라 한다. 중국어 설명을 서양인들이 알아들을 리 없으니, 눈치껏 옆 사람들을 따라 하는 중이다. 모두가 어찌나 집중하고 어찌나 진심인지, 덕분에 시간도 숨을 죽이고 천천히 지나간다. 이들 중 한 명이 《먹고 기도하고 사랑하라》를 썼다고 해도 나는 기꺼이 믿었을 것이다.

지금 이곳에서 내가 글을 쓴다면 '살고 감동하고 사랑하라'가 되려나. 살아 있다는 감각이 솟구친다. 거리낄 것이 없는 완전한 자유 안에서 나는 젊은 사람들처럼 뛰었다가, 아줌마 아저씨들의 속도에 맞춰 걸었다가 또 내 마음대로 움직였다. 언덕 위에 올랐다가 호숫가로 내려가기도 했다가, 커다란 나무에 몸을 바싹 붙이고 앉기도 한다. 작은 반짝임에도 사소한 촉감에도 아낌없이 감동한다. 이러려고 그토록 호들갑을 떨며 공원 근처로 숙소를 고집했던 걸까. 한 번도 내 것인 적이 없었던 아침 시간을 내 마음대로 써보고 싶어서. 평생을 한결같이 미워했던 아침 시간들에게 정당한 자리를 찾아주고 싶어서. 아침부터 숨 쉬듯 쉽게 행복해지고 싶어서.

살고 감동하고 사랑하고 있다.
이곳이 나의 매일이라는 것에 감동하지 않을 수 없다.
내가 만들어낸 이 삶을 사랑하지 않을 도리가 없다.

　가야 할 곳도, 해야 할 것도 없다. 친구들이 떠나고 난 후 나는 게으르게, 더 게으르게만 보냈다. 가고 싶은 곳이 잘 생각나지 않았고, 하고 싶은 것도 딱히 없었다. 지금까지 열심히 다녔으니까, 라며 면죄부를 수시로 남발했다. 마침 동네까지 옮기게 되면서 나는 좀 더 게으른 여행자 모드로 돌입했다. 집 안에 칩거하거나, 동네를 설렁설렁 돌아다니는 한 마리 백수, 그게 바로 나였다. 마음 한구석이 불편했지만, 아니 어떻게 파리까지 와서 이러고 있어, 라는 자의식이 종종 깨어났지만 애써 모른 척했다. 하지만 오늘은 그러고 있을 시간이 없다. 제시간에 가야 한단다. 서두르렴.

　알람 소리가 들리자마자 눈을 뜨고, 빠르게 공원 산책도 다

녀왔다. 빠르게 씻고, 빠르게 준비한다. 모든 행동에 가속도가
붙는다. 왜? 너무 설레니까. 이런 느낌을 언제 마지막으로 느껴
봤더라? 기억나지 않는다. 소풍날 아침의 기분이라고 말하면
딱 정확할 것 같긴 하다. 아이참, 이런 날 아침엔 김밥이 있어
야 하는데 말이야. 그야말로 김밥 옆구리 터지는 소리는 그만
두고 냉장고를 열어서 남은 채소와 과일과 빵과 치즈로 푸짐
하게 아침을 차려 먹는다. 물론 빠르게.

　검색해보니 집에서 목적지까지는 걸어서 30분. 그 정도면
걷는 게 낫다. 한 달짜리 무제한 교통권을 사놓고도 자꾸만 걷
는 나는 한 시간 전에 집에서 나선다. 초행길이다. 내가 멈춰
서지 않을 리가 없다. 또 사진을 찍고, 또 예쁜 가게를 발견하
면 또 검색하겠지. 자꾸만 사방팔방 궁금해하겠지. 그러다 보
면 한 시간도 부족할지 모른다. 서두르자. 꼭 필요한 것들로만
챙겼는데도 이미 묵직한 가방을 어깨에 둘러메고 나는 발걸음
을 재촉한다.

　겪지 않아도 예감하는 순간이 있다. 오늘이 바로 그날이었
다. 이 모든 파리 생활이 끝난 후 나의 파리 생활을 몇 개의 챕
터로 나눈다면, 오늘은 새로운 챕터의 시작이 될 것이다. 분명
히 나는 나중에 나의 파리 생활을 다음과 같이 나누게 되리라.

　챕터 1) 파리 도착
　챕터 2) 친구 1 도착

오일 파스텔이라니. 파리에서 오일 파스텔 수업이라니!!! 느껴지는가, 나의 설렘이. 이해되는가, 이 흥분이. 이미 '오일 파스텔'이라는 단어만으로도 나의 호기심은 벌떡 깨어났다. 그 뒤에 '수업'이라는 단어까지 붙었으니 나는 1번으로 뛰어나가지 않을 도리가 없다. 안 그래도 뭐든 배우기 좋아하는 사람이다. 심지어 그림은 언제나 나의 1번 로망의 영역에 있다. 대학교 4학년, 다들 취업 준비에 전념할 때, 그때도 나는 미술학원에 찾아갔다. 삭막한 취업 세상에서 내가 숨 쉬기 위해선 로망의 영역에 머무르는 시간이 필요하다고 생각했기 때문이다. 너무 거창한가? 여튼, '오일 파스텔 수업'만으로도 나의 심장은 이미 제 속도로 뛰길 포기했다. 그런데 그 앞에 '파리에서'가 붙는다고? 아, 심장 아파.

몇 주 전의 일이다. 파리에서 그림을 그리는 유나 작가님이 한 달짜리 오일 파스텔 수업을 개설하신다는 걸 인스타그램을 통해 알았다. 6월 한 달간 매주 수요일에. 나는 7월 1일에 파리를 떠나는데! 6월의 나는 그야말로 '아무 계획 없음' 상태인데! 이건 '낭만의 파리'를 완성하는 결정적 퍼즐 조각이었다. 당장 작가님에게 DM을 보냈다. 꼭 듣고 싶다고, 심장을 부여잡으며 진심의 DM을 보냈다. 안 된다고 말하면 매달릴 생각이었다. 하지만 작가님은 문을 열어 나를 받아주셨고, 나에게 미술 도구 살 곳을 알려주셨으며, 사야 하는 도구들도 알려주셨다. 곧장 화방으로 달려가서 필요한 것들을 샀다. 12색과 24색과 48색 사이에서 한참을 고민했지만, 작가님은 우선 조금만 사고 필요한 색은 나중에 낱개로 사면 된다고 말했다. 어린 시절 친구들의 48색 크레파스를 부러워하던 나는, 커서도 120색 색연필 앞을 서성이고 플러스펜도 60색으로 사버리는 나는, 그걸 또 파리까지 챙겨온 나는, 작가님의 조언과 여행 중이라는 현실 자각으로 겨우 욕망을 억누르며 24색 오일 파스텔을 샀다. 이것은 나의 새로운 파리 생활을 열어주는 황금 티켓이 될 것이다.

4주간 우리의 수업이 진행되는 곳은 그 유명한 '파리다방'. 놀랍게도 진짜 이름이 '파리다방'이다. 망고 빙수와 녹차 빙수로 유명한 이곳은 의외로 한국 사람들보다 외국 젊은이들의 사랑을 독차지하고 있는 곳이다. 덕분에 한국식 빙수를 먹겠다고 멋을 잔뜩 낸 파리 젊은이들이 땡볕에 줄을 길게 선 모습을 볼 수 있는 곳이기도 하다. 하지만 오늘 오전, 이곳은 그림 공방으로 변신한다. 유나 작가님과 친분이 있는 사장님이 오전에 이 카페의 가장 큰 테이블을 우리에게 내주셨다. 다섯 명의 한국 여자가 그 테이블에 빙 둘러앉는다. 간단하게 자기소개를 하고, 각자가 준비해온 각기 다른 브랜드의 오일 파스텔을 꺼낸다. 자, 수업을 시작해볼까요.

솔직히 신이 났지만, 솔직히 겁도 났다. 나는 움츠러들어 있었다. 나에게 그림 재능이 조금이라도 있다면, 그건 모두 스케치 쪽이 아니라 색칠에 몰려 있기 때문이다. 고등학교 3학년 때까지 나는 늘 미대 입시를 준비해보라는 이야기를 들었다. 아마도 성적이 나쁘지 않고, 그림도 곧잘 그리는 편이어서 두 개를 합치면 더 상위권 대학에 보낼 수 있을 거라는 선생님들의 계산이 있었던 것 같다. 하지만 나는 나를 너무 잘 알았다. 나에겐 미술 시간의 과제를 잘하는 능력은 있었지만, 그림을 그리는 재주는 영 없었다. 내가 늘 부러워했던 친구들은 쉬는 시간에 잡담을 하면서도 슥슥 낙서를 하는 친구들이었다. 연필로 슥슥 그리면 나무가 태어나고, 친구들의 얼굴이 툭툭 튀어나왔다. 별 힘을 들이지 않은 것 같은데도 그림 속 할아버지의 감정을 알 것만 같았고, 몇 개의 선으로도 기가 막히게 선생님들을 종이 위로 소환했다. 재능이 없다, 라는 생각은 늘 그림 앞에서 나를 주눅들게 했다. 그 탓에 혼자 있을 때라도, 노트 귀퉁이에다가도, 나는 그리지 않는 사람이 되었다. 그런데, 남들 앞에서 그려야 한다니. 보란 듯이 망할 텐데 어쩌지.

하지만 파리에서 나의 설리번 선생님을 만날 줄이야. 아무 말도 하지 않았는데, 작가님은 어떻게 내 마음을 다 읽어버린 걸까? 지금 막 처음 만났는데 그게 어떻게 가능하지? 오일 파스텔을 오늘 처음 만져보는 왕초보 우리를 앉혀놓고 작가님은 아무 문제없다는 듯이 수업을 시작하셨다. 오일 파스텔의 기본에 대해 설명하시는 듯했는데, 이상했다. 왜 오랫동안 멍울진 내 마음이 살살 풀리고 있는 거지. 왜 용기 내서 그려보고 싶다는 마음만 쑥쑥 자라고 있는 거지.

"정확한 형태를 그리려고 하지 마세요. 윤곽을 의식하지 말고 색 덩어리로 바라보는 거죠. 여기 분홍색이 있네, 노란색 덩어리가 그 옆에 있고, 끝부분엔 하얀색이 있고. 신기한 게 뭔지 아세요? 오일 파스텔에 틀리는 건 없어요. 이것 보세요. 갑자기 이렇게 그리면 틀린 거 같죠? 틀렸다고 생각이 들면 거기에서 다시 그려나가면 돼요. 틀리는 건 없어요."

아, 틀려도 되는 세상이라니. 틀려도 틀리지 않는 세상이라니. 카페 문을 하나 열었을 뿐인데 나는 도대체 어떤 세상에 도착한 것인가. 작가님의 분홍색 꽃을 따라 그리고 싶었는데, 나의 빈약한 24색 파스텔엔 분홍색이 없었다. 나는 망설임 없이 자주색과 보라색 파스텔을 집어 든다. 애초에 색이 다르니 그림도 달라진다. 점점 작가님의 원래 그림과 멀어진다. 잘 따라 그려야지의 마음이 어느새 떠난다. 내가 선택한 색상 사이에서의 조화를 찾아서 마음껏 다른 색을 집어 든다. 노란색을 칠했다가 짙은 초록을 더하고 연두를 얹어본다. 자꾸만 내 방식의 꽃에 도착한다. 이래도 되나 주춤하다가도 작가님의 말을 되뇐다. 틀리는 건 없어요. 무슨 마법의 주문 하나를 얻은 것 같았다. 마음껏 칠하세요. 원하는 색으로 칠하세요. 그렇게 그렸다면 그 모양이 맞아요. 틀리는 건 없어요. 그런 색깔로, 그런 모양으로 살고 싶나요? 그럼 그렇게 살면 되는 거예요.

마음은 점점 가벼워져서 그림 속 꽃잎처럼 나풀댄다. 하고 싶은 대로 해도 된다. 1등을 해야 하는 것도 아니고, 더 잘해야 하는 것도 아니다. 지금까지 살아온 세상의 공식은 이것과 달랐다. 행동엔 목적이 있어야 하며, 시간의 투입엔 합당한 결과가 뒤따라야 했다. 실력 향상이든 정신적 안정이든 근육 증진이든. 끝없는 상향 곡선의 세상. 어른이 된 우리에겐 실패할 기회와 시간조차 쉽지 않다. 한 번의 실패로 영원한 나락에 떨어질 것 같은 공포가 세상에 떠돈다. 그러니 의도가 필요하다. 실패해도 괜찮은 세상 속에 의도적으로 스스로를 가져다놓는 기획이 필요하다. 바로 지금처럼.

내가 지금부터 아무리 열심히 그려도 거창한 무엇이 될 일은 없을 것이다. 동시에 아무리 이상하게 그려도 문제가 생길 리 만무하다. 이 세상에선 다만 넘치게 기쁘면 된다. 놀랍도록 순수한 즐거움이 나를 싹싹 씻겨내고 있었다. 그것만으로도 이미 나는 성공했다. 심지어 나는 "파리에서 오일 파스텔 수업을 들었어"라는 문장까지 가지게 되었다. 무엇을 더 바라겠는가. 이미 나는 성공해버린걸. 그럼 이 문장 안에서 마음껏 힘껏 뻗어가보는 거다. 내 마음대로 되고 싶은 존재가 되어버리는 거다. 실패를 나만의 문양으로 끌어안으며, 이상함을 나만의 색깔로 내세우며.

순식간에 두 시간이 지났다. 손에도 손톱 밑에도 팔에도 오일 파스텔이 덕지덕지 묻어 있다. 딱 어린아이들이 정신없이 물감 놀이를 하고 난 후의 꼴이다. 언제였지? 이렇게까지 뭔가에 집중해본 게. 이렇게까지 휴대폰을 멀리한 시간은. 혼자의 성공에 도취해서 내 그림을 들여다보고 있는데 작가님이 내게 기름을 부었다.

"아니 민철 님. 너무 잘 그리는 거 아니에요?"

"저요? 진짜요?"

"민철 님은 한국 돌아가시지 말고, 파리에 남아서 보자르 준비하세요."

보자르라니. 그것은 파리의 가장 유명한 미술 학교. 이런 거대한 칭찬 같은 농담을 들었으니, 내가 가만히 있을 수 있나. 작가님의 농담에 진심으로 응수하기로 했다. 우선, 보자르에 어울리는 파스텔을 사는 거다. 더 정확하게 말하면 작가님이 쓰고 있는 바로 저 파스텔을. 딱 봐도 비싸고, 딱 봐도 너무 프랑스 같은 저 오일 파스텔. 옆자리의 민아 님과 눈이 맞는다. 우리 둘 다 수업 내내 섬세한 색이 비단처럼 미끄러지는 작가님의 오일 파스텔 칭찬을 얼마나 했는지. 우리는 눈을 마주치자마자 서로가 원하는 걸 바로 알아챈다.

"언제 시간 괜찮으세요? 우리 같이 파스텔 사러 갈래요?"

  우리가 아는 파스텔이 있다. 잡기만 해도 손에 묻어나고, 손
이 닿는 곳마다 번지고, 가루가 날리는. 그 섬세하고 다루기 힘
들며 고정조차 쉽지 않은 파스텔이 달라진 것은 피카소 때였
다. 피카소를 위해 처음으로 파스텔에 오일을 섞어서 오일 파
스텔을 만든 곳이 있었으니, 그곳이 바로 시넬리에 화방이었
다. 그러니까 파스텔처럼 섬세한 색 표현이 가능하지만 가루
가 날리지 않고, 물감으로는 낼 수 없는 질감을 주면서도 크레
파스처럼 다루기 쉬운 새로운 도구가 이곳에서 탄생한 것이
다. 시넬리에. 그게 바로 작가님이 쓰고 있는 오일 파스텔의 이
름이었다.

  작가님이 알려주셨다. 루브르 박물관 바로 강 건너, 보자르

미술 학교 바로 옆에 시넬리에 화방이 있다고. 100년 넘은 화방이 아직 건재하다고. 이래서 파리는 영원히 모를 곳이구나 싶다. 도대체 그 앞을 지금까지 얼마나 지나갔는데, 화방이라니. 피카소를 위해 오일 파스텔을 만들 정도로 그때에도 유명한 화방이 여전히 거기 있다니. 당장 가지 않을 수 없었다. 신이 나서 달려가려는 우리에게 작가님은 한 가지 경고를 덧붙이셨다.

"근데 딱 보기에 예쁜 색들이 의외로 쓰기는 힘들 수 있어요. 잘 쓸 것 같은 것들로 몇 개 사서 써보고, 또 필요한 색이 생기면 그때 또 낱개로 사면 돼요."

정말로 루브르 박물관에서 다리를 건너니 거짓말처럼 시넬리에 화방이 있었다. 오래되었지만 단정한 초록색 가게. 작은 가게라 생각하고 들어갔는데 화방 내부는 의외로 깊고, 2층까지 화구들이 빼곡하다. 들어가자마자 유럽의 오래된 약국에 들어온 느낌이 들었다. 길고 높은 나무 찬장 앞 카운터에 점원들이 서 있고, 나이 많은 아저씨가 그 카운터 앞에서 색깔표를 들여다보고 있다. 마치 증상을 이야기하듯 아저씨가 조심스럽게 색깔 하나를 말하면, 하얀 곱슬머리에 빨간 안경을 낀 점원이 오래된 찬장에서 물감을 하나씩 꺼낸다. 이 색이면 다 치료될 거예요, 한마디를 덧붙일 것 같은 분위기다. 우리도 우리의 그림을 치유할 결정적 색을 이곳에서 다 얻게 되는 건가. 설렘을 감추지 못하며 오일 파스텔 서랍장을 연다. 그 낡은 나무 서랍장 안에 세상의 모든 색이 잠들어 있었다. 부드러운 파스텔들이 몸을 뒤척이며 서랍 속에 자신들의 색을 가득 묻혀놓았다. 자연스럽게 낡고 오래도록 색이 든 이런 이미지들은 언제나 나의 혼을 쏙 빼놓는다. 아니, 오일 파스텔이 아니라 이 나무 장 전체를 가지고 싶은데, 혹시 파시나요? 서랍 하나만 열었을 뿐인데 이미 망한 것 같은 예감에 사로잡힌다. 작가님, 어쩜 저희에게 그토록 잔인한 지침을 주신 건가요. 어떻게 몇 개만 사라는 거죠, 작가님. 네?

세상엔 몇 개의 분홍색이 존재할까? 여자들은 쉽게 대답할 수 있을 것이다. 우리는 시즌마다 모든 화장품 브랜드가 또 새로운 분홍 립스틱을 내놓는다는 걸 알고 있다. 놀랍게도 아직 분홍 세상은 다 정복되지 않았다. 그렇다면 사람은 몇 개의 분홍색을 가져야 할까? 이번엔 내가 확고하게 대답할 수 있다. 많으면 많을수록 좋다. 서랍 안을 가득 메운 전부 다른 분홍 오일 파스텔들. 지금 막 피어나는 장미를 위한 분홍색과 수국을 위한 분홍색은 엄연히 다르다. 엄연히 다른 이유로 다 가질 수밖에 없다. 겨우 진정하고 몇 개의 분홍을 고르고 나면, 그다음엔 노란색의 세상에서 길을 잃었다. 알지 않는가. 수선화를 위한 노랑과 개나리를 위한 노랑도 확연히 다르다는 것을. 그 안에서 빠져나오면? 그다음은 초록색, 그다음은 파란색의 우주가 기다리고 있었다. 그 와중에 어디 써야 할지도 알 수 없는 형광색 파스텔은 왜 그토록 내 마음에 드는지. 근데 같이 간 민아님은 왜 또 금색이랑 은색 파스텔을 들고 세상 제일 근심 어린 표정으로 서 있는 건지. 작가님이 사지 말라고 한 색깔들이 바로 이런 색깔들일 텐데…… 어쩌나. 마음에 드는걸.

　한참을 고민하다가 우리는 어른답게 행동하기로 했다. 어른답게 다 사버렸다는 이야기다. 우리가 왜 돈을 버는데요, 라고 스스로를 합리화하며. 포인트로 쓰기에 아주 좋을 것 같아요, 라고 서로를 부추기며. 우리는 어린아이들의 사탕 쇼핑처럼 파스텔 쇼핑을 끝냈다. 달콤한 시간이었다. (결국 나는 혼자 나중에 그곳에 다시 가서, 필요한 색을 더 샀다. 그리고 한국에 돌아와서는? 결국 시넬리에 오일 파스텔 120색을 구매해버렸다. 수십 년을 유예한 꿈이 마침내 이루어지는 순간이었다.)

　나는 적당히를 모르는 여자. 좋아하는 세상을 향해 맹렬하게 달려가는 돈키호테. 세상이 나를 중심으로 굴러간다고 믿어 의심치 않는 태양왕. 그런데 이번은 정말 파리가 나를 좋아한다고 믿을 수밖에 없었다. 내가 오일 파스텔 수업을 듣기 시작한 건 또 어떻게 알고, 오르세 미술관이 파스텔 특별전까지 열어주었기 때문이다. 파리가 나를 이 정도로 사랑할 줄이야. 그럼 그 사랑에 나도 사랑으로 답할 수밖에 없다. 어쩌겠는가. 야간 개장을 하는 날을 골라서 나는 다시 오르세 미술관에 갔다. 지난번에 보미와 왔을 때에는 5층에 시간을 할애했으니 이번에는 1층의 특별전 전시실에 똬리를 튼다.

1층에서는 지금 두 개의 특별전이 열리고 있다. '마네 & 드가 특별전' 그리고 '파스텔 특별전'. 바쁜 관광객들은 모두 5층으로 직진한다. 그곳에 고흐와 모네와 고갱과 르누아르와 로트레크 등 어쨌거나 우리가 아는 대부분의 인상파 작가들의 작품이 모여 있다. 다음으로 사람들이 몰린 곳은 1층의 마네 & 드가 특별전. 우리가 잘 아는 마네의 〈올랭피아〉와 드가의 〈발레 수업〉 연작들은 물론, 우리는 몰랐던 마네와 드가의 작품이 그 안에 가득하다.

젊은 드가의 작품을 마네가 잘라버렸다는 이야기를 들은 적 있는가? 젊은 드가가 야심 차게 마네 부부의 모습을 그려주었다. 하지만 자신의 부인을 너무 못생기게 그린 것에 화가 난 건지, 마네는 그 그림에서 아내의 모습을 잘라내 버린다. 그리고 아내의 초상화를 자기가 직접 그려준다. 그리고 오르세 미술관은 잘린 드가의 그 그림과 마네가 다시 그린 아내의 초상화를 나란히 배치해두었다. 이런 그림의 존재 자체는 물론이거니와 이런 이야기가 있었다는 것도 몰랐던 나는 두 작품의 설명을 읽으며 마음껏 즐거워한다. 하지만 아직은 이른 시간이라서 이 인기쟁이 두 화가의 특별전에는 사람들이 너무 많다. 늦은 저녁, 이곳이 한가해지면 돌아오기로 하자. 나는 바로 옆 전시실로 이동한다. 오늘의 목적은 파스텔, 무조건 파스텔이 먼저다.

다행히 파스텔 특별전은 한산하다. 사실 이렇게 한산할 전시가 아닌데 말이다. 파스텔 작품들은 재료의 특성상 잘 공개

되지 않는다고 한다. 워낙 재료 자체가 안정적이지 않아서 아무리 후처리를 꼼꼼히 하더라도 손상의 위험이 크니까. 그러니 이 그림들은 오랜만에 세상에 공개되는 것들이고, 언제 또 공개가 될지 모르는 귀한 존재들인 것이다. 이 귀한 존재들에게 충분히 시간을 할애하기 위해 나는 이미 만반의 준비를 마쳤다. 카메라는 가져오지 않았고, 가방엔 작은 수첩과 볼펜, 지갑이 전부다. 오래 서 있기 위해서는 가벼워야 한다. 미술관에 들어오기 직전, 커피로 에너지까지 최대치로 끌어올렸다. 자, 가볼까.

미술관을 좋아하지만 미술적 지식은 부족한 나는 언제나 나의 느낌에 충실하다. 느낌이 오는 작품만 들여다보고, 느낌이 오지 않는다면 알아보려고 하지도 않는다. 하지만 오늘 이곳에서 나는 다르다. 나는 유나 작가님의 오일 파스텔 제자. 작가님과 우리는 한 달간 꽃을 그릴 예정이다.

운명처럼 전시장 입구에서 밀레의 〈데이지 꽃다발〉 그림이 나를 맞아준다. 덕분에 첫 그림부터 나는 좀처럼 떠날 수가 없다. 그림 앞에 딱 붙어서 하얀 데이지꽃을 표현한 파스텔의 선들을 유심히 본다. 뒤에 배치된 꽃과 전면에 나선 꽃이 어떻게 다르게 표현되는지 들여다본다. 그늘 속에 잠긴 꽃들은 또 어떤 색으로 어떤 농도로 표현했는지도 유심히 살펴본다. 휴대폰 카메라를 꺼내서 꽃을 클로즈업해 찍고, 따라 그려보고 싶은 부분들도 또 찍는다. 다음 그림으로 발걸음을 옮기려다가도 다시 돌아와서 또 들여다본다. 마침내 결론을 내린다. 밀레, 훌륭한 화가였구먼. 그의 〈이삭 줍는 사람들〉과 〈만종〉이 아무리 유명하든 말든, 나는 꾸준히 그에게 관심이 없었다. 자극적이지 않으니까. 하지만 그보다 더 담담한 〈데이지 꽃다발〉에 나는 마음을 홀라당 빼앗긴다.

겨우 그 그림 앞을 떠나자마자, 또 바로 다음 그림에게 붙잡힌다. 하얀 원피스를 입은 소녀가 하얀 강아지를 안고 있다. 나는 하얀 원피스의 레이스도, 하얀 강아지의 털 하나하나도 좀처럼 믿기지 않지만, 무엇보다 그 모든 것이 하얀데 그토록 또렷하게 구분되며 자신의 아름다움을 구현하고 있다는 것이 도대체 믿기지 않는다. 분홍색 옷을 입고 검정 모자를 쓴 여자를 그린 마네의 파스텔화는 또 어떻고. 들여다볼수록 머릿속에 물음표만 늘어났다. 여인의 머리와 모자를 표현한 검은색, 얼굴을 표현한 흰색, 입술 위의 빨간색, 옷을 표현한 분홍색, 바탕을 표현한 회색, 딱 다섯 가지 색으로 이런 그림이 가능하다고? 드가의 발레 소녀들은 또 어떻고. 영원히 토슈즈를 고쳐 매고 있고, 영원히 무대 뒤에서 뛰어나가기 일보 직전인 소녀들. 영원히 보고 있어도 영원히 새로울 그림들.

그날 그 한적한 전시실 안에서 얼마나 시간을 보낸 건지 모르겠다. 휴대폰을 꺼내서 얼마나 사진을 찍고, 노트를 꺼내서 얼마나 필기했는지 모르겠다. 이토록 풍성한 문화라니. 이런 것들을 일상으로 접하며 산다는 건 무엇일까. 어린 시절부터 이걸 당연한 환경이라 여기며 자란다는 건 어떤 의미일까. 누군가의 부유한 생활도, 누군가의 화목한 가정환경도, 그러니까 내가 가지지 못한 것들을 좀처럼 부러워하지 않지만, 타고난 문화적 환경은 언제나 부럽다. 프랑스에 대한 환상을 처음 가지게 된 것도 어릴 적 들은 이야기 때문일지도 모른다. 파리에 유학을 다녀온 이모가 말했다. 거기 사람들은 주말에 부모랑 다 큰 자식들이 미술관 앞에서 만난다고. 만나서 같이 전시를 보고 여유롭게 밥을 먹고 헤어진다고. 세상에 얼마나 많은 파리 사람들이 그렇게 사는지는 모를 일이다. 하지만 유독 이모의 그 이야기를 기억하는 건, 그 이야기를 하는 이모의 얼굴에 부러움이 가득했기 때문이다. 내가 그 이야기를 이토록 오래 곱씹는 건, 어린 시절 나는 그 이야기가 내 것이 되었으면 했기 때문이다.

하지만 다름 아닌 내가 오늘 그 풍성한 문화의 주인이 되었다. 마음에 드는 그림 앞에서 아낌없이 시간을 썼고, 잘 모르는 그림 앞에서도 하나하나 설명을 찾아가며 새삼 감탄하며 그림을 봤다. 이렇게 꼼꼼하게 전시를 본 적이 있었던가. 이렇게 한산하게 즐기고 싶은 만큼 즐긴 전시가 또 있었던가. 심지어 온 김에 전시실을 다 봐야 한다는 조바심도 없었다. 나는 또 올 거니까. 아낌없이 와서 아낌없이 시간을 써버리는 그런 사치, 내가 해버릴 거니까. 이제는 그 누구도 부럽지 않았다. 어린 나의 결핍을 다름 아닌 지금 내가 다 채워주었다. 오래도록 내가 부려워할 대상은, 다름 아닌 오늘의 내가 될 것이다.

　미술관이 문을 닫는 9시가 되어서야 손이 무겁게 도록을 사
들고 그곳을 나왔다. 세느강의 노을이 나를 맞아주었다. 하루
종일 미술관에 서 있느라 발목이 끊어질 것 같았지만, 파리의
이 이벤트를 포기할 수는 없다. 미술관 앞 다리 위에 선다. 노
을을 보기 위해 그곳에 선 관광객 중 한 명이 휴대폰으로 에디
트 피아프의 〈Non, je ne regrette rien(아니요, 난 아무것도 후
회하지 않아요)〉을 크게 튼다. 뻔한 선곡은 뻔한 우리 모두의 감
동이 된다. 특히나 나의. 나와 눈이 마주친 그녀는 다 안다는
듯이 윙크를 했다. 노래 가사 같은 순간이었다. 아무것도 후회
할 것이 없다. 전혀. 그 어떤 것도. 그 모든 후회의 시간을 뚫고
나는 결국 이곳에 와버렸으니까. 이 노을 앞에 서버렸으니까.
후회는 이 노을 앞에 하찮다. 좋은 일도 나쁜 일도 강 위로 떠
내려 보낸다. 자신의 본분인 낭만을 아낌없이 구사하는 이 파
리의 저녁에 무엇을 후회하겠는가.
　강바람에 커다란 나무가 느릿느릿 흔들리는 걸 보며, 지나
가는 유람선 위로 사람들의 흥분이 쏟아지는 것을 보았다. 노
을이 진 자리에 조명이 켜지는 걸 보았다. 정말 아름다운 시간
이라는 걸 내 눈으로 다 보았다. 마음은 텅 비어가는데, 그 자
리로 웃음이 자꾸 비집고 들어왔다. 웃음은 내가 이 아름다움
에 화답할 수 있는 유일한 방법이다. 이토록 아름다운 곳에서,
아름다운 것들에 하루 종일 취해 있다가, 아름다움을 내 손으

로 그릴 수도 있다니. 내가 나를 위해 마련한 미래가 이토록 아름답다니. 이 시간을 나중에 나는 어떻게 그리게 될까.

　두 달을, 외국에서, 혼자. 이 계획은 누군가에게는 부러움이
지만 누군가에게는 걱정이다.

　"안 심심하겠어?"

　"남편도 없이 혼자? 뭐 하려고?"

　"두 달 동안 파리에만? 지겨울 텐데."

　나는 대답했다.

　"파리가 지겨울 수 있다고? 우와. 파리랑은 그거까지 다 겪
어보고 싶어."

　진심이었다. 너무 오랫동안 짝사랑만 한 도시와 권태기까지
겪을 수 있다고? 그것이야말로 진정한 사랑의 증거 아닌가. 근
데 정말 이 사랑에도 유효기간이 있는 걸까? 파리가 지겨워지
는 순간이 진짜 올까?

보미와 루이비통 재단 미술관에 전시를 보러 간 날이었다. 불로뉴 숲속에 지어진 루이비통 재단 건물은 멀리서 봐도 프랭크 게리의 작품임이 선명하게 드러난다. 구겐하임 빌바오 미술관처럼 해체된 건물. 단절된 곡면들. 건물의 거대한 존재감. 노아의 방주처럼 보이기도 하고, 뼈가 다 비치는 거대한 물고기 같기도 하다. 어쨌거나 이 화려하기 그지없는 신축 건물에 온 이유는 이곳에서 지금 앤디 워홀과 장 미쉘 바스키아의 〈네 개의 손〉 전시를 하고 있기 때문이다. 이미 부와 명예의 정점에 오른 50대의 앤디 워홀이 20대의 바스키아를 만난다. 무려 서른두 살이나 나이 차이가 나는 둘이었지만, 워홀은 어린 바스키아의 재능을 알아보고(혹은 어린 바스키아를 사랑하여) 자신의 작업실을 내준다. 그리고 그들은 함께 1984년과 1985년 두 해에 걸쳐 엄청난 양의 작업을 같이한다. 한 캔버스 위로 네 개의 손이 오간다.

　아무것도 모르는 눈으로 봐도 모든 작품의 주인공은 단연 바스키아다. 앤디 워홀의 실크스크린 기법은 뻔했지만(맞다. 내가 앤디 워홀을 그다지 좋아하지 않는다), 바스키아의 색과 드로잉이 그 모든 작품에 각각의 목소리를 부여하고 있다. 그러다 보니 앤디 워홀이 바스키아의 작품을 훼손하지 않으려 노력한 흔적이 곳곳에서 보인다. 그 유명한 앤디 워홀이 자기의 목소리를 낮추고, 어린 천재의 자리를 온전히 마련해준다. 더 뛰어놀아보라고 운동장을 열어준다. 단박에 알아보았을 것이다. 저 정도의 천재성이라면. 사랑하지 않긴 힘들었을 것이다. 저 정도의 반짝임이라면. 자신의 작품 위로 바스키아가 자유롭게 뛰어논 작업물을 보며 앤디 워홀이 나지막이 내뱉은 탄성이 들리는 것 같았다. 이 어린 천재의 빛나는 재능을 어찌해야 하나. 하지만 그들은 2년 정도 같이 작업하다 헤어졌다. 몇 년 지나지 않아 앤디 워홀이 죽고, 바스키아도 약물 문제로 이듬해 스물일곱 살의 나이로 요절한다.

나는 이 미술관에 들어서기 전까지 몰랐다. 그 둘이 친분이 있었다는 것도 몰랐으니, 그 둘이 같이 그린 작품이 있다는 것은 더더욱 몰랐다. 〈네 개의 손〉이라는 제목을 보면서도 그게 무슨 의미인지 몰랐다. 그런데 그 둘이 같이 완성한 작품만으로도 4층짜리 커다란 미술관의 전시실이 가득 찼다. 거대한 벽한 면을 다 채우는 대형 작품도 많았다. 이만큼이나 많은데 이렇게나 몰랐다고? 이만큼이나 좋은 그림들을 지금까지 존재자체도 몰랐다고? 어디 있다가 다 튀어나온 거야? 대부분의 그림은 개인 소장품이었다. 이 그림을 여기 다 모으려고, 돈을 도대체 얼마나 쓴 거야? 그제야 나는 내가 루이비통 재단의 건물에 있다는 것을, 세계 최고의 갑부가 마음을 먹으면 어떤 일이 벌어지는지를 내 두 눈으로 보고 있다는 것을 깨닫는다. 이것을 보기 위해 우리는 지하철을 타고 왔을 뿐이다. 만 원 조금 넘는 티켓을 현장에서 사서 계단 하나를 올라왔을 뿐이다. 경이로운 세상에 이토록 쉽게 도착할 수 있다니. 흥분을 하지 않는 법도, 흥분을 감추는 법도 도대체 모르는 나는, 친구에게 갑작스러운 진심을 전한다.

"나는 평생 파리에 다시 돌아올 것 같아. 평생을 파리에만 와도 충분할 것 같은 느낌?"

친구가 조금의 망설임도 없이 호응한다.

"응. 너는 그럴 것 같아."

"두 달이면 충분할 것 같았거든? 근데, 파리가 그럴 리 없지."

이 도시가 지겨워지는 순간이 찾아올까. 이 도시가 시시각각 살포하는 문화의 마법 가루에 내가 휘청이지 않을 날이 오긴 할까. 그건 어떻게 가능한 거지.

늘 고정 상태로 있을 것 같은 피카소 미술관은 이번에 폴 스미스를 만나 제대로 변신을 했다. 디자이너 폴 스미스를 아트 디렉터로 기용하다니. 가기 전엔 생각했다. 너무나도 상업적인 디자이너를 신성한 미술관에? 피카소의 천재성을 발판 삼아 자신의 천재성을 드러내려고 안간힘을 쓰는, 그런 전시 아닐까? 하지만 그는 자신을 드러내기보다, 자신의 아이디어를 더해, 피카소 그림에 대한 새로운 시선을 관람객에게 보여주었다. 분홍색 피카소 그림들이 한 방에 모였고, 스트라이프 피카소 그림들이 또 한 방에 모여 있었다. 그림에 가장 어울리는 섬세한 벽지를 고른다면 그림의 힘은 또 얼마나 강해지는지 폴 스미스가 보여주었다. 천재를, 또 한 명의 천재가 제대로 대접할 때 어떤 결과물이 나오는지에 대해서 모두가 알게 되었다. 이 전시를 한국에서 볼 일이 있을까? 아마도 없을 것이다. 17세기 오래된 저택의 창문 곳곳에 폴 스미스가 더해놓은 위트와 각기 다른 색깔의 방이 촘촘히 이어지며 만들어내는 리듬감까지 옮겨 오는 건 불가능하다.

한국에 돌아와서 폴 스미스의 뒤를 이어, 프랑스 컨템퍼러리 아티스트인 소피 칼이 피카소 미술관을 완전히 바꾸어놓았다는 소식을 들었다. 피카소의 그림을 아예 가려버리는 파격으로 화제를 끌었다는 그 전시를 내가 볼 일은 아마 앞으로도 없을 것이다. 영원에 고정된 것만 같은 이 도시에서 태어나는 끝없는 새로움을 나는 영원히 멀리서 그리워할 운명이다.

파스텔 수업을 같이 듣는 민아 님은 반클리프 아펠이 주최한 아르누보 주얼리 전시회에 나를 데려갔다. 어떤 곳에서도 이 전시에 대한 정보를 찾아볼 수 없었는데, 알고 보니 주얼리 아트 스쿨 안에서 열리는 비밀스러운 전시였다. 이 학교를 다녔던 민아 님이 아니었다면 전시를 보지도 못했을 것이고, 민아 님의 설명이 아니었다면 이 정교한 보석들의 대단함을 알아차리지 못했을 것이다. 부쉐론이 만든 작은 장식에는 100개가 넘는 보석들이 촘촘히 원을 이루고 겹을 이루며 박혀 있었다. 각종 귀한 재료들이 요정의 날개가 되고, 꽃의 수술이 되고, 나비가 되었다. 그토록 작고 섬세하고 빛이 나고 동시에 상상할 수 없을 정도로 비싼 세계를 나는 본 적이 없었다.

후배가 알려준 작은 슬로 갤러리(Slow Gallery)는 또 어떻고. 많은 젊은 작가들의 작품이 적당한 가격으로 그곳에 있었다. 물론 내 마음에 드는 작품은 나에게 적당한 가격이 아니었지만. 살 순 없어도 오래 들여다보고 사진으로 찍을 순 있었다. 집에 돌아와서 파스텔로 그려보고 싶었기 때문이다. 작은 현대 미술관에 들어가서 혼자 한가한 시간을 보내기도 했고, 그 미술관 옆의 작은 갤러리에 들어갔다가 먼발치에서 작가를 보기도 했다. 이곳은 문화가 수시로 범람하는 도시였다.

하루는 작은 갤러리에서 나와 바로 옆의 또 다른 작은 갤러리에 들어갔다. 무심코 들어갔다가 양쪽 벽면에 걸린 사진 작품에 압도당했다. 디오니시오 곤잘레스라는 이름도 처음 듣는 작가였다. 5미터가 넘는 그 작품은 빈민가를 찍은 후 1층의 빈민가 위로 2층에 모던한 콘크리트 집들을 가상으로 합성한 사진 작품이었다. 분명 가상이었지만 지나치게 정확한 현실 세계의 반영에 발걸음이 쉽게 떼어지지 않았다. 간단하게 말할 수 없는 불균형한 아름다움. 들여다볼수록 계속해서 새로운 것들이 보이는 작품이었다.

그 작품을 유심히 들여다보고 있으니 연세가 지긋한 남자분이 말을 걸었다. 영어로 대답을 했더니, 바로 영어로 작품에 대해 설명을 해주었다. 내가 관심을 가지는 작품은 물론, 갤러리의 다른 작가 작품들도 꼼꼼히 설명해주었다. 딱 봐도 이 갤러리의 고객이 될 리가 없는 내게, 너무나도 친절하게 너무나도 열성적으로 설명을 해주었다. 나도 가만히 있을 수 없었다. 열성적인 관객이 될 수밖에. 할아버지의 말이 끝날 때마다 나의 감탄이 더해졌다.

할아버지의 설명이 끝나고, 나는 처음 본 작품 앞에 다시 가서 더 꼼꼼히 보기 시작했다.

"이 작품이 유난히 좋네요. 저는."

"무슨 일을 하세요? 그림? 사진?"

"아, 저는 글을 쓰는 사람이에요."

"오, 그럼 메일 주소를 하나 적어주세요. 이 작품 이미지를 보내드릴게요. 글을 쓰는 사람이라면 오래 들여다봐야 하잖아요. 이 그림들이 새로운 영감을 줄지도 몰라요."

아. 글을 쓰는 사람이라면서, 이때의 내 마음을 설명하는 정확한 언어는 아직 찾지 못했다. 그 말 한마디에 전기에 감전된 것처럼 재정렬하는 세포들을, 순식간에 기계로 바람을 주입한 것처럼 꼿꼿이 서는 어깨를, 거세게 뛰기 시작하는 심장을 설명할 언어가 어디 있지. 굳이 설명하자면 나의 정체성에 대해 최상급 예우를 받은 느낌이랄까. '그냥 작가'라고 생각하고 있는 내 등을 툭툭 쳐서 바로 펴게 하고, '무려 작가'라는 작위를 내 양어깨 위에 내려주었다. 자신감을 가지고, 작가라는 감각을 단단히 쥐고, 세상을 당신의 눈으로 찬찬히 들여다봐주세요. 새로운 영감을 잡아서 종이 위에 옮겨주세요. 당신은 무려 작가잖아요.

할아버지의 말이 내 발밑으로 보이지 않는 레드 카펫을 깔았다. 날듯이 그 위를 걸으며 생각했다. 이 도시를 사랑하지 않는 방법이 있다고? 두 달을 아무리 헤매도, 나는 그 방법을 찾지 못할 것 같다. 영원히 찾지 못하는 나는 영원히 이곳에 돌아올 수밖에 없을 것 같다.

6월을 요약하면 이렇다. 좋아하는 동네에 살게 되었다. 일주일에 한 번 좋아하는 수업을 듣게 되었다. 좋아하는 미술관이 이 도시엔 널렸다. 불평이 자라날 수가 없는 환경이다. 다 좋았다. 내가 거기에만 만족하는 법을 익히지 못했다는 점만 빼고. 부끄럽지만 그게 사실이었다.

실은 파리가 점점 어려워졌다. 동네에 머물 땐 좋았다. 공원이 지척이었고, 치즈 가게 주인과는 얼굴도 익혔고, 좋아하는 카페도 생겼다. 그곳에 오일 파스텔 재료를 싸 들고 가서 그림을 그리기도 했고, 노트북을 가져가서 일기를 쓰기도 했다. 이것은 아주 축복받은 환경이었다. 하지만 동네 생활이 여행의 전부가 될 수는 없었다. 동네 바깥에는 궁금한 파리가 여전히 많았다. 그 궁금증을 연료로, 나는 나를 위한 하루를 매일매일 발명해내야 했다. 어느새 그건 나의 무거운 숙제가 되었다.

몇 년에 걸쳐서 가고 싶은 곳을 다 표시해놓은 나의 구글맵을 다시 찬찬히 들여다보았다. 내 지도 위의 촘촘한 은하수. 하지만 나는 그 별들의 기원을 기억하지 못했다. 그 별들이 얼마나 중요한 것인지, 얼마나 내 취향의 장소인지도 전혀 알 수 없었다. 거기 꼭 가보라는 이야기에, 누군가의 SNS 사진에, 현지인의 추천이라는 말에 덕지덕지 생겨난 지도 위 별들. 사실 그건 별이라기보다는 오랜 기간 퇴적된 욕망의 덩어리였다. 근사하게 파리에서 존재하고 싶다는 욕망. 하지만 이상하게도 그 욕망을 따라 목적지에 도착하면 나는 자꾸 허무해졌다. 겨우 이걸 위해 여기까지 왔다고? 그것이 별의 함정이었다. 우연히 그 별에 도착하면 행운처럼 여겨졌지만, 그곳이 목적지가 되는 순간 그 목적지엔 뭔가 대단한 게 있어야만 할 것 같은 기분이 든다. 이 귀중한 시간을 쪼개서, 내가 일부러 찾아왔으니까. 하지만 세상에나, 그런 거대한 기대감에 부응하는 장소가 어디 있겠는가? 기대감은 모든 흥을 반감시킨다. 제대로 즐길 기회를 앗아간다. 결국 나는 별을 목적지로 삼기에도 애매하고, 별이 목적지가 아니라면 어디를 목적지로 잡아야 하는지도 모르는 상태에 이르고 만 것이다.

아침에 일어나면 가장 먼저 남편에게 전화를 걸었다. 바쁜 남편은 이제 막 잠에서 깬 내 목소리를 들으며 늘 같은 질문을 했다. "오늘은 뭐 할 거야?" 글쎄. 오늘은 뭘 하는 게 좋을까. 점점 '몰라'라고 답하는 날들이 많아졌다. 집에서 나가는 시간도 점점 늦어졌다. 이런 나를 가장 답답해하는 사람은 누구일까? 바로 나였다. 취향이 명확하니 목적지도 명확할 것이라 생각했기에 답답함은 더 커졌다. 나의 취향이 파리였고, 그중에서도 미술관은 특히나 더 취향이었으니 매일 다른 미술관만 가도 두 달은 금방 지나갈 것이라 생각했다. 하지만 두 달은 생각보다 아주 긴 시간이었다. 내가 가고 싶은 미술관 리스트는 금방 동이 났고.

여기까지 써놓고 보니, 파리가 문제가 아니라 그 당시 내가 좀 지쳤었나 하는 생각도 든다. 하루짜리 여행도 지치는 법인데, 두 달간 계속되는 여행이라니. 너무 좋은 것 앞에서도 사람은 소진된다. 지친 몸에는 흥이 깃들지 않는다. 눈은 더 이상 새로운 걸 감각하지 못한다. 많은 것들이 비슷비슷해 보이고, 어딜 가나 심드렁했다. 심지어 물욕까지 바닥나서 텅 빈 눈으로 가게 안을 둘러보고 나오곤 했다. 어딜 가야 할까. 어디에 지친 내 영혼을 의탁할까. 어느 날 남편에게 이런 고민을 털어놓았다. 목적지를 잃어버렸다고. 남편은 내 이야기를 찬찬히 듣더니 말했다.

"근데 왜 목적지가 있어야 해?"

어디를 가고 싶어서 파리에 온 게 아니었다. 갑자기 다른 나로 변신하고 싶어서 이 화려한 도시에 도착한 것도 아니었다. 내 속도로, 내 방식대로, 나만의 파리를 창조하고 싶었던 건데.

그렇다면 내가 제일 잘하는 걸 하면 되지 않냐고 남편이 말하고 있었다. 누구보다 잘하는 게 하나 있었다. 바로 헤매기. 내가 보석처럼 간직하는 많은 순간들은 헤매다 우연히 만난 것들이었다. 내가 가장 좋아하는 사진들은 우연히 그 순간을 포착한 것들이고.

언젠가 여행에서의 일이다. 또 한참을 헤매다가 발견했다. 이름도 처음 듣는 도시에서, 이 도시에 뭐가 있는지도 모르고, 어디로 향하는지도 모르는 채 나를 따라다니고 있는 남편을. 지금 여기를 왜 헤매는 건지 평생 모를 남편을. 민망하고 미안한 마음에 남편에게 말했다.

"미안, 내가 너무 헤매고만 다니지?"

"아니, 괜찮아. 나는 원래 정처 없는 사람이야."

이 말에 얼마나 웃었나 모른다. 여행 욕심만 가득한 나를 만나 일평생 정처 없을 남자라니. 떠나고 싶은 마음 한 조각 가지지 못한 남자의 이 잔인한 운명이라니. 애써 위로해보았다. 남편도 나와 오래 다니며 우연한 기쁨을 알게 되었을 거라고. 그 소박한 기쁨을 모으다 보면 결국은 우리만의 웃긴 하루가 완성된다는 것도 알게 되었을 것이라고. 그것이 우리만의 추억 건설법이라는 것도 남편이 모를 리 없었다. 지금의 내가 모를 리도 없었고. 그래, 내가 제일 잘하는 일을 다시 해보자.

다음 날 아침, 나는 멀리 떨어진 카페를 등대로 세웠다. 목적지가 아니라 등대. 그곳을 향해 돌진하는 것이 아니라, 여유롭

게 항해를 하듯이 그쪽으로 나아가는 거다. 지금부터는 목적
지뿐만 아니라 경로도 여행이 된다. 구글맵이 알려주는 최단
경로의 방향만 한 번 확인한 후, 구글맵이 알려주지 않는 방향
으로 걷기 시작한다. 한 도시를 이토록 오래 여행하는 건 나도
처음이니까, 길 찾는 능력을 이렇게 쓰는 것도 처음이다. 집에
서 출발할 때 지도를 한 번 확인하고, 그다음부터는 꼭 필요할
때 방향만 확인하는 거다. 어떻게 헤매더라도 난파될 염려는
없다. 혹여라도 완전히 엉뚱한 곳에 도착하게 되면, 그럼 거기
에 배를 정박하고 여행하면 되는 거다. 오늘의 항해를 시작해
볼까?

　　나도 처음인 길이었다. 관광객이 올 이유가 없는, 일상의 파
리 풍경들이 이어진다. 버려진 철길을 발견하고 벤치에 슬쩍
앉아본다. 산책 나온 강아지가 내 옆으로 다가왔다가 주인에
게로 뛰어간다. 뷔트 쇼몽 공원의 뒷길을 발견한다. 우리 동네
와 또 다른 방식으로 활기찬 동네들을 기억해둔다. 굽어지는
도로의 유난히 큰 나무를 눈여겨본다. 걷다 보니 이상하게 웅
장한 건물이 보인다. 확인해보니 '프랑스 공산당 본부'다. 브라
질 건축가 오스카르 니에메예르가 건축했다는 이 건물은 내부
의 대회의실이 압권이라는데, 지금은 들어가볼 수가 없다. 이
건물이 목적지가 아니었으므로 실망할 일도 없다. 구글에 올
라온 건물 내부 사진으로 만족하고, 나는 계속 나아간다. 파리
에 잘 없는 알록달록한 건물의 사진을 찍고, 동네 작은 시장도

사진에 담는다. 걷다 보니 저녁에 위험하다는 동네에 온 것 같았지만, 아침이라 위험한 기운은 찾을 길 없다. 자전거를 타는 사람과 강아지와 함께 뛰거나 걷는 사람 그리고 그들을 구경하는 노인들뿐이다. 나는 휴대폰을 꺼내서 내가 세워둔 등대의 위치를 확인하고는 방향을 튼다. 발길 닿는 대로 툭툭 걷다 보니 어느새 원하던 카페 앞이다.

젊은 친구들이 운영하는 젊은 감각의 카페였다. 역시 젊은 이들은 32도까지 올라가는 이런 날씨에 뭐가 중요한지 알고 있다. 바로 아이스커피. 믿을 수 없지만 아이스커피를 찾아보기 힘든 이 도시에 이런 은총이라니. 오렌지 껍질을 상큼하게 띄운 콜드브루 커피를 받아 든다. 아보카도 샌드위치까지 야무지게 챙겨 먹으며 책을 읽었다. 오후를 어떻게 보내야 할지, 그런 생각이 끼어들 틈은 없다. 읽고 싶은 만큼 읽다가, 가방을 챙겨서 다시 정처 없이 걸을 것이다. 발이 닿는 모든 곳이 목적지가 될 것이다. 처음 보는 길을 선택할 것이고, 마음에 드는 곳이 보이면 주저 없이 들어갈 것이다. 그렇게 매일 헤매면, 매일 다른 모양이 만들어지겠지. 매일 내가 다르니까. 오늘 치 나를 살자. 딱 오늘 치 나의 파리를 만들자.

이날의 깨달음으로 파리 여행의 답이 다 찾아졌다면 좋았겠지만, 사람 일이 그렇게나 쉬울 리가 있나. 마음의 일이 그렇게나 깔끔하게 해결될 리가 있나. 나는 그 후로도 자주 방황을 했다. 더 잘 사랑하고 싶지만 방법을 몰라 발을 동동 구르는 순간이 자주 찾아왔다. 파리와의 연애가 좀처럼 풀리지 않는다는 느낌이 강해질 때면 나는 마법의 주문을 외웠다. 마법처럼 이 말만 되뇌면 다 괜찮아졌다.

"동네로 가자."

"왜 목적지가 있어야 해?"

그 질문을 남편만 내게 한 건 아니었다. 나도 나에게 몇 번이고 한 질문이다. 왜 목적지가 있어야 해? 이미 나는 원하는 목적지에 도착해버렸는데. 저 밖에 아무리 유명한 파리가 있어도, 나는 매일 하나도 안 유명한 우리 동네로 돌아올 수 있어서 행복했다. 오늘은 유명한 그 카페까지 가볼까 싶다가도, 유명해질 리 없는 동네 카페에 앉아 있는 것이 만족스러웠다. 물론 여기에는 나의 기질이 강하게 작동했다. 서울에서도 아무리 날씨가 좋아도 집에 있을 수 있으면 최고로 행복해하고, 아무리 좋은 곳에 갔다가도 서둘러 동네로 돌아오고 싶어 하는 사람이니 말이다. 심지어 이 동네는 서울의 우리 동네처럼 소박하고 슴슴한 맛이 있는 동네였으니, 고양이처럼 내가 영역 동물이 되어가는 건 당연한 일일지도 몰랐다.

동네 생활의 심장은 치즈 가게였다. 특별한 치즈 가게는 결코 아니었다. 다만 평범한 이 치즈 가게에 내가 사흘이 멀다 하고 자꾸 들락거렸기 때문에 이 치즈 가게는 어느새 나에게 파리의 심장이 되었다. 동네에 도착한 첫날, 이곳에 줄을 서며 치즈 사는 법을 익힌 나는 다음부터는 거침이 없어졌다. 이틀 후, 손님이 아무도 없는 시간에 나는 치즈 가게의 문을 열고 들어갔다.

"안녕하세요. 혹시 치즈 추천해주실 수 있나요?"

"어떤 치즈 원하세요?"

"제가 토요일에 콩테 프뤼트를 샀거든요. 너무 맛있었어요."

"그런 유를 원하세요? 아니면 다른 콩테 치즈를 먹어볼래요?"

"음…… 다른 콩테 치즈를 추천해주세요."

사장님이 오래 숙성한 콩테 치즈를 꺼냈고, 나는 조금 잘라달라고 부탁하며 아무도 묻지 않은 나의 정보를 늘어놓는다. 한 달간 이 가게에 계속 올 거니까, 나는 아주 큰손 단골이 될 작정이니까, 아무쪼록 지금 얼굴도장을 찍고 싶은 거다.

"치즈를 너무 좋아하지만 혼자 여행 중이라 큰 덩어리로 사면 다 먹기 힘들더라고요. 이렇게 작게 잘라주시니까 너무 좋아요. 한 달 동안 여기에서 최대한 많은 치즈를 먹어보는 게 목표예요."

다짜고짜 단골이 될 거라고 선언하는 손님을 주인아주머니는 받아주기로 결심하신 게 분명했다. 본격 추천을 시작하셨으니 말이다.

　"이 치즈 먹어본 적 있나요?"

　"톰므(Tomme) 치즈를 먹어본 적이 있는데, 그 종류는 처음이에요."

　"이건 일반적인 톰므 치즈는 아니고요, 양젖과 염소젖을 섞어서 만들었어요. 옆에 이 치즈도 같은 톰므 치즈인데 이건 쥐라 지방의 소젖으로 만든 치즈고요. 콩테 치즈를 좋아한다니까 좋아할 것 같아요."

　"아, 그럼 둘 다 주세요!"

　말하지 않아도 알아서 작게 잘라 종이에 착착 포장해주신다. 아직 손님은 아무도 없다. 기회다. 치즈 책을 썼지만, 치즈에 대해 좋아하는 마음만 있고 지식은 미천한 나는, 이곳에서 레벨업을 할 작정이다. 선생님, 이 문제가 늘 너무 안 풀려요. 이 부분만 해결되면 제가 치즈 쩝쩝박사가 될 수 있을 것 같은데. 도와주세요.

　"혹시 염소 치즈도 추천해주실 수 있을까요? 제가 아직 염소 치즈랑은 안 친해서……."

　"그럼 이것부터 시작해볼까요?"

　아, 선생님 눈물 좀 닦을게요. 수십 년간 방황해온 제 손을 이렇게 따뜻하게 잡아주시다니. 제가 한 달 동안 받들어 모시겠습니다. 이렇게 성실한 제자는 선생님도 처음이실 거예요.

너무 자주 와서 가르침을 청해도 놀라시면 안 돼요. 자꾸 물어도 자꾸 대답해주셔야 해요. 다름 아닌 선생님의 가르침을 먹고자 제가 바다 건너에서 왔나 봐요. 선생님, 그럼 오늘은 이만 물러 가겠습니다. Au revoir!

헤어질 때 하는 프랑스 인사. Au revoir(오흐브와). Au는 전치사이고, revoir는 '다시 보다'라는 뜻이다. 그러니까 '다음에 봐요'라는 이 의례적인 인사가 치즈 가게에서는 다르게 쓰였다. 아니, 내가 다르게 썼다. 나는 그 말을 할 때마다 진심을 듬뿍 담았다. '안녕히 계세요'라는 의미 대신 '다시 봐요'의 의미만 담고서 인사를 했다. 매번. 물론 주인아주머니는 이런 나의 마음을 몰랐겠지만.

말을 했으니 지킬 수밖에. 내가 허튼소리나 늘어놓는 그런 사람은 또 아니니까. 에헴. 나는 자꾸 그 노란 가게의 문을 열었다. 그리고 수다를 늘어놓았다. 어제 사 간 치즈를 디딤돌 삼아 다음 치즈를 추천받았다. 내가 제일 좋아하는 카망베르 치즈를 딛고 또 다음 치즈로 나아갔고, 자발적으로는 잘 사지 않는 블루 치즈도 추천받아 샀고, 염소 치즈는 급기야 좋아하는 치즈가 되었다. 뭐든 다 맛있다고 말하며 맹렬한 속도로 진도를 나가는 학생을 선생님은 굳이 말리지 않았다. 나중엔 긴 설명 끝에 이 말까지 덧붙이셨으니.

"You will like it. I know you will(넌 이거 좋아할 거야. 내가 알아)."

처음 듣는 치즈였지만, 바로 샀다. 치즈 가게 사장님에게 나의 치즈 사랑을 인정받았으니까. 아무렴요, 선생님. 제가 안 좋아하는 치즈가 있을 리 없잖아요. 모든 과목 A⁺를 받아볼게요! 선생님은 꼭 영수증을 챙겨주셨다. 영수증엔 치즈 이름이 적혀 있으니까. 이름과 치즈 맛을 매치하면서 복습해야 하니까 (물론 그래도 또 까먹겠지만). 나는 1등 성적표처럼 그 영수증들을 간직했다. 치즈는 한국에 데려갈 수 없지만, 이 기록은 나와 한국까지 갈 것이다.

치즈 가게만큼이나 내가 자주 들른 곳은 과일 가게였다. 2층짜리 대형 마트 바로 옆에 호기롭게 붙어 있는 작은 과일 가게. 처음엔 그 가게를 보며 안타까워했다. 사람들은 편한 쪽으로 몰릴 테니까. 결국 이 작은 가게는 못 버틸 테니까. 이런 이야기라면 나는 이미 너무 많이 알고 있다. 여느 날처럼 마트에서 과일과 채소를 사서 나오던 나는, 작은 가게 계산대에 늘어선 긴 줄을 보았다. 마트보다 긴 줄이라고? 호기심을 못 참고 가게에 들어갔더니 이유가 바로 보였다. 과일이 더 크고, 채소는 더 신선했다. 마트처럼 큰 매장을 헤맬 필요도 없이, 더 크고 더 신선한 것으로 직진할 수 있다. 마트 것보다 큰 납작복숭아는 맛은 물론이거니와 결마다 찢어지는 과육 덕에 씹는 즐거움까지 있었다. 하나를 먹어도 제대로 먹는 느낌이었다. 천도복숭아처럼 생긴 두 복숭아는 이름이 달랐다. 생긴 게 똑같아도 이름이 다르면 속 색깔도 맛도 다르다는 것을 그 가게에서 배웠다. 토마토도 종류별로 샀다. 모양과 크기가 다른 노란색 초록색 토마토와 주먹 두 개보다 더 큰 빨간 토마토를 샀다. 백화점에서 파는 것보다 더 큰 산딸기 두 개를 한 번에 입에 넣고 부자가 된 기분을 만끽했다. '나폴레옹'이라는 이름이 붙은 체리를 모시듯 데려왔고, 매주 꽃다발을 사는 기분으로 민트 한 다발과 딜 한 다발을 샀다. 1유로도 안 하는 가격에 싱싱한 허브를 이렇게나 많이 사다니. 1유로밖에 안 하는 스페인 오이는 빨랫방망이보다 굵고 컸다. 그걸 소금에 절여서 딜을 양껏 넣고 차지키 소스에 버무려 먹는 게 한동안 나의 저녁 식사였다. 물론 그 옆에 아주 많은 치즈를 곁들여서. 아, 그리고 거기에 늘 함께 마신 시원한 스파클링 와인 이야기를 빼놓을 수 없다.

처음 파리로 떠나올 때 남편이 지령을 내렸다.

"30유로 이상의 와인만 사 먹어."

파리까지 가서 싸구려 와인만 사 먹을까 걱정이 된 남편의 조언이었지만, 결국 내가 정착한 건 6유로짜리 이태리 스파클링 와인이었다. 집에서 계단을 내려와 열다섯 걸음을 걸으면 아주 작은 이태리 식료품점이 있었다. 한 사람만 들어가도 가게가 꽉 차기 때문에 손님이 있으면 밖에서 기다려야 하는 그 작은 식료품점에서 괜찮은 와인을 판다는 사실을 알고, 어느 오후에 나도 줄을 섰다. 그런데 내 앞에 서 있던 남자가 자기 차례가 되니 1.5리터짜리 병 두 개와 750밀리리터짜리 병을 다섯 개나 꺼내는 게 아닌가. 바로 느낌이 왔다. 이곳이구나!

지은집밥 수업 때 작가님이 받아 온 것처럼 와인을 받아 갈 수 있는 곳이! 나는 바로 집으로 뛰어올라 갔다. 깨끗하게 씻은 빈 와인 병을 들고 나는 다시 줄을 섰다.

내 차례가 되었다. 가게에 들어서니 벽에는 수도꼭지가 몇 개 달려 있었고, 수도꼭지마다 와인 생산지가 적혀 있었다. 토스카나, 피에몬테, 시칠리아 그리고 이 가게의 모든 리뷰들이 추천한 스파클링 와인 프로세코까지. 빈 병을 내밀며 프로세코 한 병을 주문했다. 아저씨는 조심히 수도꼭지를 열어 와인 병을 꼴꼴꼴 채우고, 병뚜껑을 닫아주었다. 그 병을 받아서 다시 열다섯 걸음을 걸어 집으로 돌아오는 내 표정은 아마 앙리 까르띠에 브레송의 사진 속 어린이와 같은 표정이었을 것이다. 양손에 와인 두 병을 안고 자랑스러움에 고개를 바짝 들고 만면에 미소를 지으며 걷던 바로 그 아이 말이다. 술을 사는 행위가 이토록 인간적일 수 있다니. 마치 동네 양조장에 가서 막걸리를 받아왔다던 부모님의 어린 시절을 내가 체험하는 느낌이었다. 프랑스 버전으로. 아니, 이태리 버전이라고 해야 하나?

집에 올라와서 오늘 산 치즈들을 종류별로 조금씩 꺼내놓고, 프로세코 한 잔을 따랐다. 한 잔을 마신 후에 판단했다. 더 이상 이 와인 저 와인 마셔보려고 방황할 필요가 없다. 파리에선 이 와인이다. 이건 마시면 마실수록 돈을 버는 와인이다. 프랑스에서 이태리 와인에 정착하다니. 프랑스 사람들의 와인 자부심에 이렇게까지 정면으로 도전할 생각은 없었는데. 어쩔 수 없었다. 아무리 좋은 프랑스 와인이라도 혼자서 며칠에 걸쳐 나눠 먹는 건 맛이 없었다. 신이 나지도 않았다. 하지만 30도가 넘어가는 6월의 파리에서, 에어컨은커녕 선풍기도 없는 집에서 시원한 스파클링 와인을 마시는 건, 바람 빠진 풍선에 숲의 공기를 불어 넣는 것과 같았다. 와인의 기포가 입안에서 빠박빠박 터지면, 하루 종일 돌아다니느라 늘어진 몸에 생기가 돌았다. 나만의 신나는 여름 저녁의 시작이었다.

지쳐서 일찍 집에 들어온 어느 오후였다. 집에 들어오자마자 거세게 비가 내리기 시작했다. 잠옷으로 갈아입고 침대 옆 커다란 창을 활짝 다 열었다. 침대에 대자로 누워서 빗소리만 들었다. 도로 위를 미끄러지는 차들의 소리가 지나가고, 빗속을 뛰어가는 사람들의 소리가 들리고, 다시 빗소리. 안과 밖의 선명한 풍경 차이. 포근한 침대와 시원한 비. 얇은 잠옷과 창밖의 흔들리는 나뭇잎들. 적막과 빗소리. 일상과 비일상. 경계에 누워 경계의 시간을 물끄러미 바라보았다. 그 어떤 현실감도 느껴지지 않았다. 20년간 지속되어온 나의 일상과 지금 이 시간의 거리가 가늠되지 않았다. 너무나 일상적인 한순간처럼 보이지만 그 어느 것 하나 나의 일상이 아닌 곳에 일상인 양 천연덕스럽게 누워 있다. 생의 이런 무게감은 너무나도 생소해서 이것이 나의 생인지 의심이 될 지경이었다. 비는 계속 내렸다. 아직 밖은 밝았다. 뜨거웠던 공기가 진정이 되고 차가운 바람이 슥 불어 들어온다. 나는 창문을 닫을 생각이 없다. 이불

속으로 더 깊숙이 파고들었다. 이 모든 것이 아무리 비현실이라도, 이 바람의 서늘함과 이 이불의 포근함은 너무나도 나의 현실이다.

저녁이 되어 비가 그치고 난 후 나는 침대에서 몸을 일으킨다. 거실 창문을 다시 열고, 창문 앞으로 옮겨둔 나의 작은 책상에 저녁 식사를 차린다. 토마토를 썰고, 민트잎을 마음껏 따서 넣고 치즈도 썰어 넣는다. 샐러드 채소에는 블루 치즈를 마음껏 넣는다. 오이절임에도 딜을 아낌없이 넣는다. 세 가지 샐러드를 앞에 두고, 또 스파클링 와인 한 잔을 꺼냈다. 내 방식대로 내가 먹고 싶은 걸 가장 신선하게 먹는다. 가장 신선하게 마신다. 음악을 틀고 창문을 더 활짝 연다. 마침내 어둠이 깔리고 있었다. 나는 알고 있었다. 살면서 나에게 가장 다정한 시간을 통과하고 있다는 것을.

이유를 알 수 없는 우울이 찾아온 어느 밤에는 지도를 그렸다. 내가 가진 색깔 펜을 다 꺼내서 우리 동네 지도를 그렸다. 치즈 가게를 표시하고, 이태리 식료품점을 표시하고, 채소 가게를 표시하고, 유기농 상점을 표시하고, 맥주 양조장을 표시했다. 그리고 마지막으로 좋아하는 카페들을 하나하나 지도에 그려 넣었다. 어느새 내겐 기분에 따라 원하는 것에 따라 선택할 수 있는 동네 카페가 여럿이었다. 유난히 날씨 좋은 날 가기 좋은 카페, 집중하는 시간이 필요할 때 가기 좋은 카페, 맛있는 커피가 간절할 때 가기 좋은 카페까지. 모두 꼼꼼하게 다 그려 놓고 나니 우울한 마음은 오간 데 없었다. 그제야 내가 울적한 마음 위로 기쁨의 돌을 하나하나 쌓아 올렸다는 것을 깨닫는다. 이 돌은 믿을 수 있다. 구글맵 위에서 허무하게 빛나는 별이 아니라, 매일 내 생활을 단단하게 보호해주는 돌담이다. 별거 아닌 것 같지만 신기하게도 무너지지 않는, 사소해 보이지만 듬직한 나의 돌담.

이 카페들을 누군가에게 추천할 수는 없다. 이 카페에 일부러 찾아왔다가는 실망을 넘어 나에 대한 분노로 번질 것이다. 파리에는 정말로 멋진 카페들이 많다. 이보다 더 좋은 곳들이 편의점만큼이나 널려 있다. 특히나 카페가 그렇다. 아마도 당신의 근처에 당신만의 안식처가 되어줄 카페가 있을 것이다. 그래서 지금부터 이야기할 동네 카페들의 이름은 밝히지 않을 예정이다. 이건 나를 위해서가 아니라 순전히 당신을 위해서다. 당신의 파리에서의 시간이 얼마나 소중한지, 누구보다 내가 잘 알기 때문에 그렇다. 지키세요, 당신의 파리. 시작해볼게요, 저의 단골 카페 이야기.

집에서 나와서 오른쪽으로 꺾으면 뷔트 쇼몽 공원이었고, 왼쪽으로 꺾으면 벨빌 공원이었다. 오래전 내가 반했던 공원. 이 동네에 숙소를 구하도록 만든 일등 공신. 10년 전 내가 찍은 사진에 내 기억을 고정해두어서인지(《모든 요일의 여행》 50쪽에 있는 사진이다), 나는 이번에 다시 벨빌 공원에 갔다가 조금 놀랐다. 공원은 기억보다 많이 작았고, 어떤 곳은 음침한 느낌마저 들었다. 물론 여전히 이 높은 공원에서 보이는 에펠탑 전망은 매력적이긴 했다. 하지만 뷔트 쇼몽 공원이라는 너무나도 매력적인 적수를 만나는 바람에 벨빌 공원은 단골 공원 리스트에서 탈락하고야 만다.

그럼에도 불구하고 나는 벨빌 공원에 자주 갔다. 더 정확히 말하면 벨빌 공원의 꼭대기에 있는 A 카페에 자주 갔다. 커피도 별로고 딱히 깨끗하지도 않았지만, 야외에 넓게 깔아놓은 긴 테이블에 앉아 저 멀리 에펠탑을 보면서 일기를 쓰는 기분은 얼마짜리라 표현할 수 있을까. 얼마를 주면 그 기분을 살 수 있을까. 측정 불가였다. 괜히 노트북을 챙겨서 몇 줄짜리 일기를 쓸 때에도 그 카페에 갔다. 아직 야외석에 그늘이 남아 있는 오전, 그곳에 노트북을 펴고 앉아 있으면 먼 옛날 어린 내가 꿈꾸던 미래를 대신 사는 느낌이 났다. 저녁에도 오일 파스텔을 챙겨서 그곳에 갔다. 술 마시는 젊은이들로 만석인 야외를 피해, 자연스럽게 실내 창가 자리에 앉았다. 이 카페까지 찾아와 실내에 앉을 사람은 없으므로, 나는 한적한 그곳에 앉아 꽃을 그렸다. 눈치 주는 점원도 신경 쓰이는 사람도 없었다. 나만의 한 뼘 세상 속에서 나는 마음껏 예술가가 되었다. 동의는 필요 없었다. 이 한 뼘 세상 속에서 내가 이미 예술가라 선언했으니.

조금 더 안온한 느낌이 필요할 땐 집에서 길을 건너면 바로 보이는 B 카페로 갔다. 이곳은 매일 지나치면서도 한 번도 들어가볼 생각을 하지 않았던 곳이다. 이 카페는 외관부터 눈에 차지 않았다. 파리 어딜 가나 흔하게 볼 수 있는 카페였다. 동네 코너마다 있는 동네 사람들의 사랑방. 그러니까 관광객인 내가 굳이 갈 필요가 없는 곳. 어쩔 수 없이 그곳에 들어간 건

순전히 비둘기 때문이었다. 파트리크 쥐스킨트 소설 속 주인공처럼 복도에 있는 비둘기 한 마리 때문에 출근도 못 하고 집 밖에도 못 나가는 그런 사람이 되고 싶진 않았는데, 그날따라 A 카페 야외석엔 비둘기가 너무 많았고 너무 날아다녔다. 내 머리 위로 계속 푸드덕푸드덕 날아다니는데…… 거기에 고스란히 노출된 커피를 나는 한 모금도 마시고 싶지 않았다. 바로 계산을 하고 자리에서 일어났다. 비둘기가 방해할 수 없는 곳으로 가야 했다. 그렇다고 집으로 갈 순 없었다. 여장부가 알찬 오전을 보내기 위해 노트북과 책과 그림 도구까지 바리바리 싸서 나왔는데 일기라도 한 줄 써야지. 늘 지나치던 B 카페 안으로 들어선 건 그 때문이었다.

뜻밖의 안온한 분위기에 우선 놀랐다. 동네 자체가 언덕에 위치하다 보니 이 카페도 지형의 영향을 받은 흔적이 보였다. 카페 야외석은 0.3층 정도의 높이에 있었고 자연스럽게 카페 내부의 지면은 낮아지며 안온한 분위기가 생겨나 있었다. 생각보다 넓었고, 생각보다 분위기 있었고, 의외로 노트북을 펴놓고 일하는 사람이 많았다. 이건 정말 의외의 소득이었다. 노트북은 우리의 카페 풍경으로는 아주 익숙하지만, 파리에서는 흔치 않은 풍경이다. 아예 노트북 사용을 금지하고 있는 카페도 많았고. 하지만 집 앞에 이런 곳이 있다니. 나도 냉큼 마음에 드는 자리에 앉아서 노트북을 꺼냈다. 한참 할 일에 집중하고 있으니 한 여직원이 바닥에 앉아 오늘 점심 메뉴를 칠판에 빼곡히 쓰는 게 보였다. 매일 메뉴가 달라지는 곳인가? 의외로 제대로 요리를 내는 곳일지도? 잠시 이런 생각을 하다가 다시 하던 일에 집중했다. 잠시 후 빈 테이블에 식사 세팅이 깔리기 시작했고, 식사 손님들이 착착 자리를 채웠다. 나오는 음식들을 흘깃 살펴보았다. 외관을 보고 오해했던 지난날들을 한 번에 청산하기로 했다. 나도 식사 손님 대열에 합류했다는 이야기다. 멀리서 찾아올 맛은 아니었지만, 집 앞이라면 환영할 만한 맛과 가격이었다. 그날 이후로 나의 동네 단골 카페는 바뀌었다.

B 카페는 시간대별로 손님이 달라졌다. 그걸 알 수 있었다는 건 내가 그만큼 자주 이곳에 갔다는 뜻이다. 오전에는 노트북을 쓰는 사람이 많았다면, 오후엔 학교 수업을 마친 아이들과 부모들이 주요 손님이었고, 저녁엔 당연히 술 한잔하러 들른 손님들이 많았다. 어느 날 오후, 나는 오일 파스텔을 꺼냈다. 남의 영업장에서 너무 대놓고 판을 벌리나 싶었는데, 내 옆 테이블의 아저씨 두 명은 바둑을 두고 있었다. 카페에서 할 수 있는 일들의 경우의 수를 내가 아무리 다양하게 계산을 해봐도 바둑은 그 안에 없었다. 장담컨대 그 수는 알파고도 생각할 수 없었을 거다. 서양인 아저씨 두 명이 바둑을 두는데, 그 옆에 동양인 여자는 오일 파스텔로 고흐의 그림을 따라 그리고 있는 경우의 수도 아마 알파고는 상상하지 못했을 것이다. 그래서? 내가 오일 파스텔을 꺼내 그 수를 완성해주었다.

그냥 여긴 그런 곳이었다. 동네 사람들이 수시로 들러서 일을 하고, 커피를 마시고, 밥을 먹고, 매니큐어를 바르고(실제로 보았다), 술을 마시고, 친구들을 만나고, 늦게까지 놀고, 주말엔 가족 전체 모임을 하기도 하고, 주중엔 회사원의 밥집으로 사용되기도 하고, 방과 후엔 아이들의 간식과 부모들의 수다를 한꺼번에 해결할 수 있는 곳. 이곳에 조용히 스며들 수 있어서, 나는 정말 이 동네 주민이 되었다고 느꼈다.

집에서 가장 가까운 C 카페에도 종종 들렀다. 그럴 수밖에 없는 게 아침에 뷔트 쇼몽 공원으로 산책을 나서면 가장 먼저 지나치는 것이 그 카페였기 때문이다. 아침에 세수도 안 한 동네 사람들이 거기에 앉아 초췌한 모습으로 커피를 마시고 빵을 먹고 있었다. 산책 가려던 나도 자연스럽게 그 대열에 합류해서 커피를 마시곤 했다. 어느 날 저녁엔 그 앞 도로에 서서 노래를 부르고 들썩이며 춤을 추고 맥주를 마시는 사람들 틈에 합류하기도 했다. 파리에 '음악의 밤'이 찾아온 날이었다.

그날은 하루 종일 뭔가 이상했다. 가는 곳마다 공연 준비가 한창이었다. 수시로 거리에서 음악 소리가 들렸다. 길을 지나다 초등학생들의 음악 발표회 현장을 목격하기도 하고, 작은 성당 앞 공연을 마주치기도 했다. 딱히 하려던 일도 없으니, 성당 앞 카페에 자리를 잡았다. 왜 이렇게 오늘 길거리 공연이 많은지 모르겠다며 공연 장면을 찍어서 SNS에 올렸더니, 파리에 계시는 작가님들이 친절히 답을 해주었다. 오늘은 '파리 음악의 밤'이라고. 큰 공연장은 물론이거니와 동네에서도 오늘은 밤늦도록 공연이 있을 거라는 설명이었다.

성당 앞 공연이 끝나고 집으로 돌아가다 보니 C 카페도 심상치 않았다. 무려 카페 간판 위로 DJ 테이블을 설치 중이었다. 이 작은 카페에서 뭐가 이렇게 본격적이야, 터져 나오는 웃음을 참으며 자세히 보니 2층 집의 발코니를 빌려서 그곳에 무대를 만든 거였다. 자연스럽게 길 위의 사람들은 스탠딩 공연장에 입장한 모양새가 되었다. 이미 사람들은 손에 술 한 잔씩들고 카페 앞 도로까지 점령했다. 도대체 어떤 음악을 틀어주려나, 요즘 파리는 어떤 음악이 잘나가나 궁금해하며 DJ를 기다렸는데 아뿔싸. 〈It's raining men〉이 흘러나왔다. 모두가 떼창을 하며 춤을 춘다. 지나가던 사람들까지도. 나도 이런 밤엔 가만히 있을 수 없지. 같이 웃으며 같이 따라 불렀다. 이런 밤엔 이보다 더 좋은 곡은 없는 것이다. 모두가 아는 곡으로 모두의 흥부터 돋우는 게, 파리에서도 국룰인 거다.

춤판은 점점 더 커졌다. 그 속에 내가 있다는 사실이 웃겨서, 동영상을 찍어서 SNS에 올리려고 핸드폰을 켰더니 쪽지가 여러 개 와 있었다. 하나같이 나에게 괜찮냐고 묻고 있었다. 특히 지은 작가님은 지금 어디냐고 다급하게 묻고 있었다. 집 앞이에요, 무슨 일이에요, 저는 괜찮아요, 무슨 일이에요, 답장을 보냈더니 바로 다시 답이 온다.

방금 5구에서 가스 폭발 사고가 있었다고. 사람들이 많이 다쳤다고. 원래 숙소가 있었던 곳 근처인 것 같아서 혹시나 걱정을 했다고. 나는 바로 기사를 찾아본다. 사진을 확인한다. 나는 그 자리에 우뚝 섰다. 웃음기는 사라졌다. 어떤 음악도 들리지 않았다. 안다. 저곳을. 아는 정도가 아니다. 저곳은. 우리 집에서 네 집 건너면 있는 곳이다. 그러니까 우리 집 창문에서 아침저녁으로 보던 발 드 그라스 성당 바로 옆 건물이다. 그러니까 내가 우리 동네에서 제일 맛있는 트라디를 사기 위해 매일 아침 들른 빵집 바로 앞 건물이다. 그러니까 너무 나의 일상이었던 곳이었다.

이 안전은 우연이다. 우연히 내가 저기에 없었고, 우연히 누군가가 거기에 있었다. 우연히 내가 안전하고, 우연히 누군가가 위험에 처했다. 일상이라 단단히 믿고 있던 지반이, 안전하다고 믿고 있는 이 모든 순간이 얼마나 깨지기 쉬운 것인지. 나의 안전은 얼마나 수많은 우연이 결합해서 기적적으로 찾아온 것인지. 이 안전에 필연은 없다. 도서관에서 읽던 책에 세월호 이야기가 나와서 결국 울었던 며칠 전이 생각났다. 수많은 생이 가라앉는 순간을 모두 같이 목도한 기억이 우리에겐 있다. 이태원이라는 이야기만 들어도 가슴이 몇 겹으로 짓눌린 날들도 있다. 오래 아팠고, 오래 슬펐고, 오래도록 죄스러운 날들이 있었다. 나의 안전은 당연하지 않다. 이 모든 것을 일상이라 부르며 이것을 당연한 듯 누리고 있지만 이것은 특별한 것. 투명하도록 얇고 우연한 안전이 손에 만져졌다. 나의 안전이 누군가의 위험을 담보로 한 것은 아니겠지만, 내가 누리는 모든 말짱한 생활이 말짱하게 느껴지지 않았다. 누구를 향한 건지도 알 수 없는 미안함이 밀려왔다. 더는 음악 속에 있을 수 없었다.

나는 집으로 돌아갔다. 창문을 열고, 얼굴도 모르는 누군가의 안전을 빌었다. 그렇게 창가에 밤늦도록 앉아 있던 밤이 있었다.

세 명의 여자가 있다. 모두 같은 해에 태어났지만, 서로는 서로를 모른다. IMF 사태가 터지고 얼마 안 되어서 셋은 대학교에 입학을 했고, IMF 사태가 마무리될 무렵의 방학에 배낭여행을 갔다. 대학생이라면 모름지기 유럽 배낭여행을 가야 한다고 여겨지던 시기였다. 셋은 제각각 파리에 도착했지만, 모두 같은 결론을 품에 안고 한국에 돌아왔다. 다시, 파리에 가야 한다.

한 명은 퐁피두 센터에 반했다. 퐁피두 센터 도서관을 보고, 여기에 와서 공부를 하고 싶다는 생각을 한 그녀는 젊고, 겁이 없었다. 그녀는 3개월 후, 다니던 학교를 그만두고 짐을 싸서 무작정 파리로 와버린다. 불어를 한마디도 할 줄 몰랐지만, 돈이 풍족히 있을 리가 없었지만, 파리에서 영화 공부를 하고 싶다는 마음만 단단히 쥐고, 프랑스는 학비가 공짜라는 말만 믿고 겁도 없이. 파리의 첫인상만 믿고 대책도 없이. 그런 그녀를 기다리고 있는 건 낭만적인 파리가 아니었다. 현실의 파리는 무자비했다. 하지만 그녀는 파리에서 대학교에 들어갔고, 파리에서 취직을 했고, 파리에서 결혼도 했다. 이제 그녀는 한국에서 산 시간보다 파리에서 산 시간이 길다.

또 한 명도 파리에 반했다. 돌아와서 엄마에게 나는 곧 다시 파리에 갈 거라고 말했다. 하지만 젊은 시절 우리 대부분의 결심이 지켜지지 않는 것처럼, 그녀도 그녀의 파리를 잊었다. 그녀는 한국의 현실에 충실히 응했다. 파리의 열망이 갑자기 소환된 건 한창 직장 생활을 하고 있던 어느 밤이었다. 직장 생활은 하면 할수록 이상하게 앞이 깜깜해졌다. 그때 그녀 앞에 전단지 한 장이 떨어졌다. '프랑스 유학'. 전단지에 적힌 다섯 글자를 보고 그녀는 오래전 꿈을 기억해냈다. 그리고 그 꿈을 실현하기로 마음을 먹는다. 다시 책상 앞에 앉아서 다시 책을 들여다보았고, 낯선 언어를 배웠고, 열 살 차이 나는 어린 친구들과 한 반에서 수업을 들으며 학위를 땄다. 그녀는 파리에서 포토그래퍼로 일을 하는 중이고 파리에서 결혼도 했으니, 앞으로도 그녀의 파리 시간은 길어질 것이다.

그리고 내가 있다. 그녀들처럼 나도 파리에 돌아오겠노라고 다짐을 했지만, 그 다짐을 누구보다 많이 이야기하며 살았지만, 그 다짐을 현실로 만들기까지는 20년이 넘는 시간이 걸렸다. 나의 말과 행동은 자주 어긋났다. 꿈은 좀처럼 현실에 깃들지 않았다. 어쩔 수 없는 것 아닌가 생각했다. 모두가 꿈대로 살진 않으니까. 당장의 현실을 내가 책임져야 하니까. 종종 꿈이 현실을 침범하려 들면 나는 단호하게 그 꿈의 무릎을 꺾었다. 파리에 가서 뭘 하겠다는 거야? 가면 뭐가 달라져? 갔다가 돌아오면 뭘 할 건데? 설마, 이제 와서 다시 대학교부터 시작하려고? 아니, 그렇게나 하고 싶은 공부가 있긴 해? 그래, 뭐 백번 양보해서 간다고 치자. 돈은? 파리에 가서 살 정도로 돈은 모았니? 그 모든 질문들 앞에서 꿈은 맥없이 좌초했다. 나는 꿈속에 깃든 무모함을 감당할 자신이 없었다.

파리행 비행기를 타기 직전, 인천공항에서 메일 한 통을 받았다. 추천사 의뢰 메일이었다. 이제 막 긴 여행을 떠나려는 참인데, 일이라니. 거절의 답을 보내려고 메일을 클릭했다가 나는 홀린 듯이 메일에 첨부된 원고를 다운받아서 읽기 시작했다. 비행기 안에서도 원고를 계속 읽어 내려갔다. 파리에 사는 한국 여자의 지독한 이태리 사랑기였다. 이태리가 좋아서 주말마다 파리의 이태리 어학원에 다니고, 휴가를 내서 이태리로 어학 연수를 가는 이야기를 읽으며, 나는 지금 운명론자가 되어야 한다는 걸 깨달았다. '이태리'라는 단어를 '파리'로 바꾸면 그건 모두 내 이야기였으니까. 곽미성 작가님의 책, 《외국어를 배워요, 영어는 아니고요》는 내가 추천사를 쓸 수밖에 없는 책이었다.

곽미성 작가님은 감사하게도 그녀의 집으로 나를 초대했다. 저 멀리 에펠탑이 보이는 집에서 그녀의 남편이 차례로 내주는 음식들을 먹으며, 작가님이 나를 위해 특별히 준비한 11종의 치즈에 열광하며 이야기를 나눴다. 나의 치즈 책을 읽으며 꼭 이런 치즈 플레이트를 차려주고 싶었다는 작가님의 말을 들으며, 그 고마운 마음에 과식으로 화답했다. 그건 내가 또 제일 잘하는 거니까. 우리는 처음 만났지만 입을 열 때마다 공통점이 후두두두 떨어졌다. 알고 보니 동갑이었고, 알고 보니 파리에 반한 지점이 같았다. 물론 작가님의 파리 사랑은 이제 이태리로 옮겨 갔지만.

"퐁피두 센터 도서관을 말하는 사람은 처음 봤어요."

"진짜 거짓말이 아니고, 저는 그 도서관 갔다가 여기 다시 와야겠다 결심하고 3개월 후에 왔잖아요. 무모했죠. 진짜 아무것도 몰라서 그럴 수 있었던 거 같아요."

"무모한 게 아니라 용기가 있었던 거죠. 저는 그 용기를 끝내 못 낸 거고."

이야기를 나누며, 내가 작가님처럼 20대 초반에 용기를 냈다면 어떻게 달라졌을까 상상해보려 애썼다. 그 상상은 조금의 추진력도 얻지 못하고 자꾸 꺼졌다. 아무것도 상상이 되지 않았다.

파리로 간다는 소식을 인스타그램에 올리자마자 DM이 왔다. 파리에서 포토그래퍼로 일하고 있는 채영 작가님이었다.

오래도록 나는 작가님의 사진을 보며 흠모하고, 작가님의 사진을 액자로 만들어서 집에 걸어두기까지 했는데, 바로 그 작가님이 파리에 오면 만나자고 청하는 것 아닌가. 낯가림은 당장 버렸다. 생마르탱 운하를 옆에 두고 바람을 맞으며 우리는 오래 이야기를 나눴다. 알고 보니 우리는 동갑이었고, 알고 보니 둘 다 가로수길에 직장이 있었다. 우리는 순식간에 공통의 지인을 찾아내며 반가워했다.

"비슷한 시기였네요."

"작가님이 파리 유학 전단지를 발견했을 때, 그즈음에 저도 회사에 퇴사 의사를 밝혔었어요. 물론 19년이 지나서야 그만둘 수 있었지만."

"지금이라도 왔잖아요."

"하지만 이건……."

채영 작가님과 이야기를 나누면서도 생각했다. 나에게도 사진의 열정이 불타오르던 시절이 있었다. 퇴근 후 사진 수업을 들으러 갔고, 주말이면 사진을 찍으러 서울 곳곳을 헤맸다. 월요일 출근길엔 회사 앞 현상소에 들러서 필름을 맡겼고, 퇴근길엔 그 필름을 확인했다. 얼마나 열심이었던지, 현상소 문을 열기만 해도 접수처에 계신 분들은 작업의뢰서에 내 이름을 알아서 적으셨다. 그때의 마음에 내가 좀 더 적극적으로 반응했다면, 그때 내가 작가님과 같은 선택을 했다면 나의 이야기는 어디로 흘러갔을까. 역시나 상상은 쉽지 않았다. 상상은 성냥불처럼 자꾸만 꺼졌다.

세 명의 여자가 있다. 20대 초반, 세 명 모두 파리에 대한 작은 불꽃을 하나씩 품었다. 한 명은 그 불꽃을 새로운 인생을 비추는 횃불로 바꾸었다. 또 한 명은 시간이 흐른 후 그 불꽃을 다시 찾아 새 도전을 위한 땔감으로 썼다. 그리고 나는 그 불꽃이 꺼지지 않도록 애지중지 보살피며, 현실이 힘들 때마다 그 작은 불꽃 옆에서 잠깐씩 손을 녹였다. 그 작은 불꽃이 삶을 대단히 바꾸는 일 같은 건 일어나지 않았다.

　나는 불꽃을 횃불로 바꿔낸 그 삶도, 새 도전을 위한 땔감으로 쓴 그 삶도 알지 못한다. 상상이 매번 막힌다는 것은 그 간단한 문장들 뒤에 어떤 눈물과 좌절과 자기의심과 노력이 있었는지 내가 감히 상상도 못 하기 때문이다. 말도 한마디 통하지 않는 곳에 좋아한다는 마음 하나만 품고 와서 뿌리를 내리는 일의 무서움을 나는 과연 견딜 수 있었을까. 우리와는 전혀 다른 속도로 살아가는 도시, 우리의 상식이 통하지 않는 도시, 제대로 된 일 처리라는 건 애초에 불가능한 도시, 거만한 도시, 불친절한 도시, 화려한 이름 뒤에 이면이 가득한 도시. 나는 파리를 오래도록 오해해왔다. 아름다울 거라고, 그곳에 간다면 내 삶도 아름다워질 거라고. 하지만 파리에 와서 파리에 정착한 작가님들을 만나며, 산다는 건 그렇게 간단한 일이 아니라는 걸 알게 된다. 나는 두 달 동안 아름다운 파리만 보고 가도 된다. 그래도 되는 시간이다. 하지만 그게 2년이 된다면? 20년이 된다면?

　안다. 그럼에도 불구하고 20대 초반에 내가 가장 원하지 않앗던 건 지금 나의 삶이다. 꿈을 고이 접어놓고, 현실을 사는 쉽고 평범한 결론. 그렇다고 해서 지금의 나까지 지난날의 나를 업신여기고 싶지는 않다. 남을 부러워하며 나의 지난날을 폄하하는 건 너무나도 쉽다. 동시에 그래선 안 된다는 건 내가 제일 잘 안다. 떠나지 않고 매일의 일상에서 답을 찾아보려고 부단히 애를 썼다. 기어이 나의 불꽃을 꺼뜨리지 않았고, 결국 그 불꽃을 등대 삼아 여기까지 온 거다. 대단히 치켜세울 것도 없지만, 대단히 무시할 것도 없다. 어쨌거나 잊지 않고 여기까지 온 거다.

세 명의 여자가 있다. 셋은 한때 같은 곳에 서 있었다. 그리고 그 지점으로부터 멀리멀리 떠나왔다. 각자의 방식으로. 각자의 최선으로. 각자의 안간힘으로. 이 인생에 정답이 있을 리 없다. 다만 각자의 인생이 있을 뿐이다.

20년간의 회사 생활은 나를 다방면으로 키웠다. 아이디어를 생각하고 카피를 쓰는 능력이 자랐고, 생각을 정리해서 누군가를 설득하는 능력이 생겼다. 처음 보는 사람들 앞에서 프레젠테이션을 할 때에도 떨지 않는 초능력을 얻게 되었고, 결정하고 정리하고 책임지는 능력은 꾸준히 진화했다. 하지만 모든 능력이 상승 곡선을 그리는 와중에도 꾸준히 하락 곡선을 그리는 능력이 하나 있었다. 바로 사회성. 어떻게 회사를 그렇게 오래 다녀도 사회성은 꾸준히 제로에 수렴할 수 있는지 나조차도 의문이었다. 낯가림은 사라지지 않았고, 사적인 대화가 어려웠고, 밥 먹자는 흔한 대화가 부담이었다. 사람들과 아침 인사를 하는 게 힘든 날도 많았다. 커피 머신 앞에서도 누군가 말을 걸까 봐 커피 잔만 뚫어지게 쳐다봤다. 6시에 회사 업무를 마치면 늘 집으로 돌아가기 바빴다. 친구와 약속 하나 잡는 것까지 어려웠다. 나의 사회성은 명백히 제로를 넘어 마이너스로 추락하고 있었다.

유난히 사람이 힘들었던 날, 도망치듯 회사를 빠져나와 지하철역으로 빠르게 걸으며 자책했다. 어떻게 이렇게나 사회성이 없어. 어떻게 사람을 이렇게나 어려워해. 사람들이랑 잘 지내는 것도 능력이야. 어쩌려고 이래. 자주 반복되는 자책이었다. 그날은 유독 자책을 심하게 했더니, 다른 생각 하나가 툭 튀어나와 반항하기 시작했다. 아니야, 사회성이 아주 없는 게 아니야. 있는데 하루치를 회사에서 다 써버리는 거야. 일하며 만나는 사람들 앞에서, 만나야만 하는 광고주 앞에서, 일이 되게 하려고 애를 쓰다 보니 사회성을 다 소진해버리는 거지. 물론 사회성이 많다는 이야기는 아니야. 아주 적지. 겨우 한 줌이지. 한 줌밖에 안 되니까 그걸 아껴 써야 하는데, 회사 다니는 사람이 그게 가능하겠어? 출근하는 데 한 꼬집, 사람들과 인사를 하며 또 한 꼬집, 회의하며 세 꼬집, 광고주 미팅에 다섯 꼬집. 그렇게 쓰다 보니 저녁에 집으로 피신하는 건 당연하지. 너, 잘 생각해야 돼. 사회성이 아예 없었다면? 회사도 못 다녔을 거야. 너무 너를 구석으로 몰아붙이지 마.

그 후로 오래도록 궁금했다. 만약 회사를 안 다니면 나는 사회성이 있는 사람이 되는 걸까. 하루치 사회성을 회사에 안 쓰면, 나는 평소에도 친구를 만날 수 있는 사람이 되는 걸까. 누군가가 만나자고 말하면 기꺼이 응하는 그런 사람이 될 수 있는 걸까. 오래된 질문에 대한 답은 파리에 있었다.

어느 밤에 메일을 받았다. 한 독자가 보낸 메일이었다. 구글에 다니고 있는데, 괜찮으시다면 파리 구글 사무실을 둘러보고 같이 구내식당에서 밥을 먹겠냐는 제안이었다. 물론 너무 갑작스러운 제안이니 거절을 하셔도 괜찮다는 배려의 말도 함께 도착했다. 나는 당장 답을 보냈다. 오, 저는 언제든지 좋아요. 너무 놀라실 수도 있지만, 당장 내일도 괜찮답니다. 그 답장에 놀란 건 독자님뿐만이 아니었다. 나도 놀랐다. 내가 낯선 누군가가 만나자는 제안에 이렇게 적극적으로 응답한다고? 당장 내일도 가능한 사람이라고? 이건 낯선 감각이었다. 물론 구글이 궁금하긴 했다. 하지만 궁금증이 낯가림을 이기다니. 이건 내 인생의 새로운 페이지였다.

현대식 건물을 상상하며 구글 오피스에 갔지만, 거긴 꼭 파리의 부자 친구 집 같았다. 그야말로 파리식 대저택이었다. 겉에서 봤을 때는 그다지 크지 않아 보였지만, 안은 깊고도 넓었다. 건물도 정원도 사무실도 식당도 길을 잃을 만큼 컸고, 잘 관리되고 있었다. 이곳저곳에서 사람들은 자유롭게 일하고 있었다. 몽마르트르 언덕과 정면으로 마주한 워킹 머신 위를 걸으며 회의를 하는 사람도 있었고, 정원의 커다란 나무 아래 테이블에서 일하는 사람도 많았다. 회사인지 카페인지 분간할 수 없을 만큼 자유로운 분위기가 흐르는 와중에, 사무실 왼쪽 창으로는 에펠탑이 보였고, 오른쪽 창으로는 몽마르트르 언덕이 보였다.

"1년에 4주는 원하는 어디서든 근무할 수 있어요. 이렇게 외국 오피스에 와서 일할 수도 있고요. 그리고 점심시간에는 누구든 불러서 같이 밥 먹을 수 있어요. 가족을 데려와도 되고 친구를 데려와서 먹을 수도 있고요."

오. 유명해서 좋은 회사인 줄 알았는데, 좋은 회사라서 유명한 건가. 유명한 회사의 좋은 정책 덕분에 나도 그곳에서 점심을 먹었다. 뷔페식 식당 하나만 있을 줄 알았는데 각종 국적의 식당들이 있었고, 어디서든 먹을 수 있었다. 해산물이 비싼 파리였지만, 그곳에서는 커다란 새우를 바로바로 구워서 내고 있었다. 오랜만에 새우를 양껏 담고 생선 구이와 과일과 생소한 민트오이 수프도 담았다. 그리고 나무 그늘 아래에서 밥을 먹었다.

상상하지 않을 도리가 없었다. 구글에서 근무를 하면 어떨까. 1년에 4주를 원하는 곳에서 일할 수 있다면 나는 당연히 파리에 와서 일하겠지. 그건 또 얼마나 근사할까. 하지만 바로 현실을 자각했다. 아무리 파리라도 여기서 일을 하면 나의 사회성은 또 소진되겠지. 아무리 파리라도 6시가 되면 집으로 도망치겠지. 내 능력에 구글에 입사할 수도 없겠지만, 구글에서 나를 뽑을 리도 없지만, 나는 결심했다. 구글은 다니지 않기로. 어떻게 되찾은 나의 사회성인데, 또다시 회사에서 소진할 수는 없잖아. 구글 안녕.

물론 이 한 번의 사례로 나에게도 사회성이 존재한다고 주장하고 싶은 건 아니다. 사례는 이어진다. 오일 파스텔 수업이 있던 날의 일이었다. 수업이 끝나고 한껏 부푼 마음으로 힙한 레스토랑에서 밥을 먹고 있는데, 포토그래퍼 채영 작가님이 만날 의향을 슬쩍 물어왔다. 응? 지금? 이렇게 갑자기? 좋아요! 밥을 먹고 채영 작가님을 만나러 가면서 어이가 없었다. 너누구니? 급 만남도 피하지 않는다고? 너 진짜 사회성 만렙이구나? 연락한 지 한 시간 후 쿨레 베르트 산책 길 앞에서 우리는만났다. 푹푹 찌는 여름날이었다. 천천히 산책 길을 걸었다. 거의 다 지고 조금 남은 장미를 보며 서운해하고, 장식이 너무 과해 우스꽝스러워진 건물을 보며 웃고, 자꾸 말을 걸며 우리의산책에 동행하려는 남자 앞에선 정색했다. 걷다 보니 목이 말라서 슈퍼에서 물을 사 먹었고, 또 걷다 보니 술집들이 나와서와인을 한 잔 마셨다.

　"여기까지 온 건 참 오랜만이네요."

　베르시 공원을 지나 세느강을 건너 프랑스 국립도서관 앞까지 와서야 우리는 헤어졌다. 산뜻하게 만나서 산뜻하게 헤어졌다. 여름날에 어울리는 만남이었다.

　두 번째 오일 파스텔 수업이 끝난 날에는 유나 작가님과 같이 지하철을 탔다. 이지은 작가님이 셋이서 뷔트 쇼몽 공원에서 피크닉을 하자고 제안했기 때문이다. 마트에서 시원한 로제 와인과 얼음을 사고, 과자도 샀다. 지은 작가님은 뷔트 쇼몽 공원의 너른 풀밭 위로 빨간 체크무늬 피크닉 매트를 깔았다. 그것만으로도 이미 지나치게 낭만적이었다. 그 위로 지은 작가님이 직접 싸 온 도시락들을 펼쳤다. 파리에 와서 유부초밥을 먹을 거라고는 상상하지 못했는데. 오랜만에 한국의 맛이 입에 가득 찼다. 다음엔 베트남이다. 뷔트 쇼몽 공원의 커다란 나무를 눈에 한가득 담으며, 작가님이 직접 튀긴 넴을 상추에 싸서 민트잎과 같이 입 한가득 먹었다. 튀김의 풍성한 맛을 상추가 산뜻하게 감싸며 민트가 상쾌하게 마무리하는, 기막힌 삼중주였다. 꼭 내 기분 같은 맛이었다. 햇빛 알레르기 때문에 긴팔 옷으로 칭칭 감고 있는 나를 보는 작가님들의 기분은 칙칙했겠지만, 꽃무늬 블라우스를 입은 유나 작가님과 꽃무늬 원피스를 입고 있는 지은 작가님을 보며 탁 트인 자연 속에 앉아 있는 나는 더없이 상큼한 기분이었으니까.

뷔트 쇼몽 공원의 풀밭 경사는 예상보다 심했고, 덕분에 우리는 밥을 먹으며 수다를 떠는 동안 자꾸자꾸 아래로 미끄러졌다. 그때마다 깔깔 웃으며 이번엔 제대로 자리 잡아보자고 했지만 또 미끄러지고, 또 올라오고, 이야기를 하다 보면 한 명은 또 아래쪽에 내려가 있고, 또 깔깔 웃고, 또 앉고, 또 실패하고, 또 수다를 떨고, 또 미끄러지며 몇 시간을 그렇게 웃었다. 문득 이상한 기분이 들었다. 한 번도 못 느껴본 파리였다. 파란 하늘과 거대한 나무, 연둣빛 잔디와 빨강 매트, 차가운 와인과 맛있는 음식들, 끝없이 이어지는 이야기. 그 위로 흩어지는 웃음. 매우 단순하고도 직관적인 행복. 더 근사한 무언가를 찾아 더 먼 어딘가를 헤매는 나를 불러다 앉히는 사람들.

이상한 일이었다. 평소의 나라면 이 장면을 얼마나 찍었을 텐데, 사진으로 영상으로 모조리 기록하고 싶어 했을 텐데, 오늘은 아무것도 찍지 않았다. 찍고 싶지 않았다. 그냥 그 순간에 존재하고 싶었다. 어떻게 찍어도 지금 이 기분은 담기지 않을 테니까. 이토록 계산 없는 환대라니. 낯선 나를 '우리' 사이에 넣어주는 사람들이라니. 파리의 화려한 겉만 핥고 있는 나의 손을 낚아채 이 도시의 깊은 속으로 끌고 들어오는 사람들이 있다니. 내가 나를 열면, 이런 세상이 열리는 거였나. 내내 혼자일 거라 생각했다. 두 달간 깊은 고독 속에 안착할 것이라 확신했다. 마음을 여는 만큼 누군가 다가올 거라고는 생각하지 못했다. 이토록 차가운 파리에 이토록 다정한 세상이 있다니.

이곳에서 나는 한 번도 되어본 적 없는 내가 되어 있었다. 한국에서 나에게 도착하는 말들은 언제나 '요즘 바쁘지?'로 시작했다. 내 입에서 나가는 말들은 언제나 '너무 바쁘네'로 시작했고. 몇 년 만에 연락하는 친구는 내 대답에 한숨을 푹 쉬며 말했다.

"언제쯤 너한테 안 바쁘다는 이야기를 들어보냐."

근데 이곳에서는 안 바쁜 사람. 바쁠 이유가 없는 사람. 언제나 가능한 사람. 하루의 시간을 모두 열어놓고 사는 사람. 하루 종일 나와 보내느라 하루치 사회성을 온전히 간직한 사람. 그러니까 내가 한 번도 되어본 적 없는 사람.

또 어느 밤에는 지은 작가님의 친구들이 모이는 자리에 나도 초대를 받았다. 그 밤 그곳엔 다양한 모양의 다양한 삶들이 모였다. 그들이 사는 이야기를 들으며, 그들의 고민을 들으며, 그들의 다음 목적지를 들으며, 나는 앞으로의 내 삶이 어디로 어떻게 펼쳐질지 궁금해졌다. 회사 안에서 좁게, 아주 좁게 시선을 유지하고 있을 땐 그 삶만이 가능한 줄 알았다. 내게 주어진 선택지 중 최선의 선택지를 뽑은 거라 믿고 열심히 살아야만 하는 줄 알았다. 하지만 다른 모양의 삶들이 있었다. 그것도 무수히 많이 있었다. 짐작조차 하지 못한 뾰족함을 품고 좁은 길을 온몸으로 밀며 나아가는 삶도 있고, 두려움을 마주하고 자신의 세계를 지키는 삶도 있다. 누군가가 만들어준 안전한 울타리가 없어도, 스스로 하고 싶은 일들을 울타리로 세우며 살아가는 삶도 있다. 이런 용기를, 저런 대범함을, 이상한 긍정을 파리에서 만났다.

나는 어떤 모양이 되고 싶은가. 학생, 회사원으로도 충분히 설명할 수 있었던 시간은 끝났다. 지금부터 나는 나를 어떤 모양으로 빚을 것인가. 다양한 사람들을 만나며 자연스럽게 생각은 여기에 도착했다. 답이 당장 찾아질 리 없었다. 하지만 나에게 필요한 질문을 찾은 것만으로도 이미 크나큰 수확이었다.

그 밤, 무수히 큰 세상으로 열린 이 질문이 이상하게 두렵지 않았다. 어쩌면 또렷한 답을 내리지 않은 채 살아가는 게 답이 될지도 모른다는 생각을 했다. 인생은 사지선다형이 아니고,

정해진 목적지를 향해 끝없이 뛰어야 하는 마라톤도 아니다. 헤매는 걸 두려워도 말고, 답을 못 찾는 걸 조급해하지도 말고, 조급함에 못 이겨 성급한 답을 내리지도 말고, 내 방식대로, 내 속도대로 살아가보고 싶어졌다.

다양한 모양의 용기를 손에 쥐고
나의 방향으로 뚜벅뚜벅.

한 권의 책은 사람을 어디까지 데려갈 수 있을까? 오래전 알베르 카뮈의 《결혼·여름》을 읽고, 그 책 한 권으로 인생의 계획을 바꾸고, 그 책을 들고 카뮈의 무덤이 있는 프랑스 남부 루르마랭까지 갔다. 이것은 책 한 권이 열어줄 수 있는 세상의 최대치였다. 지금까지는 그랬다. 여기에 나는 한 권의 책을 더해야 한다. 바로 이지은 작가님의 《장인의 아틀리에》가 바로 그 책이다.

앞에서 말한 것처럼, 나는 《장인의 아틀리에》의 오래된 팬이었다. 그러므로 파리에 와서 '지은집밥'을 신청해 작가님을 만난 건 나에게 큰 사건 중 하나였다. 하지만 그 작가님이 수시로 나를 챙겨 집에도 초대하고, 피크닉도 데려가준다면? 거기에 그치지 않고 《장인의 아틀리에》의 맨 앞을 장식한 클라브생

(피아노의 전신. '하프시코드'라고 부르기도 한다) 장인, 레나드 본 나젤의 아틀리에에서 열리는 음악회에 초대를 해준다면? 나는 어느 순간부터 이지은 작가님을 '파리의 은인'이라고 부르기 시작했다. 작가님은 책 한 권의 인연이 어디까지 뻗어갈 수 있는지, 내게 알려준 은인이었으니까.

본 나젤 장인의 아틀리에는 나의 예상에서 전혀 빗나간 곳에 있었다. 어디 외곽이 아니라 파리 11구의 주택가 사이에 있었고, 오래된 프랑스식 건물이 아니라 마치 우리나라 대형 오피스텔 같은 건물 안에 있었다. 이지은 작가님을 따라 엘리베이터를 타고 올라가서 코너를 돌았더니 그곳이 아틀리에였다. 오늘 이곳에서 본 나젤 장인의 클라브생 음악회가 열린다. 입구에서 지팡이를 짚은 본 나젤 장인이 우리를 맞이했다. 하얀 바지에 까만 셔츠, 그리고 그 위로 멋스럽게 걸친 하얀 스카프. 여든 살이 넘은 백발 장인 할아버지를 나는 이미 잘 알고 있다. 오래전부터 책을 읽으며 상상한 것보다 훨씬 더 귀엽고 멋쟁이 할아버지라 조금 놀랐지만. 비쥬를 한 후에 작가님은 나를 본 나젤 장인에게 소개했다. 한국에서 온 작가라고 소개를 하니 본 나젤 장인이 묻는다.

"그럼 당신이 쓴 이 책을 저 사람은 읽을 수 있는 거예요?"

"그럼요."

자신의 이야기가 적힌 한국어 책을 읽을 수 없는 프랑스 장인의 얼굴에 부러움과 아쉬움이 지나간다. 그 얼굴이 너무 맑고 천진하여 나는 또 놀란다. 오래도록 하나의 일에 몰두하며 경지에 이르면 저런 얼굴을 가질 수 있게 되는 걸까. 덩달아 높아진 기대감을 안고, 아틀리에 안으로 들어갔다.

그곳은 방금 전까지 장인들이 작업을 하다가 자리를 잠깐 비웠다고 믿어도 좋을 만큼 생생한 현장 그대로의 모습을 하고 있었다. 악기의 설계도가 한쪽 책상 위에 잔뜩 쌓여 있었고, 한쪽 벽면에는 각종 나무와 연장이 가득했다. 만들다 만 클라브생이 벽에 기대 옆으로 누워 있었고, 수많은 유리병 속에는 용도를 알 수 없는 부품들이 자신의 차례를 얌전히 기다리고 있었다. 육중한 기계들과 완성되길 기다리는 클라브생들. 그 한가운데에 까만 클라브생 한 대가 고고히 자태를 뽐내고 있었다. 건반 위에는 이름 하나가 빛나고 있었다. 최고의 클라브생을 보증하는 그 이름, 방금 만난 할아버지의 이름, 바로 REINHARD VON NAGEL이었다.

나는 흥분을 감출 수가 없었다. 내가 바로, 샤갈이 자신의 미술관에 놓기 위한 클라브생을 의뢰한 장인의 아틀리에에 와 있었기 때문이었다. 오래전 니스의 샤갈 미술관에서 샤갈의 그림이 그려진 피아노를 본 적이 있었다. 오래전 그 기억이 지금 이곳에서 합체가 된다. 그것은 피아노가 아니라 클라브생이었고, 아흔세 살의 샤갈이 클라브생의 안쪽 면에 직접 그림을 그려 넣은 유일한 클라브생이었고, 그 클라브생을 만든 청년이 이제 노인이 되어 지금 내 앞에 있는 것이다. 그 유명한 클라브생들이 태어난 현장에 지금 내가 와 있는 것이다.

사실 그날의 연주회는 내 관심 밖이었다. 나는 아틀리에가 궁금했고, 본 나젤 장인이 궁금했으니까. 장인이 자신이 만든 클라브생의 소리를 듣는 걸 보고 싶었다. 이제는 현역에서 물러난 장인이, 자신의 평생이 담긴, 자신의 가장 빛나던 때를 고스란히 기억하고 있는 장소에서, 자신의 몇 달 치 시간과 근육과 마음을 다 빼앗아 간 악기가 연주되는 모습을 보는 그 표정이 궁금했다. 몇 달의 시간이 걸려 한 대의 클라브생이 태어난다지만, 사실 그 경지에 이르기 위해 수십 년의 세월을 고스란히 바친 거다. 장인의 삶이 그런 거니까. 워라밸을 강조하고, 나 역시 그것을 1번으로 놓고 살아왔지만, 인생 전체를 하나의 분야에 바친 장인에 대한 존경과 경외는 그 모든 원칙을 벗어나 있다.

어떤 마음일까. 시간이 멈춘 아틀리에에서 한 달에 한 번씩 콘서트를 여는 마음은. 한 달에 한 번, 클라브생이 기지개를 편다. 한 달에 한 번, 아틀리에는 오래전 전성기 때처럼 사람들로 북적인다. 오래도록 연구한 흔적도, 작업대 앞에 서기만 하면 당장이라도 자신의 근육처럼 움직일 도구들도 그대로다. 하지만 그 자신만큼은 그대로가 아니다. 마음의 나이와 몸의 나이는 다르게 먹는다. 내가 짐작조차 할 수 없는 마음을, 애써 헤아려보려 하지만 당연히 가능하지 않다. 다만 상상해보는 것이다. 아예 닫아버릴 수도 있는 아틀리에를 열어두는 그 마음을. 자신이 사라진다면 같이 사라질 하나의 세상을 지키는 그 마음을. 자신의 것으로만 감춰두지 않고, 많은 이들과 나누려는 그 마음을.

공연을 마치고 나와 지은 작가님과 카페에 앉아 오래도록 이야기를 나눴다. 자연스럽게 우리의 이야기는 글을 쓰는 이야기로 흘러간다. 본 나젤 장인만큼은 아니지만 우리도 우리만의 작은 세계를 글로 지키고 있다. 책 읽는 사람이 드문 이 시기에, 들인 노력과 받는 보상이 전혀 일치할 수 없는 이 세계를 못 떠나고 있다. 무슨 큰 뜻이 있어서가 아니라, 좋아하는 세상이니까 못 떠나는 거다. 파리까지 와서 한국어로 글 쓰는 일의 고단함에 대해, 우리의 같은 운명에 대해 이야기를 하고 있다니. 글을 쓴다는 정체성이 파리까지 와서 새로운 인연이 되다니. 한국에 돌아와 글을 쓰는 지금에 와서야, 지은 작가님에게 받은 그 모든 마음들은 글 쓰는 사람들 사이에 생겨난 특별한 유대감이었음을 깨닫는다. 그것이 한국이든 파리든 글 쓰는 이의 고충은 한결같으니까. 매일 의심과 싸우며, 매일 가장 깊이 좌절하며 쓴다. 그 사실을 서로는 알고 있다.

파리의 은인 덕분에 신기한 모양의 하루가 또 완성되었다. 이 시간을 천천히 소화하고 싶어서 나는 또 집까지 걸어왔다. 페르 라셰즈 묘지의 담벼락을 따라, 일요일이라 유난히 더 북적이는 작은 광장을 지나, 아랍 사람들이 물담배를 피우는 카페를 지나, 밤늦도록 동네 사람들이 다 모여 있는 것 같은 우리 동네 카페를 지나, 나의 집으로 돌아왔다. 책 한 권이 이끈 긴 여행에서 돌아온 기분이었다.

그 와중에 시간은 착실히 흐르고 있었다.
무수히 많이 남은 것만 같던 파리에서의 날들은 야속할 정도로 차곡차곡 줄어들고 있었다.

Chardon
Poivre
6.20€

Saint Nicolas
de la Dalmerie
Pâte molle

5,20€

Marbré du Noyon
Manche (Normandie)

lait en
chèvre   36,90 €/kg

  파리엔 본격적인 더위가 찾아왔다. 6월의 낮 기온은 33도까지 올라갔다. 에어컨이 있는 곳은 드물었다. 집에는 선풍기도 없었다. 천장이 높은 파리의 집이, 건조한 파리의 공기가 그나마 더위를 견딜 만한 무엇으로 만들어주긴 했지만, 그래도 더웠다. 혹시나 해서 가져온 손 선풍기를 목숨처럼 붙들었다. 어떻게 고정할까 고민을 하다가 두루마리 휴지 가운데에 선풍기를 꽂았다. 내가 천재가 아닐까 잠깐 생각했다. 거치식 선풍기 완성. 그걸 옆에 놓고 글을 쓰고, 그걸 들고 침대에 자러 갔다.

  이 불볕더위에 파리 사람들은 아이스커피도 없이 어떻게 살아가는 걸까. 나는 맛없는 파리 커피 대신, 어딜 가든 메뉴판에서 'Citron Pressé'를 찾아내서 주문했다. 그럼 생레몬즙과 얼음 컵이 나왔다. 둘을 합친 다음 물을 부으면 레몬의 신맛에 모든 세포가 쨍쨍하게 살아나는 기분이 들고, 쨍쨍 내리쬐는 햇빛까지 다 물리칠 수 있을 것 같은 기운이 생겼다. 물론 완벽한 착각이었지만.

사실 그 더위는 완벽한 괴로움의 신호탄이었다. 햇빛은 나를 본격적으로 고문하기 시작했다. 한국에서도 햇빛 알레르기 때문에 햇빛에 잠깐만 노출이 돼도 빨갛게 부어오르고 미친 듯한 가려움이 찾아와서 힘들었는데, 유럽의 햇빛은 아예 차원이 달랐다. 햇빛이 피부에 닿기만 해도 아팠다. 한 줄기 햇살이 낭만이 아니라, 바늘처럼 느껴졌다. 무자비하게 찔러대는데 어디로 피해야 할지도 알 수 없었다. 모두가 너무나도 여름 복장으로 다녔지만, 나는 그 도시의 어둠이었다. 긴 팔을 내내 고수하며 햇빛을 부지런히 피해 다니기만 하는. 상황이 이렇다 보니 선택지는 많지 않았다. 햇빛이 아주 세지 않은 오전에 돌아다녀야 했고, 오후가 되면 미술관이나 카페 같은 실내로 피신해야만 했다. 이 와중에 열심병이 또 도졌다. SNS에 '오늘부터 나의 파리에서 [나중에]라는 단어는 삭제한다'라고 비장한 메시지를 남겼다. 나에게 허락된 나중은 없었다. 파리에서의 시간은 이제 열흘 남았으니까.

열흘'이나'라고 말해야 하는 걸까. 열흘'밖에'라고 말해야 하는 걸까. 이 고민 자체가 얼마나 어이없는 건지는 내가 제일 잘 알고 있다. 회사를 다닐 때에는 열흘이나 휴가를 낸다는 건 꿈꾸기도 힘든 것이었으니까. 용기를 내서 열흘이나 휴가를 가겠다고 선언하고 나면, 그걸 가능하게 만들기 위해 휴가 가기 전날 밤까지 일에 나를 갈아 넣어야 했다. 그럼에도 불구하고 열흘이나 휴가를 간다고 말하면 모두가 놀랐다. 회사 안 사람들과 회사 밖 사람들 모두. 과정이야 어찌 되었건 간에 열흘이나 휴가를 갈 수 있다는 사실 자체를 상상할 수도 없는 사람이 대부분이었다. 20년 동안 '열흘이나'의 세상에 살았다.

하지만 이곳에서의 나는 자꾸 '열흘밖에' 쪽으로 마음이 기울었다. 좋아하는 마음 앞에서 저울은 오작동하기 마련이니까. 이성이 '열흘이나' 쪽으로 겨우 추를 옮겨놓으면, 마음 한 덩이가 반대쪽으로 쿵 내려앉으며 '열흘밖에'를 고집스럽게 주장했다. 열흘밖에 남지 않았으니 아직까지 안 가본 곳에 가자. 아니, 열흘밖에 남지 않았으니 제일 좋아했던 곳에 다시 한 번씩 갈까. 아니, 열흘밖에 안 남았으니 가장 여유로운 파리 여행자가 되어볼까. 아니, 어떻게 열흘 후에 파리를 떠나지. 50일이 지나도 파리 콩깍지가 전혀 벗겨지지 않은 나는 열흘밖에 남지 않은 파리 날짜를 세며 자꾸 초조해졌다.

곽미성 작가님에게 떠나기 전에 한번 보자는 연락이 왔다. 뭘 먹고 싶냐는 질문에 바로 '퐁뒤'라고 대답했다. 치즈에 각종 재료들을 풍덩 담가 먹는 퐁뒤를 혼자서는 먹을 수 없으니, 누군가가 같이 밥을 먹자고 할 때 기회를 잡아야 한다는 생각뿐이었다. 한낮, 커다란 퐁뒤 가게는 텅텅 비어 있었다. 유명한 곳이라던데 왜 이렇게 텅 비어 있지, 그 의문은 음식이 나오자마자 풀렸다. 30도가 넘는 한낮에 한겨울 음식을 먹겠다는 정신 나간 사람은 나 하나뿐이었다. 작가님은 가련한 희생양이었고. 하지만 우리가 누구? 삼계탕으로 가장 더운 날씨에 정면으로 맞서는 민족이다. 나는 누구? 치즈로 책 한 권을 쓴 사람이니 당연히 펄펄 끓는 치즈로 이 더운 날씨를 이겨내야지. (작가님 죄송해요.) 퐁뒤는 겨울 음식. 나는 여름에 떠나는 사람. 나에게 '나중에'는 없다. '나중에'를 삭제하고, 나는 치즈 한 냄비를 싹싹 긁어 먹었다.

특정 요일에만 할 수 있는 일들도 더 이상 나중으로 미룰 수 없었다. 한 번 남은 목요일엔 야간 개장하는 오르세 미술관에 갔다. 두 번을 갔지만 아직 못 본 작품들이 너무 많았다. 아니, 다시 보고 싶은 작품들이 너무 많았다. 좋아하는 작품 앞에서 얼마든지 머물러도 괜찮다는 감각은 누리고 또 누려도 여전히 생경하고 여전히 감격스러웠다. 덕분에 산뜻한 안녕이 어려웠다. 문 닫는 시간이 다 되어서야 오르세 미술관을 떠날 수 있었다. 한 번 남은 토요일엔 벼룩시장에 갔다. 무겁고 짐스러운 건 사지 말자, 라고 단단히 다짐을 하고 들어갔지만, 내 손에는 어느새 그릇과 물병이 들려 있었다. 굳이 핑계를 대자면 기를 쓰고 참아서 겨우 그릇 정도로 마무리할 수 있었다. 정말 사고 싶은 건 오래된 가구, 집의 중심을 단숨에 잡아줄 것 같은 커다란 캐비닛, 쓸모는 모르지만 왠지 치즈 덕후의 필수품 같은 주석으로 만든 치즈 이름표 세트, 때마침 너무나도 싸게 나온 10인용 그릇 세트 같은 거였으니까. 파리에 살았다면, 텅 빈 집에서 주말마다 벼룩시장을 돌아다니며 마음에 드는 가구를, 식기를, 소품을, 쓸데없지만 예쁜 것들을, 예쁘다는 것만으로 쓸모를 다 하는 것들을 사며 집을 내 취향에 맞게 꾸며볼 수 있었을까? 천천히 구경하고 더 천천히 결정하며 엉망인 집을 차근차근 바꿔가는 그 재미를 누렸을까? 오지 않을 미래를 상상하며 벼룩시장을 누볐다.

그렇게 나중에를 하나씩 지워나갔다. 나중에 가려고 미뤄둔 곳에 가고, 미뤄둔 것들을 먹었다. 시간은 야속할 정도로 훅훅 달려갔다. 한 친구에게 파리가 얼마 남지 않았다고 징징거렸더니, 친구는 자기가 말한 그 아이스크림 가게에도 갔냐고 물어왔다. 그제야 기억났다. 친구가 몇 번이나 꼭 자기 대신 가달라고 말한 곳이었다. 특이하게 와인 안주로 아이스크림을 팔고, 손님들은 낮부터 모두 가게 앞 길바닥에 앉아 그걸 먹는 희한한 광경이 펼쳐지는 곳이었다. 아이고, 거길 빼먹을 뻔했네. 마침 내가 있던 카페 근처라 바로 길을 나섰다. 그리고 그곳에 도착한 순간, 나는 바로 뒤돌아 나왔다.

파리의 힙스터들은 모두 모인 것 같은 분위기였다. 힙스터인 친구는 여기를 누구보다 좋아했을 것이다. 하지만 나는 아니었다. 나는 그곳이 궁금하지 않았다. 거기 어울리고 싶지 않았다. 친구에게 사진과 함께 문자를 보냈다. 여기에 왔는데 나는 안 들어가고 싶다고. 친구는 물음표를 100개 보내왔다. 너무 좋아 보이는데 왜 안 들어가냐고. 나는 대답했다. 유명하다고 여기에 들어가면 나는 너무 불행할 것 같아. 그 말을 내뱉는 순간 기이할 정도로 큰 해방감이 찾아왔다. 마침내 애달픈 마음이, 미련으로 들끓던 마음이 착착 접혔다. 이걸로 끝. 어차피 다갈 수 없다. 어차피 다 먹을 수 없다. 어차피 다 알 수 없다. 파리는 그렇게 간단하지 않다. 내 사랑도 그렇게 간단하지 않고.

그제야 생각났다. 늘 하고 싶었지만 한 번도 할 수 없었던 일이 하나 남아 있었다. 나의 성격과 능력을 두루 살펴봤을 때, 과연 할 수 있을까 의구심만 남았던 일이 딱 하나 있었다. 마침내 그 일을 할 수 있을 때가 찾아온 걸지도 몰랐다. 어쩌면 지금이 아니라면 영원히 할 수 없을지도 몰랐다. 과거의 김민철은 한 번도 할 수 없었던, 높은 확률로 미래의 김민철도 할 수없을 그 일을, 지금의 나라면 할 수 있을 것이다. '파리에서 아무것도 하지 않아도 편안해지기'를 해보자. 두 달이나 있었으니까, 이번엔 해보는 거다.

파리는 언제나 내게 어려운 짝사랑 상대였다. 너무 좋아하니까 너무 알고 싶고, 구석구석 나만 아는 매력을 더 찾고 싶고, 내가 모르는 매력은 없었으면 좋겠고. 그래서 늘 이곳에선 열심이었다. 혹시 내가 못 보고 돌아가는 게 있을까 전전긍긍했다. 잠깐 멍하니 앉아 있다가도 늘 벌떡 일어나서 걸었다. 사진을 열심히 찍었고, 동영상도 얼마나 찍고 편집했나 모르겠다. 유튜브에 영상을 올리며, 파리의 기억이 이렇게 생생하게 남을 수 있어 다행이라며 얼마나 안도했나 모르겠다. 소유가 불가능하다는 걸 알면서도 더 아등바등 소유하려 했다. 아마 다음에 또 파리에 오더라도 나는 그럴 것이다. 내가 파리의 모범생이 아닐 리 없다. 이젠 이 도시의 반짝임을 더 잘 알게 되었으니, 더 민첩하게 더 열심히 그 반짝임을 찾아다니겠지. 그러니 어쩌면 이번이 마지막일지도 몰랐다. 내가 좋아하는 파리에 지금 존재하고 있다는 사실을 만끽하며, 가만히 있어도 좋을 시간은. 초조함 없이 이 도시를 살아볼 시간은.

파리라는 거대한 숙제에 '끝'이라는 도장을 찍었다. 내 마음에게 내가 당당히 선포했다. 파리에서 해야 할 일은 다 했다고. 이만큼 부지런히 사랑했으니, 이제는 노년의 잔잔한 사랑을 시작할 때라고. 그 순간 마음이 얼마나 자유로워졌는지 모르겠다. 어떤 무게감도 느껴지지 않는 환한 마음이 찾아왔다. 심지어 너무나 설렜다. 노년의 사랑이라도 마음만은 처음처럼 설렐 테니까. 시간을 천천히 흘려보내며, 공간을 느긋하게 머금으며 사랑해보는 거다.

가자, 한 번도 겪어본 적 없는 파리로.
어떤 욕심도 초조함도 없는 첫발을 내디딜 시간이다.

　가방에 피크닉 매트와 노트, 스케치북과 파스텔을 넣었다. 어딘가 마음에 드는 곳이 있으면 거기에 자리를 펼 생각이다. 가방이 조금 무거운 듯했으나 마음이 가벼우니 결과적으로 몸은 더 가벼워졌다. 그 몸으로 몇 걸음 걷지도 않고 또 집 앞 카페에 들어가려다가 조금 더 걷기로 한다. 이미 살아본 과거를 또 살고 싶은 날은 아니다. 확실히 그건 아니다. 걷다가 예쁜 빵집이 보이길래 들어갔다. 내 눈을 사로잡은 유난히 잘 구워진 크루아상을 손가락으로 딱 골라서 받고, 바로 한 입 베어 문다. 새로운 날에 정확히 부합하는 맛이다. 갓 태어난 크루아상의 껍질은 입안에서 경쾌하게 바스라지고, 겹겹의 버터는 입안을 풍요롭게 감싼다. 여기에 딱 어울리는 커피를 내주는 곳은 또 금방 찾았다. 유난히 맛있는 커피를 얻은 건지, 유난히 평온한 마음을 얻은 건지는 조금 헷갈렸지만.

오후엔 뱅센느 숲으로 갔다. 너무 크다던데, 너무 큰 건 얼마나 어떻다는 걸까 궁금해하며. 주말이라 다양한 사람들이 다양한 방식으로 숲을 즐기는 중이었다. 그 모든 모습이 너무나도 그림 같아서 나는 조금 눈물이 나려고 했다. 커다란 나무 사이에 생일 축하 갈런드와 풍선이 걸려 있었다. 꼬마 아이들은 고깔모자를 쓰고 뛰어다니고, 부모들은 색색의 피크닉 매트에 앉아 있었다. 자전거를 타고 달리는 어린이들도 많았다. 호수에는 오리배들이 둥둥 떠다니고 있었고, 그 옆으로 거위들이 거짓말처럼 일렬로 둥둥 헤엄을 치고 있었다. 사람이나 오리배나 거위나 모두 더없이 여유로운 오후였다. 일광욕을 하는 사람들과 누워서 책을 읽는 사람들. 그 옆 나무 그늘에 나도 가져온 피크닉 매트를 펼쳤다. 눈을 감고 누워서 바람을 맞다가 책을 꺼내서 읽었다. 여기 앉아서 하루 종일을 보내도 괜찮은 사람이 되는 데 오래 걸렸다. 어쩌면 수십 년이 걸린 게 아닐까. 그게 뭐가 어렵냐고 말하겠지만, 그게 잘 되는 사람도 있고 나 같은 사람도 있는 거다. TV 속에서 멍 때리는 사람을 보며 내가 살면서 저렇게 멍 때려본 적이 있었나를 진지하게 고민해보는 사람. 뭐든 열심히 하려는 습성을 내려놓기 힘든 사람. 며칠 전의 나였다면 이 풍경을 사진으로 동영상으로 담느라 또 열심이었을 것이다. 하지만 지금은 그 장면을 소유하는 것보다 그 장면의 일부가 되는 것으로 마음의 무게 중심이 이

동했다. 이곳에서 충분히 존재하고 싶다. 이곳의 일부가 되어 온전히 있고 싶다. 사진은 조금만 찍고 한참을 누워서 마음껏 책을 읽었다.

더 늦은 오후가 되어서는 가져온 미술 도구를 꺼냈다. 휴대폰 사진첩을 뒤져서 그리고 싶었던 그림을 찾았고, 이제 그림에만 집중하면 되는데 자꾸 방해 세력이 나타났다. 바로 거위. 커다란 거위가 겁도 없이 옆에 바짝 다가오는데 그때마다 겁을 먹은 건 내 쪽이었다. 다들 너무 태연하게 거위를 대해서, 나도 아무렇지 않은 척하고 싶었지만 어려웠다. 자동으로 온몸이 움츠러들고, 숨을 참게 되었다. 잠시 후 거위가 멀어졌고, 나는 다시 그림에 집중했다. 그걸 몇 번 반복하고 나니 웃음이 나왔다. 거위가 방해하는 오후라니, 무슨 동화 속에 들어온 것 같았다. 사실 주변의 풍경이 모조리 동화 같긴 했다. 왼쪽 풀숲에서는 남자 두 명이 서로의 머리 위를 나뭇잎으로 치장해주며 꺄르르 웃고 있었고, 오른쪽 옆에서는 세상 느긋한 풀밭 위의 식사가 진행 중이었다. 물가 바로 옆의 꼬마는 호수에 손을 넣고 잡힐 리 없는 물고기를 낚고 있었다. 한 명 한 명 나열할 수 없을 정도로 모두가 주말 오후를 각자의 방식대로 느슨하게 보내고 있었다. 거위는 거위의 방식으로, 공작새는 공작새의 방식으로, 나는 나의 방식으로. 거위와 공작새는 늘 그렇게 살아왔다고 항변하겠지만, 나는 이런 방식으로 존재하는 것이 너무나도 낯설었다. 하루의 모양이 이렇게나 흐느적거리고,

이렇게나 무게감 없이 흐를 수도 있는 거였다니. 파리와 내가 이런 관계를 맺을 수도 있다니. 이것은 너무나 새로운 감각이었다.

이왕 이렇게 된 거, 공연장도 내 마음이 흐르는 대로 가볼까? 다섯 개의 공연을 예약하고 파리에 도착했지만, 앞서 말한 것처럼 두 개는 취소가 되었고, 두 개는 이미 보았고, 이제 마지막 공연이 있는 날이었다. 공연장이 있는 파리 북쪽 끝 라 빌레트 공원까지 걸어가보기로 했다. 우리 집도 이미 너무 북쪽에 있어서 관광객은 아예 찾아볼 수가 없는데, 나는 더 북쪽으로 향할 생각이니 오늘의 모양이 어떻게 될지도 알 수 없다. 참고할 만한 이야기도 없다. 구글맵이 알려주는 대략의 시간도 무시해도 좋다. 어디서건 쓰고 싶은 만큼 시간을 쓸 것이다. 헤매는 곳에서, 멈추는 곳에서 어떤 이야기가 나를 기다리고 있을지 알 수 없으니까. 가자, 북쪽으로.

대파리여지도를 그리는 김정호가 된 심정으로 야심 차게 북쪽으로 방향을 잡고 걸었건만 이상하게 다시 길은 익숙해졌다. 응? 이건 집으로 향하는 길 아니야? 얼른 다시 멀어지는 길을 택했다. 이렇게 가면 집에서 얼마나 먼 동네가 나올까 설레어 하며 낯선 길을 걷는데 동네 성당이 나왔다. 응? 먼 곳에서 헤매고 있다고 생각했는데, 겨우 동네 성당의 오른쪽 동네였다니. 덕분에 웃으면서 걷게 되었다. 이런 식으로 지도가 접히는 순간이 너무나도 내 취향이라서. 낯선 동네에서의 모험에 살짝 팽팽하게 당겨진 마음이, 겨우 이거였어? 하고 탁 풀리는 그 순간, 좀 더 가보고 싶어진다. 대단한 모험인 줄 알았지만 겨우 이거였던 거다. 그러니까 얼마든지 용기를 더 내봐도 되는 거다. 무서울 건 없으니.

다시 북쪽으로 향하는 길을 따라간다. 걷다가 목이 마르면 카페에 들어갔고, 그러다 배가 고프면 음식을 주문해서 먹었다. 그렇게 오후 시간을 보내다가 다시 길을 나섰다. 그러다 한 골목길에 들어서자 갑자기 시공간이 뒤엉키기 시작했다. 알록달록 나지막한 집들이 어깨를 바짝 붙이고 이어졌고, 그런 작은 골목들이 연이어 나타났다. 골목길을 다 가릴 정도로 각종 나무들이 울창했고, 이국의 꽃나무가 내뿜는 꽃향기는 짙어 어딘가 모르게 꿈꾸고 있는 것 같은 느낌이었다. 빨간색 꽃나무에서 꽃잎들이 후드득 떨어지는데 그 아래 까만 고양이가 미동도 없이 앉아서 이방인인 나를 물끄러미 바라본다. 허리가 심하게 굽은 할머니가 꽃무늬 원피스를 입고 그 앞을 속도감 없이 지나간다. 토토로 버스가 내 앞에 멈춰 서도 나는 이상하다 못 느꼈을 것이다. 빨간 머리 앤이 저 문을 열고 뛰어나와도 나는 당연하다 생각했을 것이다. 여기가 정말 파리일까. 나의 어린 시절일까. 여기는 지금 언제일까. 우연은 나를 또 어디로 이끈 걸까. 지도를 꺼내서 확인해보니 'Quartier de la Mouzaïa'라고 뜬다. 바쁜 관광객이었던 예전 김민철은 여기까지 찾아올 수 없었을 것이다. 넉넉한 시간 덕에 마음까지 넉넉한 지금 김민철은 천천히 이곳을 거닐며 후드득후드득 떨어지는 풍경들을 선물처럼 기쁘게 눈에 담는다. 어쩜 이럴까. 마음의 각도를 살짝 바꾼 것뿐인데, 겨우 그것뿐인데, 세상이 이토록 적극적으로 응답하며 나에게 와락 안기다니.

무엇을 했냐고 누군가가 묻는다면 대답은 쉽다. 하루는 크루아상을 먹었고 뱅센느 숲을 갔죠. 또 하루는 공연장까지 걷다가 신기한 마을을 발견했어요. 하루는 한 문장 안에 간편하게 요약된다. 하지만 그렇게 요약 가능하지 않다는 걸 나는 안다. 나만의 작고도 사소한 모험이 있었고, 그 모험 끝에 나는 요상하게 생긴 나의 보물을 꼭 쥐고 돌아왔다. 객관적으로 예쁘다고는 할 수 없을지 몰라도, 시장에서는 전혀 값이 안 나간다고 평가받을지는 몰라도, 나만 알아볼 수 있는 신비로운 빛이 있었다. 그 빛이 나의 하루를 찬찬히 비추는 걸 보노라면, 그 빛 아래에서 드러난 새로운 나의 모양이 나는 참 반가웠다.

참 오래 걸렸지. 이 모양의 나를 만나기까지.
참 만나고 싶었지. 이토록 낯선 나를.

가장 예기치 않은 모양의 하루를 만들려면 어떻게 해야 하는 걸까. 하루치 모험으로 나는 어디까지 갈 수 있을까. 파리에서의 시간이 딱 나흘 남은 밤, 12시가 넘어 침대에 누워 있던 나는 갑자기 몇 시간 후에 떠나는 에트르타행 기차 티켓을 끊었다. 아침 7시에 일어나 생라자르역으로 간다. 8시 40분, 르아브르행 기차를 타기 위해.

프랑스의 여름 바닷가에 가는 사람은 어떤 옷차림이 어울릴까? 햇빛 알레르기를 지닌 나에게 선택권은 없었다. 자외선을 막아준다는 기능성 검은색 점퍼를 입고, 검은색 바지를 입었다. 어쩌다 보니 검은색 모자까지 쓰고 검은색 인간이 되어 기차를 기다리고 있었는데, 불심검문에 걸렸다. 사복 경찰 네 명이 나를 둘러싸고 흡사 범죄자처럼 압박했다. 그렇게 압박을 하든 말든 나는 범죄자가 아닌걸. 매우 당황했지만 당당하게 나가는 수밖에 없었다. 여권을 보여달라고 하길래, 여권은 집에 두고 왔다고 말했다. 여권은 무조건 들고 다녀야 한다며 당장 잡아갈 것처럼 나오길래, 한마디 했다. 이렇게 소매치기가 많은 파리에서, 나는 그렇게 위험한 짓을 하지 않는다고. 없다는데도 또 계속해서 보여달라길래, 할 수 없이 핸드폰에 찍어둔 여권 사진을 보여줬다. 그걸로는 안 된다고 강경하게 나오더니, 갑자기 또 비자를 보여달라고 요구했다. 이 경찰들, 상식이 없구먼. 나는 더 당당하게 나갔다. 비자는 없다고. 그들은 이제 건수를 잡았다는 듯이 나를 연행할 기세로 나왔다. 나는 한국에서 왔고, 한국 사람은 3개월 동안 비자 없이 머무를 수 있어, 그것도 모르냐는 태도로 말했다. 두 명이 내 옆에 바짝 붙어 서서 언제 프랑스에 들어왔냐, 언제 나갈 거냐, 여긴 뭐 하러 왔냐, 이런 걸 물어보며 위협을 하는 중에 나머지 두 명이 검색을 마쳤다. 아마도 한국 사람은 비자가 필요 없다는 걸 찾았겠지. 그들은 내 말이 맞다는 걸 확인하고는 사라졌다.

아무렇지도 않은 척하려 애썼지만, 가능할 리 없다. 심장이 미친 듯이 빠른 속도로 뛰고 있었다. 이것이 인종차별일 것이다. 두 달 만에 내가 처음으로 당한. 동양인이니까, 아랍인이니까, 흑인이니까, 잠재적 범죄자로 취급하고 압박하는 일. 공권력을 자기들 입맛에 맞게 써버리는 일. 수시로 벌어지는 일. 아무 잘못도 하지 않은 사람도 그 앞에 서면 심장이 쿵쾅거린다.

무슨 일이 일어나지 않을까 두려워진다. 어쩌면 그런 심리를 이용한 사기일지도 모른다는 생각도 들었다. 경찰복을 입고 와서 나에게 당당하게 여권을 요구하면 될 것을, 굳이 여권을 체크하는 일에 사복 경찰을 동원한다고? 왜? 많은 국가와 비자 협정을 맺고 있어 어떤 나라든 자유롭게 오갈 수 있는 대한민국 여권이 암시장에서 가장 높은 가격을 받는다는 이야기를 들은 적이 있다. 그런 놈들일지도 모른다. 경찰관 배지를 보여주긴 했지만, 누가 알겠는가. 그게 가짜일 수도 있다. 내가 확실하게 아는 건, 내가 무고하고, 너네들의 그런 행동 따위에 오늘 하루 기분을 망칠 생각이 없다는 것. 나는 경찰관이 사라진 자리에 그대로 서서 전광판에 뜬 내가 탈 기차를 확인하고 정확한 시간에 정확한 기차에 오른다.

두 시간 동안 기차는 서쪽으로 달려 나를 르 아브르에 내려줬다. 오래전 〈르 아브르〉라는 영화를 본 적이 있다. 소박한 노르망디의 항구 마을에 사는 구두닦이 할아버지 마르셀이 어느 날 아프리카에서 온 불법 난민 소년 이드리사를 숨겨주게 되면서 일어나는 일들을 그린 영화다. 영화는 동화처럼 진행된다. 마르셀뿐만 아니라 동네 사람들도 은근히 모르는 척하면서 이드리사를 숨겨주고 먹여주고 도와준다. 나중엔 경찰까지 은근한 도움에 합류한다. 영화가 바라는 현실은 명확했지만, 그것은 우리의 현실이 아니라는 점도 명확했다. 그것이 현실이라면 이 모든 전쟁과 난민과 혐오를 설명할 방법이 없다. 예정에도 없던 르 아브르에 와서 오래전 이 도시를 배경으로 한 영화를 떠올리고 있자니, 아침에 기차역에서 있었던 사건과 겹쳐지며 기묘한 느낌이 들었다.

르 아브르 기차역에서 다시 버스를 타고 한 시간을 달리자 에트르타 바닷가에 도착할 수 있었다. 이곳 넓은 해변의 맨 끝에, 거대한 코끼리가 마치 코를 바다에 박고 있는 듯한 형상의 코끼리 바위가 있다. 귀스타브 쿠르베, 앙리 루소 등 수많은 화가들과 특히 클로드 모네가 이 풍경을 얼마나 그린지 모른다. 사실 풍경화에 크게 감동하는 편이 아닌지라 좋아하는 화가들의 그림 속에서 이 바위를 계속 보면서도 여기 직접 와볼 생각은 하지 못했다. 하지만 두 달의 여정이 길긴 길다. 여기까지 와볼 마음까지 생긴 걸 보면.

바닷가에 도착해서 코끼리 바위를 보자마자 나는 곧바로 뒤돌아선다. 밥이 더 급한 임무였다. 에트르타 바닷가가 아무리 유명해도, 나는 이곳이 노르망디 지역임을 기억해야 했다. 기억하는가? 내가 가장 좋아하는 치즈의 이름을. 바로 카망베르 치즈가 이곳 노르망디에서 태어났다. 파리에 도착하자마자 내가 산 치즈도 노르망디산 카망베르였고. 나는 식당으로 직진해서 나의 임무를 수행한다. 카망베르 치즈 소스로 쪄낸 홍합찜이 메뉴에 있다니. 해산물이 비싼 파리에 있다가 바닷가로 오니 그 푸짐한 인심에 우선 놀랐고, 홍합 하나 먹을 때마다 느껴지는 카망베르의 향기에 취해버리고 말았다. 홍합 껍질로 바닥의 카망베르 소스를 떠먹으며 나는 이곳에 무작정 와버리길 잘했다는 결론에 도착했다. 불심검문 따위.

배가 부르니 마침내 에트르타의 아름다움이 눈에 들어왔다. 의외였다. 화가들의 그림과 비교할 수 없을 정도로 아름다웠다. 물론 유난히 맑은 날씨가 한몫했을 것이다. 모래 대신 하얀 돌멩이로 가득한 해변 덕분에 세상은 더욱 하얗게 빛이 났다. 왼쪽으로 고개를 돌리면 푸르른 풀로 등을 장식한 커다란 코끼리 형상의 에트르타 절벽이 보였고, 시선을 오른쪽으로 돌리면 하얀색 아기 코끼리 같은 형상의 절벽이 보였다. 둘 다 바다에 코를 박은 귀여운 모습이라 멀리서 언뜻 보면 쓰다듬을 수 있을 것만 같은 기분이다.

정작 나를 쓰다듬는 건 따로 있었다. 바로 해변의 하얀 돌멩이들. 매끈한 돌멩이들은 걸음을 뗄 때마다 내 발밑에서 몸을 비비며 푹푹 아래로 미끄러졌다. 유난히 둥글고 새하얀 돌 하나를 주워 든다. 이것이 나의 에트르타의 기억이 될 것이다. 걷다가 절벽 아래 그늘에 앉았다. 바닷바람이 불고 파도 소리가 들린다. 파도가 크게 칠 때마다 어김없이 돌멩이들이 차르르르 굴러가는 소리가 들린다. 사람들의 말소리와 웃음소리가 차르르르 굴러가고, 돌멩이들이 뒤이어 차르르르르르르 몸을 뒤틀며 파도와 논다. 그 소리가 너무 듣기 좋아 눈을 감을 수밖에 없었다. 귀로 모든 감각을 집중하니 작은 소리 하나까지 더욱더 명징하게 들린다. 강아지는 덤벙대며 바다로 뛰어들고,

사람들이 웃고, 그 뒤로 어김없이 이어지는 차르르차르르 돌멩이 소리. 낯선 감각이 내 몸을 지배하기 시작한다.

얼마나 그러고 있었을까. 이번엔 몸을 일으켜 절벽 위로 올라가는 산책 길을 걷기 시작했다. 몇 걸음 올라오지도 않았는데 벌써 시야가 달라진다. 운이 좋았다. 들꽃 시즌에 이곳에 오다니. 들꽃들이 작지만 강한 어조로 이 언덕이 자기들 땅이라 외치고 있다. 특히 절벽 끝엔 노란 들꽃들이 촘촘하게 피어서 투명한 에메랄드빛 바다를 더욱 선명하게 보여준다. 화려하게 태양빛을 반사하고 있는 에메랄드색 바다 위로 앙증맞게 떠 있는 노란색 부표. 해변엔 알록달록한 사람들의 모습. 유난히 절벽에서 바다를 내려다보는 걸 좋아하는 나는(여수 향일암과 남해 보리암에 끝없이 가는 이유다) 프랑스에서도 한결같은 나의 취향을 확인한다. 왼쪽에 바다를 두고 한가롭게 절벽 위 산책 길을 걸으며 크게크게 호흡했다. 깊이깊이 숨을 들이쉬고 깊이깊이 숨을 내뱉으며, 이 감각은 또 얼마나 오랜만인가 생각했다. 자연 속에서만 새롭게 깨어나는 감각들이 있다. 바다의 광활함이 주는 사고의 폭이 있고, 자갈의 재잘거림이 깨우는 청각의 예민함이 있고, 작은 들꽃들이 흔들어 깨우는 마음의 진동이 있다. 그것들이 동시에 나를 찾아와서 나는 그곳에서 아낌없이 행복했다.

그런 날이 있다. 이만큼 바란 것은 아닌데, 세상으로부터 과

한 친절함을 받는 것 같은 기분의 하루. 그날 에트르타 바닷가가 그랬다. 아무 기대도 없이 그저, 충동적으로 모험을 떠나고 싶어 어젯밤에 기차표를 예약했을 뿐인데, 바다가, 자갈이, 들꽃이, 깊은 호흡이, 그곳에 머문 시간이 모두 내게 지나치게 다정했다. 빈 가방에 좋은 기분만 가득 담았다. 이제 그 기분을 고스란히 들고 파리로 돌아가면 된다. 나는 다시 르 아브르행 버스를 탔다.

사실 그날 내 핸드폰에 조금 문제가 있었다. 새로운 유심칩으로 갈아 끼웠더니 전화가 먹통이 된 것이다. 전날 남편이 네덜란드로 출장을 와서, 우리는 비로소 같은 시간대에 있게 되었다. 그 사실에 신이 나서 서로 시시콜콜한 이야기를 계속 나누고 있었는데, 갑자기 대화가 끊긴 것이다. 몇 시간째 연락 두절 상태이니 남편이 걱정을 많이 하고 있을 게 틀림없었다. 역에 도착한 나는 와이파이라도 잡아보려고 노력했는데, 역의 와이파이도 먹통이었다. 다급한 마음에 옆에 있던 젊은 여자에게 물어보았다. 그녀는 이렇게 저렇게 나를 도와주려 애를 썼지만, 실패하고 말았다. 자신이 미안할 일도 아닌데 미안해하던 그녀는 잠깐 생각하더니, 기차 안에서는 와이파이가 된다며 기쁜 얼굴로 말했다. 그건 나도 알고 있었지만, 그녀의 기쁨을 방해하고 싶지는 않아서, 고맙다고 대답했다. 기차가 도착하자 그녀는 내 자리까지 따라와서 와이파이를 연결해주고, 자기 일처럼 기뻐하며 떠났다.

어느 편에 서고 싶은가. 혐오의 편에 서고 싶은가, 작은 친절 편에 서고 싶은가. 영화 〈르 아브르〉 속에서 난민 소년 옆에 서는 사람이 되고 싶은가, 배척하는 사람이 되고 싶은가. 나의 답은 명확했다. 자신이 당한 인종차별 앞에서는 분노하면서, 자신은 대수롭지 않게 차별적 발언을 하는 사람이 될 수는 없다. 여행의 끝이 되어서야 이런 생각이 찾아왔다는 건 두 달간 내 여행이 얼마나 운이 좋았는지를 방증하는 걸지도 몰랐다. 놀랍게도 모두 친절했고, 기적처럼 어떤 위험도 만나지 못했다. 이 운이 모두에게 찾아오는 것은 아닐 것이다. 하지만 그 운이 나에게 찾아와서 나는 파리에서 안전하게 행복했다.

밤 11시가 넘어서야 집에 도착한다. 부랴부랴 남편에게 연락을 한다. 오늘 내가 탄 롤러코스터 같은 하루에 대해 긴 수다를 시작한다. 이제 파리의 시간은 3일 남았다.

여행 초반에는 모두 설렘 필터를 끼고 여행지를 둘러본다. 이름 없는 작은 공원에도 설레고, 시장에 과일이 예쁘게 쌓여만 있어도 카메라를 든다. 풀밭에 누운 사람들은 낭만으로 해석되고, 낯선 언어로 된 간판들 하나까지 즐거움의 대상이 된다. 하지만 설렘은 곧 산화된다. 심드렁 필터의 시기가 찾아오는 것이다.

이 풍경이 저 풍경 같고, 특별함은 잘 포착되지 않는다. 사진을 찍는 횟수가 현저히 줄어든다. 새로운 걸 경험해도 잠깐 즐겁고 또 금방 무심해진다. 익숙한 맛이 그립고, 때론 집에 돌아가고 싶은 마음까지 찾아온다. 체력적으로도 좀 지친다. 여행 중반기에 흔히 일어나는 일이다.

그러다 떠날 날이 가까워지면 우리는 갑자기 애틋 필터를 장착한다. 뭘 보더라도 애틋하다. 어딜 가더라도 마지막이라는 생각이 떠나지 않는다. 창문에 어른거리는 나무 그림자 하나 허투루 보이지 않는다. 매일 지나다니는 길이 새삼스럽고, 매일 먹던 맛이 결정적인 맛으로 둔갑한다. 이곳이 더 이상 나의 일상이 될 수 없다는 사실이 믿기지 않는다. 찬찬히 들여다보게 되고, 천천히 걷게 된다. 나의 여행은 한 번도 이 공식을 벗어난 적이 없다. 두 달의 파리 여행도 똑같은 공식으로 진행되고 있었다.

파리와 산뜻하게 이별하는 건 애초에 불가능할 거라고 짐작은 했었다. 하지만 정작 겪어보니 참으로 곤란했다. 나는 참으로 파리와의 이별식을 혼자 요란하게 진행하고 있었다. 욕심을 다 버렸다고 생각했지만 자꾸 기억하고 싶은 장면들이 나타나니 자꾸 또 욕심을 내게 되었고, 막상 떠난다 생각하니 무엇 하나 허투루 보이지 않아서 환장할 지경이었다. 그러던 어느 날 아침이었다. 길을 걷던 내 눈에 술집 간판 하나가 눈에 들어왔다. Demain, C'est Loin. 뭐라고? 내일은 아직 멀다고?

하루 종일 이 문장이 떠올랐다. 내일은 멀어. 내일은 아직 멀어. 내일은 너무 멀어. 술집 간판이니 분명 오늘 더 마시라는 이야기일 텐데, 내 머릿속에서 이 말은 다른 식으로 해석되기 시작했다. 아직 오지도 않은 내일을 걱정하며 살지 마. 지금 나에게 온 오늘을 살아버려. 내일을 위해 계속해서 준비하고, 내일을 위해 참아야 하는 오늘을 끝내버려. 내일을 위해 오늘 너무 많은 걸 감내할 필요는 없어. 오늘도 인생이야. 아니, 오늘이 인생이야. 머나먼 내일 대신 오늘 하루를 원하는 모양으로 살아버려. 그렇게 원하는 모양의 하루하루가 모이면? 그럼 원하는 모양의 인생을 살게 되는 거야.

하루는 놀랍게도 24시간이나 된다. '24시간밖에'가 아니라 '24시간이나'. 지금까지는 돌아서면 아침이었고, 또 돌아서면 저녁이었다. 자고 나면 또 아침이라 학교에 가야만 했고 또 출근을 해야만 했다. 매일 같은 모양으로 매일 같은 시간에 집 밖에 나가야 한다는 것이 나에게 안정을 주기도 했지만, 그것은 동시에 불안의 이유가 되기도 했다. 그건 자주, '이 모양으로 사는 것이 최선인가? 이 모양이 내가 진짜 원한 모양이었나?'라는 질문과 마주하게 했으니 말이다. 수없이 많은 날 동안 그 질문과 마주한 나는, 마침내 다른 모양으로 살아보기로 결심한 것이다.

앞으로는 24시간이 나에게 고스란히 주어질 것이다. 파리에서만 24시간이 내 것이 아니라, 돌아가서도 나의 24시간은 내가 오롯이 만들어야 하는 나의 시간이 될 것이다. 퇴사를 혼자 조용히 결심하고 난 후, 나는 월급날마다 두려움에 떨었다. 지난 20년간 그랬던 것처럼 어김없이 입금된 월급을 보며, 도대체 내가 무슨 짓을 하려는 걸까, 매달 이 돈이 없이 산다는 게 도대체 가능한 일일까, 나는 무엇을 포기하려는 건가, 나는 거세게 흔들렸다. 하지만 월급 때문에 살아보고 싶은 삶을 시도조차 못 한다는 건 더욱 두려운 일이었다. 나는 결단했다. 더 이상 매달의 월급은 없을 것이다. 대신 매일 나에게 24시간이 입금될 것이다. 마음껏 다 써버려도 다음 날이면 다시 24시간이 내 손에 들어온다. 나는 그 시간을 어떻게 쓰고 싶은가? 그러니까 오늘을 어떻게 살고 싶은가?

문장 하나를 손에 쥐고 계속 걸었더니 문득 오르세 미술관에서 본 로댕 작품이 생각났다. 로댕은 1880년부터 죽을 때까지 30년 넘게 〈지옥의 문〉 작업에 매달렸다. 그는 〈지옥의 문〉을 완성하기 위해 단테의 《신곡》을 1년 넘게 읽고 읽고 또 읽으며, 《신곡》 속 〈지옥 편〉에 나온 이야기들을 작품화하기 위해 애를 썼다. 〈지옥의 문〉 앞에 서서 작품을 찬찬히 보고 있으면, 문에 있는 수많은 인간 군상이 하나하나 독립적인 작품임을 알게 된다. 가장 유명한 건 문의 맨 위에서 지옥을 내려다보고 있는 〈생각하는 사람〉. 그리고 문의 왼쪽 아래에는 우골리노 백작과 그의 죽은 자식들이 있다.

단테의 《신곡》 속 우골리노는 13세기 이탈리아 귀족이다. 대주교 루지에리와 함께 음모를 꾸몄지만, 루지에리의 배신으로 자신의 자식들과 손자와 함께 피사의 탑 속에 감금이 된다. 탑의 열쇠는 강으로 던져졌다. 그들은 꼼짝없이 탑 속에 갇혀 하나둘씩 굶어 죽는다. 그 광경을 보면서도 아무것도 할 수 없던 우골리노는 고통과 비탄과 굶주림 속에서 결국 자식의 시신을 먹으며 버텨 마지막 생존자가 된다. 그것이 우골리노가 지옥에 떨어진 이유다.

단테의 《신곡》도 안 읽었고 우골리노는 더더욱 몰랐던 나는, 며칠 전 오르세 미술관 2층에 갔다가 로댕의 〈지옥의 문〉 옆에 우골리노 조각이 단독으로 크게 있는 걸 보게 되었다. 아무 배경지식도 없었지만 이상하게 궁금했다. 거인 같은 남자가 비탄에 잠겨 바닥을 기고 있다. 그 옆으로 작은 사람들이 죽어 있다. 남자 발치의 갓난아기도 죽어 있다. 도대체 무슨 일을 묘사한 것인가. 무슨 일이 일어났길래 혼자 살아남은 저 거인 같은 남자의 표정이 저런가. 어떻게 저런 감정을 작품에 그대로 옮겨올 수 있는가. 남자의 비통함은 나에게로 곧바로 전이되어 나도 비통한 심정으로 작품을 떠날 수 없게 되었다. 우골리노라는 이름을 검색해보았다. 그리고 나는 단테의 《신곡》 속 우골리노 이야기를 알게 되었다.

계속 남자의 얼굴을 바라보았다. 앞에서 바라보고, 오른쪽에서 다시 왼쪽에서 바라보았다. 앙상하게 말라 뼈가 다 드러난 얼굴. 감정을 숨길 구석조차 다 사라진 벌거벗은 얼굴. 한참을 바라보고 있으니 각각의 각도에서 감정이 다 다르다는 걸 알아채게 되었다. 정면에서 얼굴을 바라보면 참담한 현실에 어찌할 바 모르는 얼굴이다. 시선은 오갈 데를 모르고 텅 비어 있다. 왜 안 그렇겠는가. 자식들이 다 죽어 있는데. 무슨 이런 형벌이 다 있는가. 그 와중에 혼자 살아남았다는 것이 가장 참담한 형벌이다. 우골리노의 왼쪽 얼굴에는(관람객의 시선에서 봤을 때는 오른쪽) 그 비참함이 그대로 드러났다. 오롯한 슬픔.

비탄. 참척의 고통. 하지만 우골리노의 오른쪽 얼굴을 보는 순간, 섬뜩함이 느껴졌다. 다른 어떤 각도의 표정과도 달랐다. 그것은 살아남아야 한다는 동물적 본능이 지배한 얼굴. 본능이 인간의 탈을 뒤집어쓰고 있었다. 저 본능이 자식의 시신을 먹도록 이끌었을 것이다. 살기 위해 인간이길 포기하도록 만들었을 것이다. 다시 정면에서 보면 그 막막하고도 고통스럽고도 살고자 몸부림치는 한 인간이 드러난다. 하지만 찬찬히 들여다보면, 면면이 이토록 다르다.

다시 한 인간의 얼굴을 그토록 찬찬히 들여다보게 된 건 까르띠에 재단에서 열린 론 뮤익 전시에서였다. 론 뮤익은 몇 해 전 한국에서도 전시를 한 극사실주의 조각가다. 그는 특히 대형 인체 조각으로 유명한데, 한국 전시에서도 가장 화제가 된 건 6미터가 넘는 여인의 조각이었다. 커다란 침대에 누운 이 거대한 여자는 어찌나 사실적인지, 혈관부터 주름과 머리카락 한 올 그리고 무엇보다 표정까지 다 살아 있는 여인의 모습 그대로였다. 그때의 충격이 여전히 생생한데, 오랜만에 파리에서 다시 론 뮤익을 만나게 된 것이었다. 까르띠에 재단이 숙소 근처였던지라, 어느 날 닫혀 있는 그곳 앞을 지나다가 3미터는 족히 넘을 것 같은 하얀색 두개골들이 전시장 이곳저곳에 널브러져 있는 모습을 보았다. 무슨 전시를 준비하는 걸까 궁금했는데 바로 론 뮤익의 전시를 준비하는 과정이었다.

전시가 오픈하고 얼마 되지 않아 까르띠에 재단으로 달려갔다. 수십 개의 두개골이 나동그라진 모습도 장관이었고, 5미터가 넘는 신생아의 사실적인 모습도 장관이었지만, 내가 떠날 수 없었던 작품은 배를 탄 남자를 표현한 〈Man in a Boat〉라는 작품이었다. 낡은 배에 혼자 앉아 있는 이 벌거벗은 남자는 팔짱을 낀 채 목을 길게 빼고 의심스러운 표정으로 뭔가를 기다리는 모습이다. 깐깐하게 빗어 넘긴 머리카락. 성마른 표정. 그 누구도 쉽게 믿을 리 없는 얼굴. 하지만 조명이 비추는 그의 왼쪽 얼굴 쪽으로 다가가자 조금 다른 면이 보인다. 분명 지쳐 있지만 혹시나 하며 희망의 끈을 놓지 못한 표정이었다. 희박한 희망만큼이나 간절한 얼굴. 하지만 조명이 닿지 않은 반대쪽 얼굴을 보았더니, 그곳은 이미 포기가 장악했다. 자신에게 희망의 신호가 도착할 리 없다는 절망으로 가득한 얼굴. 언뜻 보았을 때는 성마르게 생긴 사람이 벌거벗은 채로 뭔가를 기다리고 있다고만 생각했는데, 가만히 들여다볼수록 인간은 한순간에도 여러 감정을 동시에 살고 있다는 걸 깨닫게 되었다. "그때 그 사람 얼굴 봤어?"라고 우리는 얼마나 쉽게 단정 지으며 이야기하는가. 상대에 대해서 얼마나 주저 없이 간편하게 결론을 내리는가. 하지만 그 누구도 하나의 얼굴로 살지 않는다. 한순간에도 정면과 오른쪽과 왼쪽 얼굴은 모두 다른 말을 한다. 로댕의 우골리노가 그랬고, 론 뮤익의 보트 속 남자가 그랬다. 그리고 매 순간의 우리가 그렇다.

예술가들이 그 순간을 포착해서, 우리에게 순간의 풍성함을 다 안겨주고 있었다. 한 번에 한 순간밖에 살지 못하는 우리를 위해 한순간의 우주를 보여주고 있었다. 물론 이것은 아무런 근거도 없는 나의 해석이다. 하지만 지금까지의 경험으로 알고 있다. 미술 작품들은 언제나 지금 내게 가장 필요한 답을 던져주는 존재다. 내가 그 답이 필요했기에, 작품에서 그 답을 찾아낸 것이다. 그게 객관적인 답인지 아닌지는 중요하지 않다. 내게 간절한 답, 내가 기댈 수 있는 답을 얻었다는 것이 중요하다. 로댕과 론 뮤익. 조각가라는 것을 제외하고는 아무런 관련이 없어 보이는 두 아티스트가 나에게 동일한 메시지를 던졌다. 100년이 넘는 시간을 거슬러, 두 개의 메시지가 연결되어 내 마음에 박혔다. 그리고 그것이 다시 'Demain, C'est loin'이라는 술집 간판 앞에서 뜬금없이 연결이 된 거다.

빠르게 판단했고, 단숨에 결정을 내렸다. 지금까지 그래왔다. 세세한 결을 헤아려야 하는 순간도 많았지만, 그게 짐스럽게 느껴질 때도 많았다. 속도는 능력이었고, 단순함은 결단력으로 이어졌다. 그러다 보니 누군가가 복잡한 감정을 털어놓을 때도, 나는 결론부터 궁금해하는 사람이 되어 있었다. 하물며 나의 감정도 뭉뚱그려서 구석에 처박아놓는 일이 많아졌다. 그 감정을 세세하게 들여다보면 불편한 진실을 마주할 수도 있으니까. 복잡한 걸 단순하게 정리할 수 있는 게 일에서는 꼭 필요한 능력이었지만, 그 능력이 불필요하게 일상에서도 발휘되고 있었다. 어쩔 수 없다 생각했다. 매일 책임질 일이 너무 많았으니까. 매일 눈앞에 빚쟁이처럼 달려드는 일들 앞에서 정신을 차리려면 어쩔 수 없었으니까. 하지만 그것은 이제 과거다. 오늘을 어떻게 살고 싶은가, 라는 질문 앞에서 나는 좋아하는 조각상 앞에서의 나를 소환해낸 것이다. 그 앞에서의 나는 회사에서의 나와는 명백히 달랐다.

두 달 전, 파리의 시간이 내 앞으로 쭉 뻗어져 있었다. 정해진 건 아무것도 없었다. 나는 매일 내 마음의 결만 보살피며 그날 하루의 모양을 결정했다. 그 시간이 누구나 누릴 수 있는 당연한 시간이 아닌 것을 알았기 때문에 나는 온몸으로 살았다. 이 시간은 내가 마련한 시간이지만, 동시에 이 시간을 어떻게 완성할 것인가도 나의 몫이었다. 꿈을 살기 위해 왔다면 내 꿈에 부합하는 시간을 다름 아닌 내가 만들어내야만 했다. 매일을 살고, 매일을 곱씹었다. 매일의 섬세한 맛까지 다 느끼고 싶어 매 순간 열심이었다. 이제 곧 한국으로 돌아간다. 지금부터는 짐작할 수도 없을 만큼 많은 시간이 내 앞에 펼쳐질 것이다. 결국 내가 기댈 것은 그 시간뿐이다. 정해지지 않은 순수한 상태로 나에게 매일 도착할 24시간. 그 시간을 파리에서의 나처럼 살아보면 어떨까. 내일은 저 멀리 두고, 아니, 내일을 차라리 잊고, 오늘을 살면 어떨까. 매 순간의 결들을 풍성하게 맛보며. 다채로운 감정을 곱씹어 차근차근 알아채며. 조금은 느긋하게, 조금은 고요하게, 훨씬 더 깊게.

퇴사하는 날, 송별회에서 한 동료가 술에 취해 나에게 물었다.

"돈을 얼마나 벌어놨길래 회사를 그만둬요?"

돈을 많이 벌어봐서가 아니라, 돈 때문에 계속 회사를 다니는 건 그만하고 싶어서. 덜 벌어도, 더 살고 싶은 대로 살고 싶어서, 라는 나의 말은 영원토록 이해되지 않을 것이다. 나의 장황한 이야기를 다 들은 그는, 다시 나에게 물었으니까.

"그러니까, 얼마를 벌어놨길래 퇴사를 하냐고요."

결국 돈이 아니라 시간을 소유하고 싶었던 것이다. 안정적인 돈 대신 넘치는 시간을 가져보고 싶었던 것이다. 24시간을 오롯이 내 마음대로 살며, 내가 어떤 모양으로 빚어지는지 보고 싶었던 것이다. 그게 너무 궁금해서 결국 그만둘 수밖에 없었다. 고정된 삶을 지키는 대신 무정형의 시간을 모험하고 싶다. 그렇다면 너무 모든 걸 정하지 않고 살아도 되지 않을까. 목표 같은 건 당분간 잊는 건 어떨까. 40년 넘게 정해진 모양대로 살았는데, 앞으로의 모양도 정해져 있다면 조금 슬플 테니까. 무정형인 시간을 온전히 받아들여, 찬찬히 나만의 하루를 완성해내고 싶다.

자주 불안할 것이다. 이렇게 사는 것이 맞나 의심할 것이다. 24시간을 받아 들고 한숨을 내쉬기도 할 것이다. 내가 되고 싶었던 모양이 겨우 이거였나 고민할 것이다. 파리에서의 내가 종종 그랬던 것처럼. 그럼에도 불구하고 오늘 치의 반짝임을 챙기려 애쓴다면, 결국은 행복한 인생이라 기억하게 되지 않을까. 지난 두 달간 그랬던 것처럼.

막막한 만큼 자유로울 것이다.

고독한 만큼 깊어질 것이다.

불안한 만큼 높이 날 수 있을 것이다.

이 여행은 이제 끝나지만,

이 삶을 계속 여행해보고 싶어졌다.

무정형으로.

영원히 오지 않을 것 같은 날이 기어이 밝았다. 야속하기도 하지. 매정하기도 하지. 마지막 날이라니. 두 달이라는 시간과 이 미련의 상관관계는 이해의 범위를 넘어서 있다. 하지만 어쩌겠는가. 이 미련이 명백한 나의 현실인걸. 마지막 날, 세상에서 가장 불운한 모습을 하고 종일 파리를 헤맬 뻔했는데, 다행이었다. 오늘 마지막 오일 파스텔 수업이 있었다.

아침에 짐을 챙기며 이렇게 정해진 일정이 있어서 얼마나 다행이라 생각한지 모른다. 수업이 없었다면 오늘 하루 크게 방황했을 것이다. 마지막 날인데 뭘 해야 기억에 남을 수 있을까, 퐁피두 센터에 다시 가는 건 어떨까, 아니, 이토록 사랑한 동네니 여기에 있는 게 좋을지도 몰라, 아니, 두 달 동안 제일 좋았던 곳을 다시 가보면 어떨까, 아니, 아니, 아니. 나는 '아니'

로 끝맺을 수많은 가정법 속에서 질식하고 말았을 거다. 하지
만 오늘은 단순하다. 늘 걷던 길을 마지막으로 걸어, 늘 만나던
사람들을 만나 같이 오래 그림을 그리고, 다 같이 점심을 먹을
것이다. 마음을 애써 단순하게 먹어본다. 산뜻하게 이별하자,
파리랑.

　마지막으로 뷔트 쇼몽 공원으로 산책을 다녀왔다. 돌아오는
길엔 트라디도 하나 사 왔다. 마지막으로 이걸 먹지 않고 떠난
다면 후회할 것 같았다. 냉장고 안에 마지막 남은 버터와 마지
막 남은 과일들과 같이 아침을 먹었다. 이제 다시 냉장고는 텅
비었다. 빨래도 다 챙겨서 가방에 넣어두고 한창 나가려는 준
비를 하는데, 지은 작가님에게 연락이 왔다. 마지막 날까지 이
렇게 챙기시는구나, 생각을 했는데 의외의 이야기를 꺼내셨
다. 오늘 절대 시내 중심 쪽으로 가지 말고, 해가 지기 전에 꼭
집으로 돌아오라는 충고였다. 프랑스 현지 뉴스를 찾아볼 능
력이 없는 나는 지은 작가님에게 이유를 물을 수밖에 없다.
　"복잡한 이야기긴 한데, 최대한 간단히 말해볼게요. 파리 외
곽에 '낭테르'라는 곳이 있어요. 그저께 밤에 이곳에서 열일곱
살짜리 알제리계 소년이 무면허로 운전하다가 검문에 걸렸는
데, 도주하려다가 경찰이 총으로 쏘는 바람에 사망했어요. 문
제는 여기가 이민자들이 많이 사는 지역인데, 평소에도 경찰
들이 과잉진압을 하던 곳이라 그 모든 불만이 폭발해서 터지
는 중이에요. 밤에 시위가 크게 있을 거예요. 샤틀레 레알 같은

중심가에 가지 말고, 꼭 일찍 집에 들어와야 해요."

하루 종일 애틋 필터를 끼고 돌아다닐 뻔했는데, 지은 작가님 덕분에 정신을 차릴 수 있었다. 그것은 두 달간 꿈속을 살던 나를 현실로 불러오는 마중물이었다. 내가 좋아하는 파리가 얼마나 일부분인지, 잠깐 있다 떠나는 여행객의 오해로 미화된 파리인지 단숨에 깨달았다.

두 달은 그런 시간이다. 언어가 통하지 않아도 견딜 수 있는 시간, 불편함을 낭만으로 해석해도 상관없는 시간, 파리의 얼룩과 그림자를 못 본 척할 수 있는 시간. 나의 두 달이 딱 그런 시간이었다. 두 달 동안 한국의 현실도 나에게선 멀었고, 파리의 현실도 나와는 상관없었고, 나의 현실에도 잠깐 눈 감을 수 있었다. 기이한 진공의 시간. 하지만 어젯밤의 사건이, 지은 작가님의 당부가, 나를 현실의 파리로 데려오고 있었다. 기막힌 타이밍이 아닐 수 없었다. 오늘은 파리의 마지막 날이었으니까. 이제는 현실로 돌아가야 할 때였으니까.

집을 나섰다. 제일 좋아했던 동네 카페를 지나 벨빌 공원으로 일부러 돌아서, 궁금했지만 한 번도 못 간 예쁜 케밥집을 지나, Demain, C'est loin 술집 앞을 지나 파리다방으로 향했다. 첫 수업 이래로 지난 한 달간 내 가방엔 언제나 오일 파스텔과 스케치북이 들어 있었다. 한 달 동안 미술관에 가면 그곳이 루브르 박물관이건 오르세 미술관이건 또 어디건 상관없이, 꽃 그림만 들여다보면서 그리고 싶은 꽃들을 마음껏 수집했다. 카폐, 술집, 공원, 어디에서나 오일 파스텔을 꺼내 따라 그렸다. 누구의 허락도 없이 마음껏 파리의 화가가 될 수 있었던 시간이 나에게도 있었다. 예감은 정확했다. 오일 파스텔 수업이 나의 파리 여행의 새로운 분기점이 될 것이라는 수업 첫날의 그 강렬한 예감 말이다.

유나 작가님은 언제나처럼 오늘 쓸 오일 파스텔과 미리 그려놓은 그림들을 가지런히 준비해놓고 우리를 기다리고 있었다. 거기에 하나 더. 작가님은 나에게 작은 액자를 내미셨다. 거기엔 작가님이 그린 에펠탑이 담겨 있었다. 한 달간 같이 그림을 그린 여정 님도 나에게 작은 액자를 내밀었다. 그 액자는 텅 비어 있었다. 여정 님이 말했다.

"여기에 민철 님이 그림을 그려서 넣어주세요."

나와 시넬리에 화방으로 오일 파스텔 기행을 가고, 나를 데리고 주얼리 전시도 가줬던 민아 님도 선물을 내밀었다. 민아 님이 직접 만든 귀걸이였다. 그러고 보니 며칠 전 지은 작가님도 내게 선물을 줬었다. 뤽상부르 공원의 의자들 그림이 담긴 얇은 책이었다. 낯선 나를 누구보다 환대한 사람들이 마지막까지 나를 배려하고 있었다. 자신의 마음을 표현하고 싶지만, 잘 돌아가라는 말을 담은 선물을 하고 싶지만, 그 선물이 내게 너무 짐이 되지 않았으면 하는 마음. 뭐가 좋을까 오래 고민했을 것이다. 뭘 줘야 두 달간의 여행 짐에 부담이 되지 않을까. 꼭 저 사람에게 어울리는 선물은 뭘까 생각했을 것이다. 매일 뤽상부르 공원에 갈 수 있어서 행복하다고 말하는 내게 꼭 어울리는 책을 안겨주고, 파리라는 단어 앞에서 늘 꿈꾸는 표정을 짓는 나를 위해 에펠탑 그림을 준비하고, 오일 파스텔 그림을 그리며 행복을 아낌없이 표현하는 나를 위해 빈 액자를 고르고, 매일 화려한 귀걸이를 빼놓지 않는 나에게 더 없이 어울리는 귀걸이를 안겨주는 사람들. 나의 빈손이 부끄러웠지만, 나는 나의 민망함을 내려놓고 좁은 품을 있는 힘껏 벌려서 그 모든 마음을 와락 안았다. 그게 내가 그 마음에 보답할 수 있는 유일한 방법이었으니까.

마지막 날, 우리는 수업을 마치고 처음으로 같이 점심을 먹었다. 점심을 먹으며, 이런저런 이야기를 나누며, 그제야 우리가 서로의 사적인 이야기를 처음 한다는 걸 알았다. 지난 한 달간 우리는 우리 각자의 과거와 현재를 문밖에 세워두고 파리 다방에 들어왔다. 어쩌다가 파리에 와서 살고 있는지 묻지 않았으며, 여기에 얼마나 산 건지, 어디에 살고 있는지, 무슨 일을 하고 있는지도 굳이 알려고 하지 않았다. 아주 산뜻하게 만나서 같이 그림을 그리고, 잘 안 되는 부분에 공감하고, 서로의 그림에 감탄하고, 각자의 그림 속을 실컷 유영하고 산뜻하게 헤어졌었다. 하지만 마지막이니까 같이 이야기하고, 같이 걸었다. 유나 작가님이 이끄는 대로 수다를 떨며 걸었다.

산뜻하게 걷고 싶었다. 아침에 다짐한 것처럼. 안녕이라 말하고 산뜻하게 돌아서는 친구가 되고 싶었다. 평생을 짝사랑하는 마음으로 조바심 내며 만났으니까, 마지막인 오늘은 파리와 산뜻하게 이별하고 싶었다. 그럴 수 있을 거라 생각했다. 심지어 우리가 걷는 이 동네는 내가 얼마나 자주 온 동네인 줄 모른다. 퐁피두 센터 근처였으니까. 덕분에 파리에 도착한 바로 다음 날에도 나는 이 동네를 걸었다. 오래전 남편과 여행 왔을 때 머문 숙소도 지척이다. 워낙 유명한 동네. 워낙 구석구석 볼 게 많은 동네라 두 달 동안 이곳을 얼마나 촘촘히 걸었나 모른다. 하지만 도대체 무슨 일인가. 지금 작가님이 안내하는 길은 모조리 처음이었다. 유난히 아름다운 이 골목들이 나는 왜 다 처음이지? 아니, 무슨 골목이 잘 가꾼 정원처럼 생겼지? 아니, 이 골목엔 왜 이렇게 예쁜 가게들이 다 모여 있지? 왜 간판까지 다 예쁘지? 이 동네를 내가 모를 리 없는데? 마지막 날까지 뭐가 이렇게 새로워.

결국 보기 좋게 실패하고 말았다. 오늘은 정말 친구처럼 만나는 거야, 라고 계속 다짐을 했지만, 결국 마지막 날까지 새롭게 또 짝사랑이다. 산뜻한 마음? 그게 뭐지? 그럼에도 불구하고 나는 이 도시를 사랑할 작정인 거다. 그게 오해라는 걸 알면서도, 기어이 이 도시를 나의 완벽한 도시로 남겨두고 싶은 거다.

"왜 파리냐고 묻는 사람들에게 말했거든요. 안다고. 지저분한 도시, 불친절한 도시, 비싼 도시가 바로 파리라는 거 나는 다 안다고. 그럼에도 불구하고 내가 좋은 걸 어떡해, 라고 대답하고 왔는데요. 근데 믿을 수 없는 거 뭔지 아세요? 저는 두 달동안 한 번도 이 도시가 불친절하다고 생각해본 적이 없어요.

가게에 들어서서 봉주흐 인사를 하면, 다들 자리도 금방 안내해주고, 다들 친절하게 설명해주고, 웃어주고. 제가 운이 너무 좋았던 것 같아요. 좋은 사람만 만났고, 어떤 사고도 없었어요. 오늘까지만 잘 마무리하면 작은 사고 하나 없이 이 도시를 떠나게 되는 거니까요."

내 이야기를 듣더니 유나 작가님이 이야기를 했다.

"어쩌면 다들 조금 얼어붙어 있는 상태로 파리에 도착한 건 아닐까요? 파리는 이럴 거야, 비쌀 거고, 사람들은 무례할 거라고 다들 겁을 내고 있는 걸지도 몰라요. 여기도 사람 사는 곳이라 사실 비슷한데. 민철 님이 그렇게 환하게 웃으면서 인사하고, 예의 있게 기다리니까, 이 사람들도 같은 방식으로 대접해 준 걸 거예요."

"그런 걸까요. 마지막까지 이상할 정도로 좋기만 한 두 달이었어요."

"근데, 진짜 오늘이 마지막이라고요? 남아서 보자르 준비해야 하는데? 진짜 더 계시면 안 돼요?"

진짜 더 있으면 안 될까. 한쪽의 마음이 애타게 보채는 것과 별개로, 다른 한쪽의 마음은 이제 꿈에서 깨어날 시간이라고 말하고 있었다. 조금의 꿈은 남겨놓고 떠나는 것이 현명한 선택일 것이다. 현실로 돌아갔다가도 언제든 건너올 수 있는 꿈을 간직하는 것이 지금 내가 할 수 있는 유일한 일일 것이다. 오일 파스텔 동료들과 헤어지고, 나는 다시 혼자가 된다. 그들과 걸었던 예쁜 골목으로 돌아간다. 그 골목길 위에 작은 가게 하나하나 다 들어가본다. 예쁜 간판 하나하나 다시 눈으로 찍어두고, 예쁜 정원 같은 골목길에도 다시 찾아가본다. 하지만 그 골목길의 입구는 닫혔다. 그 골목 안에 사는 사람들만 들어갈 수 있는 골목에 잠깐 들어가본 걸 나의 마지막 운으로 챙겨둬야 하는 걸까. 섭섭하고 애틋하고 복잡한 마음으로 길을 걷다가 고개를 드니, 마치 운명처럼 나는 퐁피두 센터 앞에 서 있었다.

여기서 안녕이다. 20년 전 나의 파리 사랑이 시작된 이곳에서, 지난 두 달의 믿을 수 없는 여행이 시작된 이곳에서, 나의 여행도 끝내는 것이다. 나는 잊지 않았다. 내가 이곳을 얼마나 좋아했는지. 20년이 넘는 시간 동안 단 한순간도 잊지 않았고, 단 한순간도 그리움을 끝내지 않았다. 간절하게 간직했고, 애틋하게 그 꿈을 이뤘다. 불과 두 달 전에 버스를 타고 이곳에 올 수 있다는 사실에 감격해 웃으면서도 울 것만 같았던 내가 저 앞에 서 있다. 너무나도 또렷이 서 있다. 그때의 나는 몰랐다. 내가 어떤 시간을 보내게 될지. 어떤 모양으로 이 두 달을 채워나갈지. 이 모든 여정이 끝나는 곳의 나는 어떤 모양일지. 어떤 모양의 마음을 가지고, 어떤 크기의 용기를 내게 될지, 나는 몰랐다.

하지만 이제 명확하게 아는 것이 있다. 나는 내가 그토록 바라던 미래에 나를 데리고 올 수 있는 사람이었다. 기어이 그 꿈에 착륙하고야 마는 사람이었다. 오랜 꿈 위를 중력 없이 걸었다. 오래도록 현실에 나를 붙들어둔 중력을 벗어던지니, 날듯이 걸을 수 있었다. 풍성하게 행복했다. 사무치게 벅찼다. 낯선 행성에서 푸른 지구를 바라보는 기분으로 파리를 그리워하며 살아온 나는 그럴 수밖에 없었다. 그러다 문득 우울함과 외로움이 찾아오면 나는 '지금 나는 파리에 있어' 이 문장을 떠올렸다. 그것은 마법의 주문이었다. 과거의 내가 애써 마련한 지금을 벅차게 사랑하지 않을 도리가 없었다. 이 빛을 나의 우주 한가운데에 북극성으로 박아둔다. 이 빛을 잃어버릴 리 없다. 사랑을 잃는 방법을 나는 모른다.

안녕, 나의 파리.

지은 작가님이 걱정한 것처럼 마지막 날 파리의 모든 교통은 저녁 9시에 끊겼다. 시위는 그 후 며칠 동안 격렬하게 이어졌다. 하룻밤에 천 명이 넘는 시위 참가자들이 체포되었고, 건물들이 불탔다. 애플 매장을 비롯한 수많은 매장들이 털렸고, 불탄 차량도 수백 대였다. 파리를 떠나자마자 내가 모르는 파리의 소식들이 계속해서 이어졌다. 결국 '파리는 그렇게 간단하지 않다'라며 나의 욕심을 다독이기 위해 쓴 문장들은, 내가 떠난 후에 다른 진실을 드러내는 문장이 되었다.

다시 잠깐 과거로 돌아가볼까? 두 번째 동네에 도착한 다음 날이었다. 나는 구글맵을 켜서 내가 이 동네에 표시해둔 별들을 확인해보았다. 딱 두 개였다. 뷔트 쇼몽 공원과 Cité Leroy.

뷔트 쇼몽 공원이야 처음부터 여기를 타깃으로 숙소를 찾았으니 이해할 수 있었지만, Cité Leroy는 도대체 왜 표시를 해둔 건지 알 수 없었다. 뭔지 몰라도, 아니 뭔지 모르니 가보자, 라는 마음이 들었다. 어차피 집 근처고, 어차피 별로 할 일도 없었다.

날씨가 무척이나 좋은 일요일이었다. 동네의 완연한 축제 분위기를 느끼며 설렁설렁 그곳에 갔더니, 골목 입구부터 나를 맞이하는 건 벼룩시장 가판대였다. 설마 하며 골목 안으로 들어갔더니 과연 벼룩시장이 활발히 열리는 중이었다. 그 풍경을 어떻게 설명해야 할까. 마주 오는 사람과 어깨가 부딪칠 것 같은 좁은 골목길에 식물들은 하늘을 가릴 기세로 자라고 있었고, 그 사이사이 아주 작은 대문들이 고개를 빼꼼 내밀었다. 오래된 주택들이 모인 곳이었다. 마치 프랑스판 호빗 마을 같았달까. 골목 입구의 설명을 읽어보니, 이곳은 옛날 파리 마을의 모습이 그대로 남아 있는 골목이었다. 당연히 개발의 바람이 이 골목에도 불어왔다. 하지만 60미터밖에 되지 않는 이 작은 길 위의 주민들은 굴복하지 않았다. 13년을 싸워, 결국 이 다정한 정취를 지켜내고야 말았다. 그리고 오늘 동네 축제 기간을 맞이하여 이 길은, 아주 작정을 하고 다정해진 모양새였다.
오늘 이곳에 나온 상인들은 대부분 동네 사람 같았다. 아니고서야 이토록 아마추어일 수는 없었다. 아이들도 어른들도 자신이 쓰던 것들을 조금씩 가지고 나와서 팔고 있었다. 전문적인 상인이 아니니 제대로 된 간판이 있을 리도 없었다. 담벼락이 옷을 거는 행거가 되었고, 나뭇가지는 물건의 진열대가 되었다. 조금 큰 어린이들이 자신이 보던 동화책을 팔러 나왔고, 더 어린아이들이 기꺼이 고객이 되었다. 나뭇가지 사이로 떨어지는 햇빛이 그들의 얼굴 위로 닿았다. 반짝이는 얼굴들을 보는 나의 기분까지 반짝반짝 빛이 났다. 거기에 한 할아버지가 걸어 다니면서 팬파이프 연주를 하는 덕에 아스라한 기분까지 추가가 되었다. 짧고 좁은 길 위에 예고 없이 펼쳐진 파리를 마주하고 있자니, 좋아하는 책의 가장 좋아하는 페이지를 읽는 기분이 되었다. 한 글자 한 글자 애타게 읽고도 다시 처음으로 돌아가 읽게 되는. 한 문장에 발을 담그고 영원히 허우적거리고 싶은. 읽어도 읽어도 다시 또 새로울. 그 골목의 끝부터 끝까지 몇 번을 오간지 모른다. 반짝이는 순간들을 얼마나 욕심껏 주운 줄 모른다.

며칠 후, 이날의 반짝임을 잊지 못한 나는 다시 그 골목길을 찾아갔다. 하지만 없었다. 반짝이는 해도, 반짝이던 사람들도, 담장에 쪼르륵 걸려 있던 옷들도 없었다. 뛰어다니던 아이들도, 팬파이프 음악도, 그러니까 그날의 반짝임을 유추할 수 있는 어떤 단서도 없었다. 오히려 흐린 날씨 탓에 그 골목은 음산해 보이기까지 했다. 얼마나 많은 우연이 한꺼번에 군무를 추는 걸까. 햇빛과 바람이라는 우연 말고도 얼마나 많은 것들이 겹쳐서 우리에게 한순간에 다가오는 걸까. 좋다고 생각한 것은 매 순간 피고 지고 사라지고 다시 폭발하고 또 완전히 달라진다. 꽃만 피고 지는 것이 아니다. 우연이 피고 지고 춤추며 모였다가 또 흩어진다. 너무 흥성한 그 우연의 날을 알아버려서, 지난 기억이 다칠까 겁이 나서, 나는 금방 뒤돌아 나왔다. 나올 수밖에 없었다. '여행이라는 우연의 축제를 영원의 축제라 착각하지 말 것.' 여행자 성경 제1장 1절에 실려야 할 것 같은 이 원칙을 깨트렸으니. 나는 그 대가를 치러야 했다.

이 두 달의 이야기에는 어떤 거짓도 없다. 나는 오직 나의 진실만을 그리려고 애썼다. 내가 겪은 나의 파리를 가감 없이 표현해보려고 부단히 노력했다. 하지만 그 모든 순간은 우연의 산물. 우연한 골목길의 반짝임이 똑같이 나를 기다리고 있을 거라 생각을 하고 다시 방문한 순간 실망한 것처럼, 이 책을 읽고 똑같은 파리를 기대한다면 아마도 높은 확률로 파리는 당신의 기대감을 뻥 터트려버릴 것이다. 그러니 내가 말한 그 어떤 것도 믿지 말고, 당신은 당신의 파리를 찾았으면 좋겠다. 당신의 모양에 꼭 맞는 파리를 완성했으면 좋겠다. 물론 '파리'의 자리에 어떤 다른 도시가 들어가도 좋다. 당신을 꿈꾸게 만드는 곳, 당신을 빛나게 하는 곳, 그러니까 당신 영혼의 고향을 당신도 꼭 하나 찾았으면 좋겠다는 바람을 가져본다.

어쩌면 책 속 파리의 풍경은 파리를 바라보는 나의 내면 풍경일지도 모른다. 20년 넘게 꿈꾸다 도착한 곳에서, 마침내 회사원의 신분을 벗어던지고 도착한 곳에서, 그러니 행복해진다는 것을 나의 '오만한 직업'으로 삼지 않을 수 없는 사람으로서 나는 파리를 만났다. 그 어떤 파리를 만났더라도 나는 기꺼이 껴안았을 것이다. 기어이 사랑하려고 애썼을 것이다. 나의 내면 풍경에 삭막함이 끼어들 여지는 없었다. 어떤 경로로, 어떤 시간 끝에, 여기에 도착할 수 있었던 건지 나는 알고 있으므로. 이 도시에 대한 사랑이 없이는 건너올 수 없었던 수많은 시간들을, '파리'라는 이름만 들어도 꿈꾸는 얼굴이 되어, 그 꿈에 기대온 지난한 날들을 나는 다 알고 있으므로.

파리의 무엇이 그렇게나 좋냐고 묻는다면 여전히 대답하긴 어렵다. 사랑은 한 문장으로 정리되지 않는다. 매력적이고, 웃기고, 다정하고, 감동을 줬다가, 또 울렸다가, 새침했다가 또 자기 방식대로 친절했던 파리. 그 모든 시간이 빚어낸 울퉁불퉁한 파리가 나에게 있다. 이 파리의 모양은 내 마음에 꼭 든다. 그것만은 확실히 말할 수 있다.

파리에서 나를 만난 사람들이 모두 입을 모아 말했다. 좋아하는 것을 마음껏 좋아해버리는 것은 참 귀한 능력이라고. 오래전 분명 자신도 가지고 있었지만, 어느새 잃어버린 그 마음을 오랜만에 다시 찾은 기분이라고. 좋아하는 마음은, 이토록이나 전염성이 강하다.

부디 이 마음이 당신에게도 전염되길.

그리하여 멀지 않은 어느 날

부디 당신도 당신의 그곳에 도착할 수 있길.